Zomeravond

Van dezelfde auteur

All-inclusive
De vlucht
Zomertijd
Cruise
Après-ski
De suite
Zwarte piste
Bella Italia
Noorderlicht
Bon Bini Beach
Het chalet
Route du soleil
Winterberg
Goudkust
Mont Blanc
Costa del Sol
Sneeuwengelen
Hittegolf
Lawinegevaar
Het paradijs
Winternacht
Super de luxe
IJskoud
Het strandhuis
Zuidenwind
De eilanden
Sneeuwexpress
Lentevuur
Souvenir
Waterland
Midwinter

Volg Suzanne Vermeer op:
Facebook.com/SuzanneVermeerFanpage
www.suzannevermeer.nl
www.awbruna.nl

Suzanne Vermeer

Zomeravond

A.W. Bruna Uitgevers

Omslagontwerp
Wil Immink Design

ISBN 978 94 005 1357 0
NUR 332

Disclaimer
Dit verhaal is fictie. Namen, personages, plaatsen en gebeurtenissen zijn een product van de fantasie van de auteur of zijn gebruikt in een fictionele omgeving. Elke gelijkenis met bestaande personen of organisaties berust op toeval.

Proloog

Er ligt een meisje op haar buik in het water. Haar hoofd wat gedraaid, haar ogen gesloten en haar mond een stukje open. Alsof ze verkoeling zoekt voor de warme zon die op haar schijnt. De blonde haartjes op haar bovenarmen deinen mee met de wind. Kiezelsteentjes schuiven zachtjes langs haar heen en op de achtergrond klinkt het gezoem van muggen. Op een enkele wolk na is de lucht strakblauw.

Door de stroming ligt het meisje in een ondiep stuk van de rivier. Haar lange blonde haar is plakkerig en vuil. Het zit vol opgedroogd bloed en de zoetige kokosgeur van haar lievelingsshampoo is vervangen door die van ijzer. Haar strakke bloemenjurkje is opgekropen tot boven haar middel en ze draagt geen onderbroek. Haar volmaakt ronde, witte billen contrasteren met de gebruinde zomerteint op de rest van haar lichaam.

De forse wond op haar achterhoofd is niet het enige spoor van geweld. Krassen, schaafwonden, blauwe plekken. Haar nagels zijn rafelig en gebroken alsof ze wanhopig heeft geprobeerd zich aan de rotsachtige oever vast te klampen. Alles om zich niet te laten opslokken door het water. Alles om in leven te blijven. Een van de laatste dingen die ze in haar veel te korte leven zag waren ogen zo blauw als de zomerlucht.

Er zijn mensen naar haar op zoek. Mensen die veel van haar houden. Ze is iemands dochter, iemands zusje, iemands kleinkind, iemands nichtje, iemands vriendin. Hun geschreeuw kan zij niet meer beantwoorden. Zal de waarheid over die noodlottige nacht ooit boven water komen? Er staan belangen op het spel die koste wat het kost beschermd moeten worden. Anders zouden er zomaar meerdere levens verwoest kunnen worden.

Wie gaat haar recht doen? Wie gaat uitzoeken wat er daadwerkelijk gebeurd is? Haar leven en dat van haar familie voor altijd verwoest. Geen havodiploma, geen rijbewijs, geen opleiding, geen huwelijk, geen kinderen. Het is haar allemaal ontnomen. In een vlaag van waanzin, of was het doordacht? En waarom? Voor het eindresultaat maakt het niet uit. Ze is dood.

1

Ergens in Frankrijk

Ik lig in bed en staar naar het plafond. Precies boven mijn hoofd zit een geelbruine vlek. Een erfenis van een lekkage. Dat is niet de enige erfenis waar ik mee belast ben. Die afzichtelijke vlek in het plafond staat symbool voor alles wat er fout is gegaan in mijn leven. Ook als ik mijn ogen dichtdoe achtervolgt die vlek mij. Maar mijn wens voor een wit, blanco plafond wordt genegeerd door de vrouw die mijn keuzes maakt en mijn beslissingen neemt. De ergste dagen zijn de dagen dat ik mezelf ruik. Voor de buitenwereld is ze de nobele vrouw die zonder te klagen de zorg voor haar zieke man op zich neemt. Maar achter onze gesloten deur is het een hel. Ze geniet duidelijk van de macht die ze over mij heeft. Ik ben compleet afhankelijk van haar en haar grillen. Er is bijna niks wat ik zelf kan.

Door het geheim dat we samen delen, zijn we tot elkaar veroordeeld. Ik weet iets van haar, zij iets van mij. Het zijn dingen die het daglicht niet kunnen verdragen. Als ik voor mezelf spreek: van liefde is allang geen sprake meer. Soms vraag ik me af of het er ooit is geweest. Zij beweert bij hoog en laag dat ze nog steeds van me houdt, maar dat zijn loze woorden. Dat toneelspel voert ze ook voor de buitenwereld op. De haat in haar ogen wanneer ze me aankijkt zegt genoeg. Soms probeer ik in gedachten terug te gaan naar de dag dat ik haar ontmoette. Had ik toen al kunnen weten dat achter dat knappe gezicht een hoop lelijkheid schuilging?

Soms fantaseer ik over een heel ander leven, dat krijg je als je te veel tijd hebt om na te denken. In het beste scenario bind ik me nooit aan een vrouw. Ik bemin, ik heb lief, maar ik ben vrij om te gaan en staan waar ik wil. Want ik verlang het meest naar vrijheid. Nog meer dan naar liefde, verzorging, hygiëne en de mogelijkheid om te eten en drinken wat ik wil. Zonder vrijheid is er slechts gevangenschap. En dat laatste is voor mij een plafond met een lekkageplek die mij zelfs in mijn nachtmerries achtervolgt. Er is geen ochtend dat ik niet doorweekt van het angstzweet wakker word. De plakkerige lakens tot aan mijn kin ingestopt zodat ik geen kant op kan. Ontsnappen aan mijn eigen geur is onmogelijk. Op sommige avonden wens ik voordat ik in slaap val dat ik de volgende ochtend niet meer wakker zal worden.

Deel 1
Heden

2

Parijs

Nadine Dubois voelt iets kriebelen aan haar oor terwijl de geur van espresso haar neus binnendringt. Met haar ogen nog gesloten lacht ze tevreden. '*Bonjour, mon amour.*' Al meer dan een jaar wordt ze elke ochtend wakker met deze diepe mannenstem. Ze is dol op dit ritueel. François staat altijd als eerste op en knuffelt haar wakker, gevolgd door een vers croissantje met een dampende espresso die sterk genoeg is om haar op gang te helpen. Terwijl hij de dikke zandkleurige gordijnen opendoet om daglicht binnen te laten in hun luxe Parijse appartement, nestelt zij zich met wat kussens tegen het hoofdbord van het royale tweepersoonsbed aan.

Kijkend naar François denkt ze terug aan de eerste keer dat ze hem ontmoette, bijna twee jaar geleden. Ze interviewde hem voor haar populaire *true crime*-podcast over zijn nieuwe boek, waarin hij schreef over een aantal rechtszaken waarbij hij als gerenommeerd psychiater als getuige-deskundige had opgetreden. Hoewel hij met zijn achtenvijftig jaar drieëntwintig jaar ouder was dan zij, was ze meteen onder de indruk geweest van zijn knappe, statige uiterlijk. Zijn volle grijze haar, waar een lichte slag in zat, zijn fonkelende ogen, gebruinde huid en iets gebogen, puntige neus. Hij was met gekruiste benen voor haar gaan zitten en had zijn slanke handen met keurig geknipte nagels ontspannen op de armleuningen van de leren fauteuil gelegd. Hij had haar onderzoekend, geïnteresseerd en misschien wel een beetje flirtend aangekeken. Ze had hem subtiel met haar ogen gewezen op de trouwring aan zijn linkerhand en hij had geglimlacht. Toen ze de interviewafspraak met zijn secretaresse had gemaakt werd haar duidelijk verteld dat hij maximaal een halfuurtje tijd zou hebben. Ze had zich dan ook uitstekend voorbereid om zo gericht mogelijk vragen te stellen en geen kostbare tijd te verspillen. Dat halfuur werd anderhalf uur en uiteindelijk had hij haar drie uur later meegenomen naar Hôtel de Crillon aan het Place de la Concorde voor een lunch in de smaakvol ingerichte Jardin d'Hiver. Bij het zien van de menukaart hoopte ze dat de getallen achter de gerechten naar een paginanummer verwezen, maar François had smakelijk gelachen toen ze dit aan hem voorlegde. Ze schaamde zich kapot. Het imago van 'vrouw van de wereld' dat ze had willen uitstralen viel meteen in duigen. Van de prijs van één sandwich kon ze bijna een week eten.

'Neem lekker waar je zin in hebt,' had François haar op het hart gedrukt terwijl hij zelf zonder enige gêne het duurste gerecht op de kaart bestelde; een clubsandwich met kreeft van 78 euro. Met haar caesarsalade van 'slechts' 42 euro had ze een bescheiden keus gemaakt. Toen haar bord eenmaal voor haar neus stond had ze zich moeten bedwingen om niet uit te rekenen wat elk blaadje sla afzonderlijk kostte. François had geamuseerd toegekeken hoe ze met een ongemakkelijk gezicht haar bord leeg had gegeten. Het was haar toen nog niet duidelijk of François indruk op haar wilde maken of dat het voor hem heel normaal was om zoveel geld uit te geven aan een lunch. Inmiddels weet ze dat de waarheid ergens in het midden ligt.

Een week later had ze hem een linkje gestuurd om de aflevering van haar podcast voor publicatie alvast te beluisteren en hem nogmaals bedankt voor zijn tijd en de lunch. Hij reageerde bondig dat hij tevreden was en ze de boel wat hem betrof online mocht zetten. Ze ging ervan uit dat ze niets meer van hem zou horen en probeerde net zo zakelijk op hun ontmoeting terug te kijken als hij blijkbaar deed. Hij was gewoon een charmante, gulle en heel erg getrouwde man, en zij een ambitieuze, populaire misdaadjournalist van *Le Figaro* met een eigen podcast. En toevallig hadden hun paden elkaar gekruist. Tot François haar vier weken na de publicatie van de podcast belde. Hij had veel reacties gehad en wilde die met haar bespreken tijdens een lunch. Zij mocht deze keer de locatie bepalen. Ze stemde in en gaf hem een adres door op de Champs-Élysées, waar ze een halfuur van tevoren al klaarzat om zijn gezicht te zien wanneer hij de McDonald's binnenliep. Hij leek haar actie te waarderen. Met vreugde zag ze hoe hij het zout van zijn vingers likte na een grote portie frietjes en gretig zijn tanden in een Big Mac zette. Wat ook opviel was dat op de vinger waar bij hun vorige ontmoeting een trouwring om had gezeten, nu nog slechts een wit bandje te zien was. Toen ze er subtiel naar keek, had hij haar een knipoog gegeven waar ze van moest blozen.

Er waren nog zes eetafspraakjes nodig geweest voordat ze echt verliefd op hem begon te worden. Hij was blijkbaar al bij hun eerste ontmoeting voor haar gevallen, maar hij had haar geduldig beter leren kennen. Van hun leeftijdsverschil merkten ze nauwelijks iets. Ze konden zowel diepgaande gesprekken voeren als met elkaar lachen. Toen hij tussen neus en lippen had gezegd dat de scheiding van zijn vrouw in gang was gezet, had zij het initiatief genomen voor hun eerste zoen. Ze wilde het netjes doen – van getrouwde mannen bleef je af.

Terwijl François op zoek ging naar andere woonruimte trok hij tijdelijk bij haar in. Haar bescheiden appartementje was slechts een kwart van het huis dat hij had verlaten, maar hij leek zich er direct thuis te voelen. Als ze hem vroeg of hij geen spijt had van zijn keuze voor haar en wat hij daarmee was kwijtgeraakt, kreeg ze steevast hetzelfde antwoord: 'Al moet ik in een kartonnen doos wonen, als jij er maar bij kruipt, is het voor mij goed. Meer heb ik niet nodig.' Hij leek het nog te menen ook. François maakte geen haast met het zoeken naar eigen woonruimte en toen na vier maanden hun huidige appartement op de markt kwam, besloot ze op zijn uitnodiging in te gaan en bij hem in te trekken. De tijd dat ze zo nauw samenleefden in haar appartementje had haar vertrouwen voor de toekomst gegeven.

Waar ze zelf geen enkel probleem maakten van het grote leeftijdsverschil, had de buitenwereld – inclusief Nadines familie – er wel moeite mee. Zij werd afgedaan als zijn midlifecrisis en hij werd weggezet als een oude viezerik. Maar deze gezamenlijke strijd had hen alleen maar dichter bij elkaar gebracht. Nu ze ruim een jaar samenwonen in dit heerlijke, royale appartement is de verontwaardiging wat gezakt en lijkt hun relatie enigszins geaccepteerd te worden. François' ex stuurt Nadine nog maar eens per maand een lelijk berichtje terwijl dat in het begin bijna dagelijks was geweest. Nadine is gestopt met deze aan François te laten lezen. Gesprekken over zijn ex bleven toch een beetje ongemakkelijk aanvoelen. Hoewel François haar had verzekerd dat zijn huwelijk eigenlijk al jaren voorbij was en dat hij sowieso bij zijn vrouw was weggegaan, bleef ze zich toch medeverantwoordelijk voelen voor de breuk.

'Wat kijk je sip.' François gaat op de rand van het bed zitten en streelt haar wang. Ze pakt zijn hand en drukt er een kus op. 'Ik ben gewoon nog niet goed wakker. Ik zal nooit een ochtenddier worden, vrees ik.' Ze zet haar espresso op het nachtkastje, gaapt en rekt zich demonstratief uit. 'Drukke dag vandaag, lief?' vraagt ze hem.

'Aantal afspraken op de praktijk, wat checks op de afdeling, dossiers bijwerken en begin van de middag naar de rechtbank.'

Ze knikt en vraagt zoals ze hebben afgesproken inhoudelijk niet verder. Ze wil hem niet in de verleiding brengen om zijn beroepsgeheim te schenden. Ze blijft tenslotte een misdaadjournalist. Als er dingen voortijdig naar buiten komen over een zaak dan zijn zij en François de eerste verdachten. Ze zijn zich er allebei heel goed van bewust dat alles wat ze doen onder een vergrootglas ligt. En die discretie werkt twee kanten op. Zij vraagt niet concreet naar François' werk en hij niet naar het hare. Eigenlijk vindt Nadine dat wel fijn. Werk staat op die manier nooit tussen hen in als ze samen zijn en er blijft nog genoeg over om over te kletsen. Bij François komt ze tot rust, en ze hoopt dat andersom hetzelfde geldt.

Als hij haar gedag heeft gekust en is vertrokken, pakt Nadine haar MacBook van de houten visgraatvloer en klapt hem open op haar schoot. Terwijl het ding ratelend opstart, wisselt ze een hap croissant af met een slokje espresso. Het inlogscherm verschijnt en ze typt haar wachtwoord in. Haar wachtwoord dat zelfs François niet kent. Routineus scant ze eerst alle krantenpagina's zodat ze op de hoogte is van het laatste nieuws, gevolgd door een rondje langs de misdaad- en true-crimefora waar ze lid van is. Over het algemeen wordt er eindeloos gespeculeerd op die fora, maar soms zit er nuttige inside-information tussen en levert het haar een nieuwe bron op. Ook neemt het aantal luisteraars van haar podcast *Crème de la Crime* toe door haar deelname aan zulke fora, en dat levert weer extra advertentie-inkomsten op, waarmee ze haar onderzoeken financiert. Hoewel François al vaker heeft aangeboden om de financiering achter de schermen op zich te nemen, wil ze daar niets van weten. Ze wil haar hand niet ophouden, dat heeft ze nog nooit gedaan, en haar journalistieke onafhankelijkheid is te belangrijk. Als er twijfel ontstaat over haar integriteit kan ze wel inpakken. En François heeft zelf ook een reputatie hoog te houden.

Gisteravond heeft ze een poll online gezet op de website van haar podcast met drie cold cases die haar interesseren. Welke ze uiteindelijk gaat onderzoeken hangt van de stemming af die morgenavond sluit. Dat interactieve element heeft al vaker goed gewerkt. De luisteraars van haar podcast het idee geven dat ze invloed hebben op het onderzoek naar een onopgeloste misdaad, maakt hen nog betrokkener en verhoogt het aantal bezoekers. Mensen die hebben gestemd blijven vaak gedurende het hele onderzoek regelmatig terugkeren op haar site en discussiëren daar gretig mee. Ze checkt het aantal stemmen dat tot nu toe bij de zaken is geregistreerd. Absolute koploper is de zaak van de verdwenen zesjarige Zélie. Nadine vermoedt dat de schattige foto van het meisje met haar engelachtige blonde krullen daar zeker een rol bij heeft gespeeld. Gezien het grote verschil met de twee andere zaken neemt ze zich voor om vandaag al wat dieper in de zaak te duiken zodat ze straks meteen aan het werk kan gaan. De zaak van Zélie lijkt een beetje op die van Madeleine McCann. Net als het Engelse meisje is Zélie in 2007 verdwenen uit de slaapkamer van het vakantieappartement waar ze met haar ouders verbleef. Zélie verdween alleen niet in Portugal, maar aan de Côte d'Azur. Het eerste jaar na haar verdwijning was er landelijk behoorlijk wat reuring geweest, maar de zaak had de internationale pers nooit gehaald omdat het een Frans meisje betrof dat in haar eigen land was verdwenen. Een maand of wat geleden had Zélies moeder wanhopig contact met Nadine gezocht. Ze had haar gesmeekt of zij nog eens naar de zaak wilde kijken nu de politie de boel definitief in het archief wilde stoppen en erop aandrong om Zélie officieel dood te laten verklaren. 'Ik kan het niet,' had de moeder haar huilend toevertrouwd. 'Het voelt alsof ik zo mijn eigen kind vermoord. Voor mij is de zaak niet afgesloten zolang ik niet weet wat er met mijn kleine meisje is gebeurd. Alsjeblieft, help me mijn kind te vinden.'

Nadine was behoorlijk aangeslagen geweest door de zaak.

Toen ze de foto van het engelachtige meisje zag, van wie niets dan onschuld uitging, had ze een dikke brok in haar keel moeten wegslikken. Ze weet dat ze niet emotioneel betrokken zou moeten raken omdat dat haar beoordelingsvermogen en journalistieke onafhankelijkheid beïnvloedt, maar soms is dat onmogelijk. Kauwend op haar croissant scant Nadine de berichten in haar inbox die sinds gisteravond zijn binnengekomen. Het zijn er alweer meer dan honderd. Het gros bestaat uit mensen die haar podcast met plezier beluisteren en haar met haar onderzoekswerk complimenteren. Nadine heeft weleens het vermoeden dat bijna iedereen stiekem een privédetective wil zijn. De spanning die het met zich meebrengt, het denk- en puzzelwerk om aanwijzingen en lijntjes te verbinden, spreekt veel mensen aan. Sommige bezoekers laten zich zo meeslepen door hun fantasie dat Nadine hen tot de orde moet roepen om discussies en brainstormsessies niet te mengen met wild en ongegrond gespeculeer.

Als ze de lijst berichten heeft doorgeploegd en voornamelijk standaardreacties heeft verstuurd, klikt ze opgelucht op het laatste ongelezen bericht:

Geachte mevrouw Dubois,
Ik zou vandaag om 12.00 uur graag een kop koffie met u drinken bij Fragments, 76 rue des Tournelles. Het ligt in een zijstraat van het Place des Vosges in het derde arrondissement. U herkent de locatie aan de fiets voor de deur. De koffie is er heerlijk, maar het verhaal dat ik u te vertellen heb nog beter. Vanwege de gevoeligheid wil ik er in dit bericht niets over kwijt. Ik ga ervan uit dat ik uw journalistieke neus heb geprikkeld en dat we elkaar om 12.00 uur treffen.
Hoogachtend,
Me Gabriel Baptiste

Nadine fronst haar wenkbrauwen. De afkorting 'Me' staat voor '*Maître*' en dat betekent advocaat of notaris. De naam Gabriel Baptiste zegt haar niets. Het bericht is op zijn minst vreemd te noemen. Arrogant ook. Waarom zou ze koffie gaan drinken met iemand die ze helemaal niet kent omdat hij zogenaamd iets interessants voor haar zou hebben? Er zijn zoveel aandachtzoekers die op slinkse wijze een afspraakje met haar proberen te regelen, alleen omdat ze een beetje bekend is. Maar hij heeft gelijk: ze ís nieuwsgierig geworden. Stel dat de afzender geen spelletje met haar speelt en de informatie waarover hij schijnt te beschikken inderdaad opzienbarend is... Ze zou geen echte journaliste zijn als ze niet altijd op zoek was naar een scoop. Maar waarom niet gewoon een telefoontje naar *Le Figaro*? Zou het zo privé of belangrijk zijn?

Binnen enkele minuten heeft ze online de juiste Gabriel Baptiste gevonden. Hij is strafadvocaat en runt samen met drie collega's een bescheiden kantoor in de Ardèche. Voor zover ze kan ontdekken heeft hij geen noemenswaardig grote zaken of overwinningen op zijn naam staan. Het kantoor bestaat pas een jaar of vier en Baptiste is er twee jaar geleden als laatste bij gekomen. Op de website klikt ze het kopje OVER ONS aan en scrolt naar de foto van Baptiste. Een donkerharige man met een bescheiden baardje en pientere ogen spat van het scherm. Hij straalt een energie en vastberadenheid uit die Nadine meteen aanspreekt. Dus hij bestaat én hij ziet er niet uit als een gek met verkeerde bedoelingen.

Ze kijkt op haar horloge. Eind van de week moet ze een groot artikel inleveren voor *Le Figaro* over de verontrustende stijging van gewelddadige misdrijven. Met name het percentage van pogingen tot moord is aanzienlijk toegenomen, en dat is zorgelijk. Voor vandaag had ze met instemming van haar baas een thuiswerkdag gepland om zich vol op het schrijven te storten zonder afgeleid te worden door haar collega's op de redactie. Die rust kan ze voor vandaag wel vergeten. Ze weet nu al dat het bericht, wat ze ook beslist, de hele dag in haar hoofd blijft spoken. En dus blijft er maar één optie over waardoor ze de kwestie zo snel mogelijk weer los kan laten. Als ze hierdoor in tijdnood komt, kan ze altijd 's nachts verder werken. Ze moet horen wat Gabriel Baptiste te zeggen heeft.

3

Een paar minuten voor twaalf staat Nadine voor de zwarte gevel van koffiezaak Fragments. Er staat niet één fiets, maar een heel fietsenrek met racefietsen voor de deur. De donkere gevel doet eerder Amerikaans dan Frans aan en valt daardoor extra op. Ze tuurt door de ramen, maar Gabriel Baptiste lijkt nog niet binnen te zijn. Haar nieuwsgierigheid neemt de overhand en ze stapt de zaak in. De bakstenen muur achter de bar doet denken aan New York, maar de rest van het interieur ziet er door het gebruik van veel hout en wit heel Scandinavisch uit. Ze scant alle tafeltjes. Geen Baptiste, tenzij hij zich achter in de zaak achter een krant verschuilt. Ze loopt naar de barman, die haar met een gulle lach begroet. 'Kan ik u ergens mee helpen?' vraagt hij haar vriendelijk.

'Ik heb hier met iemand afgesproken, maar volgens mij is hij er nog niet. Als je het goedvindt, wacht ik hier nog even.'

'Ah, u hebt een heel bekend gezicht,' zegt de ober enthousiast en Nadine vraagt zich af of hij haar vraag wel heeft gehoord.

'U bent die journaliste! Ik ben een groot fan van *Crème de la Crime*. Ik vind dat u de zaak van Zélie als eerste moet aanpakken als ik zo vrij mag zijn om mijn mening te geven.'

Nadine glimlacht beleefd terug. 'De poll sluit vanavond en morgen maak ik de uitslag bekend.'

'Tipje van de sluier?'

Ze glimlacht weer en schudt haar hoofd. 'Ik werk onder strikte geheimhouding vanwege de gevoeligheid van mijn zaken.' Ze knipoogt naar hem.

'Natuurlijk. Hebt u een afspraakje voor uw podcast?' vraagt de barman hoopvol.

'Daar kan ik uiteraard niets over zeggen.'

'Ah, ja, strikte geheimhouding, dat zei u net al.'

Nadine knikt samenzweerderig terwijl ze achter zich geritsel hoort van een krant die ineen wordt gevouwen. Een lange man in een nette jas komt naast haar staan, de krant nonchalant opgerold onder zijn oksel gestoken. Zijn rechterhand stevig om het handvat van een attachékoffer. Ondanks het feit dat ze Gabriel Baptiste nog nooit in levenden lijve heeft ontmoet, herkent ze hem meteen. 'Deze dame is op zoek naar mij,' laat hij de barman weten. 'Jij ook een cappuccino?' vraagt hij aan Nadine. 'Ik heb er al eentje uitgeprobeerd en ik kan hem sterk aanbevelen.' De barman pakt al twee kop-en-schotels, maar Baptiste steekt zijn hand op en schudt zijn hoofd. 'Om mee te nemen, alsjeblieft.' Hij buigt zich naar Nadine toe. 'In het park hiernaast kunnen we rustig praten zonder dat nieuwsgierige oren meeluisteren.' Hij werpt een korte blik op de barman, die beledigd snuift en Baptiste een onaardige blik toewerpt. Nadine haalt verontschuldigend haar schouders naar hem op.

Met twee goedgevulde kartonnen bekers in de hand slenteren ze via het Place des Vosges naar het park. 'Zeg, ik vind het heel gezellig, hoor, maar ik heb het eerlijk gezegd nogal druk. Misschien kun je ter zake komen en stoppen met al die geheimzinnigheid?'

'Wordt je nieuwsgierigheid je te veel?' Er verschijnt een zelfvoldane grijns op Baptistes gezicht. Nadine staat abrupt stil en kijkt hem doordringend aan.

'Oké, oké. Ik wil je spreken over een van mijn cliënten. Hij zit al jaren opgesloten, al meer dan een decennium, voor een misdrijf dat hij niet gepleegd heeft, en we willen dat jij je met de zaak gaat bemoeien om hem vrij te krijgen. Zo concreet genoeg?'

'Vraag je dit aan mij als medewerker van *Le Figaro* of als maker van *Crème de la Crime*?'

'Dat laatste.'

'Als je je in mijn podcast had verdiept, dan zou je weten dat ik me alleen bezighou met cold cases en niet met afgehandelde zaken.'

'De zaak van mijn cliënt is niet afgerond, want hij zit onschuldig vast.'

'Zegt je cliënt.'

'Ja, en ik geloof hem.'

'Weet je, dat zou ik heel erg vinden voor jouw cliënt, maar ik zie niet in wat ik voor hem zou kunnen doen. Zoals ik al zei gaat het in mijn podcast over cold cases.'

'Als je het begrip "cold case" wat ruimer interpreteert, dan valt de zaak van mijn cliënt daar ook onder. De moord waar hij van beschuldigd wordt heeft hij niet gepleegd en de echte dader loopt nog vrij rond. Ook al lijkt de zaak opgelost, dat is niet zo. Dus hoe cold wil je het hebben?'

Nadine neemt een slok van haar cappuccino en laat de koffie rondgaan in haar mond om wat tijd te winnen voor haar reactie. Uit de korte conversatie die ze met Baptiste heeft gevoerd, wordt al duidelijk dat hij zeer gevat is. En wezenlijk kan ze hem geen ongelijk geven. Maar waarom is zij de aangewezen persoon om zich hiermee te bemoeien? Dit is een taak voor politie en justitie, en dat zegt ze hem dan ook.

'Druk van de media zal politie en justitie bewegen om de zaak nog eens onder de loep te nemen en naar nieuwe bewijzen en hiaten in het onderzoek te kijken. Tot nu toe wil dit maar niet lukken. Jouw podcast is heel populair, je hebt een groot bereik en je bent ook nog eens een gerespecteerd misdaadjournalist van een gerenommeerde krant. Tel uit je winst, zou ik zeggen. Voor jou worden deuren geopend die voor velen gesloten blijven.'

'Maar wat wil je dan precíés van me?'

‘Dat je het dossier tot op de komma doorneemt, hiaten opspoort in het onderzoek, bewijzen die gebruikt zijn tegen mijn cliënt naloopt, praat met getuigen en betrokkenen van destijds en daar verslag van doet in een podcast. Ik bied je zelfs een exclusief interview aan met mijn cliënt.’

‘Ik voel me gevleid, maar ik denk dat je mijn invloed een beetje overschat. Bovendien sta ik op het punt om vanaf morgen met een nieuwe cold case aan de slag te gaan, de verdwijning van een klein meisje dat nog steeds spoorloos is. Ik werk met een vast format voor *Crème de la Crime* en jouw zaak past daar niet echt in.’

‘Niet echt of echt niet?’

‘Echt niet eigenlijk. En dan heb ik het nog niet eens over de tijd die alles wat je van me vraagt gaat kosten. Ik heb ook nog gewoon een baan, en een dag heeft helaas maar vierentwintig uur.’

‘Tijd. Je hebt het over tijd en dat is nou juist het hele probleem voor mijn cliënt. Hij zit de kostbare dagen van zijn leven te slijten op een plek waar hij niet thuishoort. Hij begint zijn levenslust te verliezen. En jij hebt de mogelijkheid hier iets aan te doen.’

‘Nu ga je te ver. Je moet me niet emotioneel gaan chanteren, want dan loop ik nu meteen weg. Ik ben niet verantwoordelijk voor hoe jouw cliënt zich voelt. Ik kén die hele vent niet.’

‘Maar hij kent jou wel en hij wil dat je hem helpt. Je bent zijn laatste strohalm.’ Baptiste houdt haar staande, legt zijn hand op haar schouder en kijkt haar recht aan. Zijn stem is zacht, maar daardoor extra indringend. ‘Moet ik je smeken? Want dat doe ik, hoor. Op mijn knieën?’ Hij voegt de daad bij het woord en knielt voor haar neer. Nadine kijkt gegeneerd om zich heen als ze verderop gefluit hoort. Een stel staat hand in hand naar hen te kijken met een verwachtingsvolle blik.

‘Sta op, idioot, het lijkt net of je me ten huwelijk vraagt.’

Hij knipoogt. ‘Een zakelijk huwelijk.’

Het stel wordt ongeduldig en schreeuwt: 'Zeg ja!'

'Hoor je het ook eens van een ander.' Baptiste grijnst terwijl hij overeind komt en het stof van zijn broek klopt. Hij steekt zijn duim op naar het stel, dat nog steeds staat te kijken. 'Stel je eens voor, Nadine, iemand pleegt een moord en luist jou erin. Het bewijs rammelt aan alle kanten, maar toch word je veroordeeld en achter slot en grendel gezet. Je leven wordt je afgenomen, niemand gelooft je, zelfs je eigen familie en vrienden niet. Iedereen laat je barsten en je bent totaal op jezelf aangewezen. In de gevangenis heb je geen leven omdat je bekendstaat als kindermoordenaar en pedofiel, terwijl je nog nooit een kind hebt aangeraakt of op die manier naar een kind hebt gekeken.'

'Wacht even. Kindermoordenaar en pedofiel? Het slachtoffer was een kind?'

'Een Nederlands meisje van zestien.'

'Dat zijn heftige beschuldigingen en je cliënt is ervoor veroordeeld.'

'Onterecht. Hij heeft het niet gedaan en hij is geen pedofiel.'

'Maar zo'n beschuldiging komt niet uit de lucht vallen.'

'Meestal niet, maar in zijn geval wel. Hij heeft de schijn tegen door een valse aangifte in het verleden.'

'Beweer je nou dat hij er twee keer in zijn leven in is geluisd terwijl hij volkomen onschuldig is? Dat is nogal onwaarschijnlijk. Zoveel pech heeft niemand.'

'Toch wel. Ik kan je de dossiers laten zien.'

'Dan kom ik weer terug op wat ik eerder zei, ik heb ook nog een baan bij de krant.'

'Onbetaald verlof?' stelt Baptiste voor. 'Een sabbatical van de krant gedurende het onderzoek? Het salaris kun je wel missen toch, aangezien je nu met François Bernard bent. Die man schijnt geld zat te hebben. En desnoods zet ik een crowdfunding voor je op.'

'Pardon?' Nadine kan haar verontwaardiging niet onderdrukken. 'Waar haal jij het lef en het recht vandaan om voor mij te bepalen of ik mijn salaris al dan niet nodig heb? Om denigrerend te spreken over mijn relatie met François? En waarom zou ik in godsnaam gratis werken voor iemand die ik niet ken en die van vreselijke dingen wordt beschuldigd?'

'Om dezelfde reden waarom ik dat doe. Omdat je niet tegen onrecht kunt en je de kans krijgt om samen met mij een onschuldige man te redden. Ik ben best een leuke collega, al zeg ik het zelf.'

'Je bent een arrogante praatjesmaker. En ik geloof er geen reet van dat jij dit allemaal voor niks doet. Ik weet hoe advocaten zijn.'

'Toch is het zo. Luister, ik snap dat je achterdochtig bent. Weet je waarom ik dit doe? Als je het echt moet weten, het is iets persoonlijks: mijn broer heeft zelfmoord gepleegd toen hij vals werd beschuldigd. Hij heeft de rechtszaak niet eens afgewacht. Mijn cliënt doet me denken aan mijn broer, die ik niet heb kunnen redden. Maar er zijn veel onschuldige mensen die ik misschien wel kan redden. Dáárom ben ik advocaat geworden. Dáárom heb ik gekozen voor een klein kantoor dat mijn filosofie deelt en mijn drijfveer begrijpt. Want geloof me, zonder arrogant te willen zijn: ik ben echt heel goed in wat ik doe en ik had allang bij een groot prestigieus kantoor kunnen werken. Ik had een stinkend rijke advocaat aan de top kunnen zijn, maar dat zou mij niet gelukkig maken.' Zijn vurige betoog laat Baptiste duidelijk niet onberoerd. 'Ik heb je hulp nodig, Nadine. Dit dossier rammelt aan alle kanten, maar het lukt me niet in mijn eentje om alle bagger naar boven te halen. Ik zei het al eerder: jouw bekendheid creëert veel mogelijkheden. Jij hebt belangrijke connecties, je hebt charme, je bent knap...'

'Ga me nou niet lopen vleien met dat soort onzin, want daar ben ik niet gevoelig voor.' Nadine baalt dat haar stem niet zo overtuigend klinkt als ze zou willen. Baptiste heeft wel een snaar bij haar geraakt met zijn woorden, die recht uit zijn hart leken te komen. 'Wat heftig van je broer. Is het lang geleden?'

'Hij is opgepakt in de millenniumnacht.' Baptistes gezicht krijgt nu een grimmige uitdrukking. 'En zeg niet dat ik verder moet met mijn leven omdat hij dat had gewild, want dat hoor ik al vaak genoeg.'

'Zoiets zou ik nooit zeggen. Ik denk dat ik in jouw situatie hetzelfde had gedaan.'

'Dus je begrijpt het? Je begrijpt waarom ik dit doe?'

'Ik denk het wel.'

'Help me dan. Help mijn cliënt.'

'Ik moet hier echt over nadenken. Ik kan nu niet zomaar ja zeggen.'

'Praat in elk geval een keer met mijn cliënt, kijk hem zelf in de ogen als hij zijn verhaal doet en neem dan een beslissing.'

'Ik weet het niet, hoor...' Nadine denkt aan de vrijheid waarmee zij door het leven gaat, en hoe vanzelfsprekend die voelt. 'Oké, ik zal met hem praten en het dossier bestuderen, maar meer kan ik nu niet beloven.'

'Meer vraag ik op dit moment ook niet van je.'

'Dat ik met je cliënt ga praten en naar de zaak kijk, is geen garantie dat ik er ook daadwerkelijk iets mee ga doen. Laat dat ook voor hem duidelijk zijn. Ik wil geen valse verwachtingen wekken en zelf in alle rust beoordelen of ik er net als jij van overtuigd ben dat hij onschuldig is.'

'Duidelijk. Dat begrijp ik.'

'En met "in alle rust" bedoel ik dat ik er niet van gediend ben dat je me gaat pushen om tot een besluit te komen.'

'Natuurlijk, mevrouw.'

'Ik meen het!'

'Ik ook.'

Toch denkt ze dat Baptiste zo iemand is die toch wel zijn eigen plan trekt en alles op alles zet als hij voor een zaak strijdt.

Ze herkent die gedrevenheid. Dat zou kunnen betekenen dat ze juist heel goed kunnen samenwerken. Zolang ze het met elkaar eens zijn, want bij onenigheid zou hun koppigheid zomaar de overhand kunnen nemen. Heeft ze zin in al dat gedoe? Waarom zou ze haar werk én haar leven overhoopgooien voor een wildvreemde? *Omdat je niet tegen onrecht kunt. Omdat je mensen die in onzekerheid zitten, perspectief wilt bieden door antwoorden te vinden. Daarom ben je die podcast begonnen. En omdat je kickt op de spanning. Je zult altijd tot het uiterste gaan en dat is precies wat deze zaak nodig heeft.*

'Dus ik kan op je rekenen?' Baptiste onderbreekt haar gedachten en steekt zijn hand uit. Ze aarzelt even maar beantwoordt hem en krijgt een stevige, geruststellende handdruk.

'Ik weet zeker dat je de zaak op je neemt als je mijn cliënt eenmaal hebt gesproken. Wanneer heb je een gaatje in je agenda?'

'Op zijn vroegst dit weekend. Ik heb een zeer strakke deadline voor de krant en dat ik hier met jou sta te kletsen brengt me eigenlijk al in de problemen. Ik heb elke seconde nodig om mijn artikel af te krijgen.'

Baptiste knikt. 'Oké, dan wordt het dit weekend, het is niet anders. Ik zal mijn cliënt laten weten dat hij helaas nog een kleine week geduld moet hebben.'

Nadine schudt met haar hoofd. 'Je weet wat ik heb gezegd over mij onder druk zetten. Je moet blij zijn dat ik überhaupt de tijd heb genomen om met je te praten. Normaal reageer ik niet op vage berichten van onbekende mannen die met me willen afspreken.'

'Maar je hebt wel op het mijne gereageerd,' wrijft hij haar zelfvoldaan in. 'Dat zegt wel iets.'

'O ja, wat zegt dat dan?'

'Dat je me woest aantrekkelijk vindt...'

'Laat dat maar uit je hoofd.'

'Of dat je intuïtie je mijn kant op stuurde, het lot en dat

soort dingen. Of dat je over een gezonde nieuwsgierigheid beschikt, zoals het een goede journaliste betaamt.'

'Zolang je maar weet dat je dat eerste kunt vergeten.'

Baptiste grijnst en stiekem constateert ze dat hij inderdaad heel aantrekkelijk is. En van haar leeftijd. Ze denkt aan François en wordt gelijk overvallen door schaamte. Baptiste is misschien heel knap, maar François is alles voor haar.

'Wat kijk je ernstig, gaat het wel goed?'

Ze schrikt van Baptistes doortastende stem en voelt zich op de een of andere manier betrapt. Alsof hij haar gedachten kan lezen. 'Ik moet gaan. Hoe krijg ik dat dossier in handen?'

Hij steekt haar de attachékoffer toe. 'Hier zit alles in wat je voor nu moet weten. Er is meer, maar dat komt later wel, als dingen concreet gaan worden.' Hij spreekt met zoveel zelfvertrouwen. Alsof het al vastligt dat zij haar podcast aan zijn zaak gaat wijden. In een oogopslag ziet ze dat de koffer voorzien is van een cijfercodeslot. 'En hoe krijg ik dit ding open? Ik heb mijn breekijzer thuis laten liggen.'

'Stuur me een berichtje als je thuis bent, dan stuur ik je de code. Ik wil absoluut voorkomen dat de informatie in verkeerde handen terechtkomt.'

'Wat denk je nou? Dat ik hier midden in het park ga zitten lezen en A4'tjes ga uitdelen?'

Baptiste rolt met zijn ogen. 'Zo'n koffertje is gewild jatvoer, maar in mijn ogen de enige manier om alle stukken netjes bij elkaar te houden als je onderweg bent. Zullen we zaterdag om tien uur afspreken bij de ingang van Gare du Nord? Dan reizen we vanaf daar samen naar mijn cliënt.'

'Ik wil me nog niet vastpinnen op een afspraak voordat ik mijn artikel af heb en ik wil in elk geval het dossier globaal hebben doorgenomen. Ik laat je eind van de week weten hoe het ervoor staat en dan kunnen we concreet worden.'

Voor het eerst ziet ze oprechte teleurstelling op het gezicht van Baptiste verschijnen en hoewel ze in haar volste recht staat om de boot nog even af te houden, voelt ze zich schuldig. Blijkbaar heeft hij haar in het afgelopen uur weten te raken. 'Sorry. Ik beloof je dat ik mijn uiterste best zal doen, maar ik kan niet van tevoren voorspellen hoe alles loopt. Het doornemen van het dossier kost ook tijd en ik wil het me goed eigen maken voor het gesprek. Kwaliteit boven kwantiteit, dat zul je toch met me eens zijn.'

Baptiste knikt afwezig. 'Dan ga ik geen seconde meer van je tijd in beslag nemen. Ik wil je trouwens met klem vragen om met niemand over dit dossier te praten totdat je de zaak aanneemt. Zelfs niet met je geliefde.'

Nadine fronst haar wenkbrauwen. 'Waarom zou ik er niet met François over mogen praten? Ik zou me zomaar kunnen voorstellen dat ik bij deze zaak behoefte heb aan zijn scherpe blik.'

'Als je niet kunt garanderen dat je er met niemand over zult praten, dan neem ik het dossier weer mee.' Zijn gezicht verhardt. Hij steekt zijn hand uit naar de koffer en ze draait van hem weg om te voorkomen dat hij hem van haar afpakt.

'Luister, het is echt belangrijk dat je je eigen afwegingen maakt zonder dat iemand, dus ook François niet, je daarin beïnvloedt.'

'Is dit weer een trucje? Probeer je me binnen te hengelen door het extra geheimzinnig te maken? Waarom betrek je hem hierin?'

'Ik wil dat je onbevooroordeeld blijft. Alles wat ik of iemand anders je vertelt, kan je neutraliteit beïnvloeden.'

'Als dat in het voordeel is van je zaak is dat niet erg, toch?'

'Jawel. Ik kan deze zaak alleen maar met succes aanvechten als we allebei tot het gaatje gaan omdat we er ten volste van overtuigd zijn dat mijn cliënt vals is beschuldigd. We zullen alles op alles moeten zetten om de feiten te achterhalen. En ik wil niet dat jouw beeld wordt vertroebeld.'

'Je praat nogal cryptisch, maar oké. Ik zal er met niemand

over praten. Maar weet dat ik niet van geheimzinnig gedoe ben gediend.'

Baptiste haalt een visitekaartje uit zijn zak en geeft het aan Nadine. 'Je kunt me op dit nummer appen als je vragen hebt en als je de code voor de koffer wilt weten. Ik wens je veel wijsheid toe.' Hij schenkt haar een scheve lach en loopt met grote passen weg. Zonder om te kijken verdwijnt hij uit het zicht en laat Nadine verbluft achter.

4

Nadine wrijft in haar ogen, die branden van vermoeidheid. Ze kan de zwaarte van haar wallen gewoon voelen op haar gezicht en moet een geeuw onderdrukken.

'Weinig geslapen?' vraagt Baptiste, die naast haar zit en rijdt. Hij heeft haar vanochtend om tien uur stipt opgepikt bij Gare du Nord. Ze werpt hem een geërgerde blik toe. 'Ja, ik heb slecht geslapen. Te weinig. Drie keer raden door wie dat komt.' Baptiste haalt in een verontschuldigend gebaar zijn schouders op. 'Het is voor de goede zaak.'

'Is dat zo? Dat valt volgens mij nog te bezien.'

'Maar je gelooft ook niet dat het een verloren zaak is, anders zat je nu niet op je vrije zaterdag naast me.'

'Niet zo bijdehand doen als ik nog geen koffie heb gehad. Ik dacht dat jij wel weer een cappuccino to go geregeld zou hebben.'

'Sorry, onattent van me. Had ik inderdaad best kunnen doen.'

'Nu moet ik maar hopen dat ze bij de gevangenis zo aardig zijn om me aan een cafeïneshot te helpen.'

'Ik raad je aan dat moment nog even uit te stellen. Dat gevangenisbocht is niet te drinken,' grinnikt Baptiste. 'Op de terugweg trakteer ik je op een echte koffie,' zegt hij er als goedmakertje achteraan. 'Is het goed gekomen met je artikel?'

'Eén minuut voor de deadline ingeleverd.'

'Strak!'

'Praat jij 's ochtends vroeg altijd zoveel? Wat vindt je vrouw daarvan?' Nadine kijkt met enige afgunst naar Baptistes onberispelijke uiterlijk en de alerte blik in zijn ogen. 'Volgens mij sta jij altijd aan.'

'Ligt eraan. Heb ik niet. Ja.'

Nadine kijkt hem wazig aan.

'Ik heb een kat die net als ik meteen wakker is als de wekker gaat en die het gezellig vindt als ik tegen hem praat. Zijn daarmee al je vragen beantwoord?'

'Geen relatie dus?'

'Mijn kat en ik kunnen heel goed met elkaar opschieten.'

Nadine rolt met haar ogen en zucht.

'Nee, geen relatie. Ik wijd mijn leven aan het vrijpleiten van onschuldige mensen en daarnaast blijft er weinig tijd over voor een sociaal leven.'

'Dat lijkt me eenzaam.'

'Is het soms ook, maar ik heb weinig tijd om erover na te denken.'

Nadine glimlacht. 'Nooit iemand tegengekomen met wie je het toch wilde proberen en die het oké vond om jou met je werk te delen?'

'O, jawel, maar het hield nooit stand. Op de langere termijn voelden ze zich toch altijd tekortgedaan en eerlijk gezegd kon ik ze geen ongelijk geven.'

'Vandaar die kat.'

Baptiste knikt. 'Inderdaad. Louis is lekker eigenzinnig en erg op zichzelf gericht. En in ruil voor wat brokjes is hij bereid om een knuffel te geven.'

Nadine staart naar de weg en luistert naar het stabiele gezoem van de banden die soepel over het asfalt glijden. Ze zet haar raampje een stukje open voor wat extra frisse lucht.

'Hoe lang zijn jij en François al samen?'

'Lees je geen roddelbladen?'

'Helaas ook geen tijd voor.'

'Een jaar of twee, waarvan we één jaar samenwonen.'

'Hij was getrouwd toch, toen jij hem wegkaapte?'

'Zo is het niet gegaan,' antwoordt ze kribbig. 'François en zijn ex waren alleen op papier nog samen. Het werkte al niet meer tussen hen toen de kinderen het huis uit gingen. Toen wij samen iets kregen heeft hij dat laatste formele stukje ook in gang gezet. Waarom zit ik me eigenlijk tegenover jou te verdedigen?' Ze richt de vraag meer tot zichzelf dan tot hem.

'Omdat ik advocaat ben? Ik ben er goed in om mensen antwoorden te ontlokken die ze eigenlijk niet willen geven.'

Hun gesprek wordt even onderbroken door het regelmatige getik van het knipperlicht dat Baptiste keurig aanzet als hij een afslag neemt.

'Wat vinden zijn kinderen er eigenlijk van dat hun stiefmoeder ongeveer even oud is als zij?'

'Zeg, zullen we het gewoon zakelijk houden? Ik heb er geen behoefte aan om door jou aan een kruisverhoor te worden onderworpen over mijn privéleven.'

'Ik snak naar zulke verhalen, omdat ik zelf geen privéleven heb.'

'Koop dan toch eens een roddelblad,' reageert ze lichtelijk geërgerd. Hij knipoogt en kijkt weer naar de weg. De zon staat fel te branden aan de hemel en Nadine baalt dat ze haar zonnebril vanochtend in alle haast is vergeten.

'Julien kijkt erg uit naar je komst,' verstoort hij de stilte al snel weer.

'Het is te hopen voor hem dat hij met een goed verhaal komt en dat ik mijn tijd niet zit te verdoen,' zegt ze stuurs.

'We weten allebei dat dat niet het geval zal zijn. Jij hebt net als ik de hiaten in het dossier gezien, de toevalligheden die aan elkaar zijn geknoopt tot "feiten", de onzorgvuldigheid waarmee het onderzoek is verricht. Moet ik nog even doorgaan?'

'Nee, niet nodig. Ik zal Julien Fournier in de ogen kijken als hij zijn verhaal doet en pas daarna vel ik mijn definitieve oordeel.'

'Beloof me dat je hem een eerlijke kans geeft.'

Dit is de eerste keer deze morgen dat Baptiste bloedserieus klinkt en ze niet het idee heeft dat hij haar op de een of andere manier uit haar tent probeert te lokken.

'Ik ben hier toch, dat zegt genoeg, lijkt me. Helemaal mijn neutrale zelf.'

'Je hebt het dossier voor jezelf gehouden?'

'Ja, dat had ik je toch beloofd? Hoewel ik François graag om zijn mening had gevraagd na het lezen van het psychiatrisch rapport dat over Fournier is opgesteld. Ik heb daar wel wat vragen over.'

'Zoals?'

'Of het gebruikelijk is dat de psychiater die het rapport heeft geschreven niet met naam en toenaam wordt genoemd.'

'In principe niet, maar als je de juiste connecties hebt... Het is in dit rapport om "moverende redenen" gedaan en ik krijg maar niet boven tafel wat die redenen zijn.'

'Hm, dat is opmerkelijk. De psychiater wilde blijkbaar niet in het openbaar met deze zaak geassocieerd worden. Een moordende pedofiel is natuurlijk een heel gevoelig onderwerp.'

'Of hij heeft betaald gekregen om een rapport op te maken met gewenste uitkomsten die in lijn waren met de heksenjacht die de politie tegen Julien voerde.'

'Je bedoelt dat de psychiater corrupt is? En mag ik er daarom met niemand over praten? Kent François diegene wellicht?'

Baptiste knikt instemmend. 'Dat vermoeden heb ik. Maar een naam heb ik helaas niet voor je. Die is wel bekend bij de rechter die de rechtszaak destijds behandeld heeft.'

'Is die rechter nog in functie?'

‘Sinds vorig jaar met pensioen.’

‘Dan lijkt het me goed om hem of haar een bezoekje te brengen…’

‘Hem.’

‘… en te vragen wat hij zich nog van deze zaak kan herinneren. Het anoniem houden van een psychiater is op zijn minst eigenaardig te noemen, dus wellicht kan hij zich nog feiten herinneren als wij hem een handje helpen.’

‘Wij? Je gaat Julien dus helpen?’

Nadine kijkt betrapt. ‘Eerst het gesprek, dan beslis ik,’ zegt ze met weinig overtuiging. Er verschijnt een voldane glimlach op Baptistes gezicht, maar hij houdt wijselijk zijn mond. Hij weet dat haar interesse door dit feit is gewekt en dat ze de zaak nu moeilijk los zal kunnen laten. ‘Zou het ook kunnen dat de psychiater zich heeft laten leiden door de maatschappelijke druk? Ik kan me voorstellen dat de mensen uit dat stadje Julien het liefst hadden gelyncht en met een vrijspraak sowieso geen genoegen namen. Er moest een zondebok komen en aangezien de politie haar pijlen volledig op Julien richtte, moest hij ervoor bloeden, ongeacht of hij schuldig was of niet. Ik filosofeer nu een beetje voor me uit, hoor,’ voegt ze er snel aan toe.

‘Ga daar vooral mee door,’ spoort hij haar aan.

‘Zijn er destijds ook bedreigingen geweest waar je van weet? Aan het adres van de politie of de rechter?’

‘Daar is niets over openbaar gemaakt. Ik heb er althans niets over kunnen terugvinden. Hoezo?’

‘Nou, als er wel bedreigingen waren, dan kan de psychiater ook uit veiligheidsoverwegingen anoniem zijn gehouden. Dat zou ik nog wel legitiem vinden. We hoeven natuurlijk niet altijd meteen van het slechtste uit te gaan.’

Baptiste schudt vertwijfeld zijn hoofd. ‘Het kan, natuurlijk kan het, maar mijn gevoel zegt dat dat hier niet het geval is.’

‘Maar we gaan uit van feiten, toch? Gevoel is fijn en soms

heel nuttig, maar we hebben keiharde feiten nodig in deze zaak. Op "gevoel" is nog nooit iemand vrijgesproken.'

'Je zei weer "we".'

Nadine geeft Baptiste een geërgerde por met haar elleboog. Hij krimpt eerst theatraal ineen en biedt dan zijn excuses aan. 'Sorry, dat was inderdaad flauw. Vanaf nu zal ik proberen om je niet meer te pushen.'

Het laatste stukje naar de gevangenis brengen ze zwijgend door.

5

Nadine loopt door een felverlichte gang achter Baptiste en een bewaker aan en schrikt als de zware deur waar ze net doorheen zijn gegaan met een harde klik dichtslaat. De gedachte dat deze sombere plek de enige leefomgeving is voor Julien Fournier en zijn medegevangenen bezorgt haar een claustrofobisch gevoel. Ze probeert de naargeestigheid uit haar hoofd te verdrijven door aan François te denken. Aan het vertrouwen in zijn liefdevolle blauwe ogen toen ze hem vertelde dat ze vandaag op pad moest voor een zaak waarbij ze, ondanks hun afspraak om op werkgebied zo min mogelijk te delen, later misschien zijn blik nodig had. Hij had haar in zijn armen genomen en ze had haar hoofd tegen zijn borstkas gelegd. Maar de rust en veiligheid die ze toen voelde zijn in deze gang ver te zoeken. Baptiste draait zich om en lacht geruststellend naar haar, alsof hij haar geworstel aanvoelt. Door het grote effect van zijn lach op haar voelt ze zich ook nog eens schuldig als ze weer aan François denkt.

Nadine is inmiddels de tel kwijt van het aantal deuren waar ze doorheen zijn geloodst zonder ook nog maar één gevangene te zien. De atmosfeer bezorgt haar kippenvel en haar bewondering voor Baptiste groeit. Hij bevindt zich een groot gedeelte van zijn tijd in dit soort krochten, gedreven door de wens om mensen die hier niet thuishoren er zo snel mogelijk weg te krijgen. Zelf had ze als kind al een enorme drang om de wijde wereld in te trekken en was ze liever buiten dan binnen. Muren komen nog steeds snel op haar af en als het penthouse waar ze nu met François woont geen ruim dakterras had gehad, dan was ze er nooit ingetrokken. Hoe verschrikkelijk moet het zijn om hier vast te zitten terwijl je onschuldig bent? Onverdraaglijk. Ze dacht dat ze wel begreep wat Baptiste dreef om onschuldige mensen die door iedereen in de steek zijn gelaten bij te staan, maar nu ze hier loopt in die deprimerende, allesverstikkende ruimte, voelt ze het pas echt.

Eigenlijk weet ze al dat ze Baptiste zal helpen met deze zaak, ook al heeft ze Julien Fournier nog niet eens gesproken. Misschien is deze zaak wel het startschot voor een verandering van haar podcast. Ze heeft altijd met een enorme drive aan cold cases gewerkt, maar mensen helpen die ten onrechte zijn veroordeeld zou haar ook veel voldoening kunnen geven. Het een hoeft het ander bovendien niet uit te sluiten. En wie weet zou ze dit in samenwerking met Baptiste kunnen doen. Er verschijnt een voorzichtige glimlach op haar gezicht.

6

Nadine gaat samen met Baptiste tegenover Julien Fournier zitten en neemt hem minutieus op. Voor hij ging zitten heeft ze gezien dat hij ongeveer net zo lang is als Baptiste, rond de een meter negentig. Het grijze trainingspak dat hij draagt slobbert om zijn magere lijf en zijn schouders zijn hoog opgetrokken en steken puntig uit. Met haar een meter vijfenzestig voelt ze zich haast een kind in hun gezelschap. Fourniers huid heeft een grauwe, ongezonde teint en zijn kin en voorhoofd zitten vol met minuscule puistjes. Zijn vette haar is al lang niet meer in een fatsoenlijk model geknipt en hangt slordig langs zijn gezicht. Desondanks ziet ze een knappe man met heldere blauwe ogen.

Baptiste schuift hem een papieren zak met croissantjes toe, die door de strenge controle zijn gekomen. Fournier pakt er eentje uit en begint te eten alsof hij al dagen niks heeft gehad. Hij lijkt zijn omgeving even helemaal uit het oog te verliezen en kreunt zachtjes bij elke hap die hij vrijwel ongekauwd doorslikt. Nadine volgt elke beweging. Kijkt naar zijn handen, zijn malende kaken, zijn lippen vol vettige kruimels. Ze probeert zich hem voor te stellen als moordenaar, als pedofiel, maar ze ziet het niet. Maar laat je intuïtie je niet meestal in de steek als het om misdadigers gaat? Hoe vaak heeft ze in haar werk niet kennisgemaakt met zowel mannen als vrouwen die er heel normaal uitzien, maar de vreselijkste dingen hebben gedaan? Fournier lijkt niet door te hebben dat ze hem minutieus opneemt en kauwt gestaag door op een tweede croissant.

Baptiste had haar al voorbereid op deze vreetbui waarin Fournier niet aanspreekbaar zou zijn. Fourniers medegevangenen azen continu op zijn eten en steeds vaker ontbreekt het hem aan kracht om voor zichzelf op te komen. Hij is vrijwel altijd uitgehongerd en het lukt Baptiste niet om een deal te sluiten met de bewakers om Fournier extra te beschermen. Pedofielen en kindermoordenaars staan helemaal onderaan de rangorde in de gevangenis en hebben het zwaar te verduren.

Fournier begint aan zijn laatste croissant en Nadine richt haar ogen even op Baptiste. De advocaat gaat met zijn duim langs de keurig geknipte schone nagels van zijn rechterhand en wuift daarna een paar denkbeeldige pluisjes van zijn broek. Al snel slikt Fournier zijn laatste hap door, veegt zijn mond en handen af aan het bijgesloten servet en kijkt dan Nadine voor het eerst echt aan. De intensiteit van zijn blik veroorzaakt een schok in haar lichaam. Fournier steekt zijn hand niet uit maar knikt haar toe om zich voor te stellen. 'Ik ben jaren geleden al gestopt met handen schudden. Alles is hier te vies om aan te pakken.' Hij doelt duidelijk ook op zichzelf. Nadine is verrast door zijn diepe stem, die een stuk minder fragiel klinkt dan zijn uitstraling doet vermoeden. In het dossier heeft ze vernomen dat hij voordat hij werd veroordeeld voor de klas stond. En ze hoort nu duidelijk een stem die in het verleden gewend was voor grotere groepen te spreken. Een stem die genoeg kracht heeft om ook de kinderen achter in de klas te bereiken. Nadine knikt terug en schraapt haar keel. 'Nadine Dubois, misdaadjournalist.'

Fournier knikt weer. 'Ik weet alles van u. Ik heb u het afgelopen jaar zorgvuldig bestudeerd.' Nadines gezicht betrekt. Onwillekeurig krijgt ze de kriebels van zijn woorden en ze kan zich niet aan de indruk onttrekken dat Fournier het doorheeft. Uit het glimlachje rond zijn mond maakt ze op dat hij er genoegen in schept dat hij iets bij haar losmaakt, ook al zijn het negatieve gevoelens. Baptiste voelt het ongemak en neemt het woord. 'Julien is heel blij dat je hier vandaag bent om naar zijn verhaal te luisteren, toch Julien?'

'Sterker nog, het is me een eer,' antwoordt Fournier. Het subtiele lachje prijkt nog steeds rond zijn mond. Ineens wordt zijn gezicht volledig ernstig. 'Jij bent mijn enige hoop, Nadine. Mag ik Nadine zeggen?'

Ze stemt in, terwijl ze eigenlijk liever heeft dat hij haar met 'mevrouw Dubois' aanspreekt om wat meer afstand te bewaren.

'Je bent niet alleen mijn enige hoop, maar ook mijn laatste. Als jij me niet kunt helpen, maak ik er een eind aan. Ik hou het niet veel langer vol in deze hel.' Fourniers ogen worden waterig en Nadine voelt dat zijn emoties oprecht zijn.

'Ik heb niet gedaan waar ze me van beschuldigen. Ik ben niet dat monster dat ze van me hebben gemaakt. Ik ben erin geluisd.'

Nadine steekt haar hand op. 'Voor je verdergaat, heb je er bezwaar tegen als ik dit gesprek opneem? Áls ik een podcast over je zaak ga maken, dan wil ik alles wat we bespreken opnemen om in overleg met jou en je advocaat te gebruiken. Deze eerste kennismaking en jouw versie van het verhaal heb ik dus ook nodig. Ik wil quotes kunnen gebruiken als aanvulling op mijn eigen bevindingen en bovendien heb ik vragen naar aanleiding van je dossier, die wil ik je kunnen stellen.'

Fournier zoekt even oogcontact met Baptiste en stemt dan in. 'Krijg ik de podcast van tevoren te horen? Hebben Gabriel en ik nog invloed op wat je uitzendt? Het is uiteraard niet de bedoeling dat je mijn zaak schade toebrengt met bepaalde uitspraken.'

'Luister, ik ben de enige die bepaalt wat er naar buiten gaat. Ik ben geen rechter en geen advocaat, maar een onafhankelijke journaliste, en zo zal ik ook naar de zaak kijken. Als ik ontdek dat er dingen in de zaak niet kloppen, dan is het mijn taak om ze naar buiten te brengen. Maar aangezien je beweert onschuldig te zijn hoef je je daar geen zorgen over te maken, toch?'

'Nee.' Fourniers stem klinkt aarzelend.

'Ik zit hier niet om jou of Gabriel Baptiste naar de mond te praten, ik zit hier om objectief naar de feiten te kijken en antwoorden te vinden op openstaande vragen. Maar eerst wil ik mezelf ervan overtuigen dat je onschuldig bent.'

'Dat begrijpen we, Nadine,' reageert Baptiste wat geprikkeld. 'Zet die opnameapparatuur nou maar aan, dan kunnen we concreet worden. De bezoektijd is sneller voorbij dan je denkt.'

Nadine haalt haar telefoon, die al op haar schoot lag, tevoorschijn en legt hem op tafel. Van de bewaker heeft ze hem op vliegtuigmodus moeten zetten, maar de recorder in het toestel werkt nog gewoon. Ze drukt op de homeknop en er verschijnt een lachende foto van haar en François op het scherm. Voor ze het in de gaten heeft grist Julien Fournier haar toestel van tafel en staart met open mond en een nog bleker geworden gezicht naar de foto.

'Hé, geef terug!' Nadine springt op en buigt over tafel naar Fournier toe. Ze probeert haar telefoon te pakken maar grijpt mis als Fournier zijn hand met het toestel buiten haar bereik houdt. 'Ik ken die man. Dit is de psychiater die destijds een vals rapport over mij heeft ondertekend.'

7

Nadine voelt haar lichaam verslappen als Fournier zijn woorden herhaalt. 'Dit is hem, dit is de psychiater die zich met mijn dossier heeft bemoeid.' Fournier kijkt Nadine geschokt aan terwijl ze naar de juiste woorden zoekt. Ze zoekt steun bij Baptiste, maar die kijkt van haar weg. 'Je bedoelt de anonieme psychiater uit het dossier?' vraagt ze, hopend op een ontkenning. Dit moet een groot misverstand zijn. Maar als hij antwoordt moet ze haar voeten stevig op de grond zetten om recht te blijven zitten.

'Ja, dat is hem. Zijn rapport gaf de rechter het laatste zetje om me te veroordelen. Dit is de man die mijn leven mede kapot heeft gemaakt.'

'Maar dat kan helemaal niet! François is de integerste man die ik ken. Hij zou zoiets nooit doen. Je vergist je. Je bent vast in de war met iemand die op hem lijkt.'

'Hij vergist zich niet, Nadine,' zegt Baptiste. Nu kijkt hij haar recht aan. De stelligheid in zijn stem is een keiharde klap in haar gezicht.

'Jij kent François als een integer persoon, dat is het gezicht dat hij jou laat zien. Julien en ik kennen hem op een andere manier.'

'Kennen hem op een andere manier? Bedoel je daarmee dat je hiervan wist? Dat je hebt gelogen toen je tegen me zei dat je niet wist wie die psychiater was?'

'Ik ben er niet trots op, Nadine, maar het was een leugentje om bestwil. Als ik je al had verteld over François' betrokkenheid tijdens onze eerste ontmoeting, dan was je meteen weggelopen. Had je me waarschijnlijk niet eens mijn verhaal laten doen. In de auto kon ik het ook niet zeggen omdat je dan zou zijn uitgestapt.'

'Jullie zitten hier gewoon een spelletje met me te spelen! Hoe durven jullie!'

'Het was de enige manier om je hier te krijgen.' Baptistes stem klinkt zacht maar vastberaden. 'Begrijp je nu waarom ik je vroeg om niks over dit dossier met François te delen? Hij zou je onmiddellijk hebben afgeraden je ermee in te laten en je daar op alle mogelijke manieren van proberen te overtuigen. Hij schrikt niet terug voor het geven van valse informatie en zou het je onmogelijk hebben gemaakt om een goed beeld te krijgen van deze zaak. Er staat te veel op het spel voor hem.'

Nadine kijkt Baptiste met een getergde blik aan en knijpt haar ogen tot spleetjes. 'Ik wil bewijs zien. Je kunt wel van alles beweren, maar ik heb nog geen document gezien dat ook maar iets hiervan onderbouwt. Waarom zou ik dit zomaar geloven?'

'Daar heb je ook meer dan recht op.' Baptiste pakt zijn koffer van de grond, legt hem op de tafel en klikt hem open. Boven op een stapel papieren ligt een doorzichtig mapje. Hij pakt het uit de koffer en geeft het aan Nadine. Ze grist het uit zijn handen en gaat in kleermakerszit in de uiterste hoek van het kamertje zitten, zo ver mogelijk bij Baptiste en Fournier vandaan, die doorhebben dat zij haar nu met rust moeten laten.

Nadine aarzelt even voordat ze de documenten uit het mapje haalt. Ze kan nog weglopen zonder er een blik op te werpen, het is nog niet te laat. Als ze doorzet, zet ze iets onomkeerbaars in gang wat haar leven, dat van François en dat van hen samen volledig op zijn kop kan zetten. *Wat is belangrijker? Je journalistieke integriteit of je privéleven?* Met trillende handen trekt ze de documenten met een ruk uit het mapje. Ze weet dat ze hier niet van kan weglopen. Het zou te veel gaan knagen en haar niet meer loslaten. Kauwend op haar wang begint ze te lezen. Eerst gedetailleerd, maar daarna steeds vluchtiger tot ze bij de laatste pagina aankomt, waar het bewijs staat dat ze zoekt. François' naam met daaronder zijn zwierige handtekening, die ze hem zo vaak onder belangrijke stukken heeft zien zetten. De tranen springen in haar ogen als ze zich realiseert wat dit betekent. 'Waar kan ik de authenticiteit van deze documenten vaststellen?' vraagt ze met bibberende stem.

'Je kunt ervan uitgaan dat ze echt zijn en dat ik ze verkregen heb via iemand die jarenlang dicht bij François in de buurt is geweest.'

'Dat is niet genoeg, Gabriel, dat begrijp je zelf ook wel, toch? Het is een flinke beschuldiging, die verregaande consequenties heeft gehad...' Ze werpt een blik op Julien Fournier. '... en nog heel veel consequenties zál hebben als dit naar buiten komt. Dit gaat carrières verwoesten, reputaties vernietigen.'

'Mijn leven redden,' vult Fournier aan terwijl hij Nadine doordringend aankijkt.

Ze voelt haar benen weer even slap worden, maar herstelt zich. 'Waar heb je die documenten vandaan en waarom heb je ze verborgen gehouden?'

'Je moet goed beseffen dat ik jaren bezig ben geweest om het bestaan van deze documenten zwart-op-wit te krijgen en nog eens een jaar heb moeten lobbyen om ze in handen te krijgen. François kent veel belangrijke mensen en in de kringen waar hij in verkeert houden mensen elkaar de hand boven het hoofd. Ze weten allemaal wel iets van elkaar, zijn allemaal op een of andere manier chantabel. "Als jij je mond houdt over mij, dan doe ik dat over jou."'

'Maar iemand heeft die zwijgplicht doorbroken. Wie?'

‘Ik heb die persoon beloofd zijn of haar identiteit zo lang mogelijk te beschermen.’

‘Komt diegene uit de zakelijke of de persoonlijke kring van François?’

‘Wat maakt het uit?’

‘Geef nou maar gewoon antwoord op de vraag.’

‘De persoonlijke kring.’

‘Oké, dan kan ik wel raden wie het is. Zijn ex. Die voelt nog steeds wrok omdat François haar heeft verlaten. Heb ik gelijk of niet?’

Baptiste zwijgt en kijkt haar met een uitgestreken gezicht aan. Door zijn pokerface valt niet heen te prikken.

‘Het moet zijn ex wel zijn. Hoe weet je zeker dat ze dit document niet heeft vervalst? En dan heb ik het nog niet eens over het ethische aspect. Hoe heeft ze kunnen aanzien dat dit document de doorslag gaf voor Juliens veroordeling en hij achter de tralies werd gestopt? Hoe kun je dat een ander mens aandoen?’

‘Misschien deelde ze de “hoogstaande ethiek” en “integriteit” van haar man?’ bemoeit Fournier zich ermee. Baptiste werpt hem een waarschuwende blik toe en schudt zijn hoofd.

‘Je kunt de pot op, Gabriel, ik vind dat we nu volledig open kaart moeten spelen. Nadine heeft er recht op om alles te weten, zeker omdat het haar privéleven raakt. We zijn Christine niets verschuldigd, sterker nog, ze is *míj* wat verschuldigd, dacht ik zo.’

‘Goed punt, Julien.’ Nadine slaat haar armen over elkaar en kijkt Baptiste uitdagend aan. ‘Ik wil dat jullie vanaf nu volledig eerlijk tegen me zijn. Geen spelletjes meer, geen achtergehouden informatie. Als ik die garantie niet krijg, loop ik nu deze kamer uit en kom ik nooit meer terug. Dat zou voor jullie zaak heel onverstandig zijn, want er is maar één iemand die op dit moment heel dicht bij François staat. Zeg het maar.’

'Dus je bent bereid om François' betrokkenheid te openbaren?' vraagt Baptiste.

'Hoho, je gaat weer te snel. Ik ben bereid om hier verder in te duiken en het document te onderzoeken. Als het inderdaad authentiek is, wat heeft François er dan toe bewogen om valsheid in geschrifte en meineed te plegen? Is het een eenmalig iets geweest, of heeft hij vaker dit soort fratsen uitgehaald? Wie zijn er nog meer bij betrokken, wie weten er nog meer van? Allemaal vragen waar ik graag antwoord op zou krijgen.' Als ze nu denkt aan François voelt ze alleen maar onrust. Ze had nooit kunnen vermoeden dat haar relatie plots op het spel zou komen te staan. Maar hoe graag ze het ook zou willen, ze kan dit niet negeren. Ze kan niet wegkijken bij misstanden, dat heeft ze nooit gekund. Zelfs niet als iemand van wie ze houdt erbij betrokken is.

'Hoe wil je het gaan aanpakken? Ga je de directe confrontatie met François aan?' vraagt Baptiste.

'Eerlijk gezegd wilde ik iets subtieler te werk gaan. Ik denk dat we het rapport waar François zijn naam onder heeft gezet nog even onder ons moeten houden. Hij komt hoe dan ook binnenkort te weten dat ik me met Juliens zaak bezighou. Zodra de eerste podcast online staat, kan ik het niet meer voor hem verborgen houden. Ik wil hem de kans geven om open kaart te spelen en als hij dat niet doet, zal een confrontatie op den duur onvermijdelijk zijn. Toen ik hier binnenkwam om met Julien te praten had ik alleen een zakelijk motief. Nu is het ook persoonlijk.' Ze richt zich specifiek tot Baptiste. 'Wel moet ik jou iets zeggen. Ik voel me behoorlijk gebruikt. Je hebt me in de eerste plaats benaderd omdat ik een relatie met François heb en niet omdat ik een succesvolle podcast heb. Heb ik gelijk of niet?'

'Voor mij weegt dat beide even zwaar,' antwoordt Baptiste.

'Wees eens heel eerlijk tegen me, want dat zouden we zijn, toch?'

'Oké, je persoonlijke situatie woog iets zwaarder. Zoals je al zei: er is niemand die op dit moment dichter bij hem kan komen. Maar je podcast, je populariteit én je expertise zijn ook heel waardevol voor deze zaak.'

'Ik begrijp het, ik ben gewoon een handige schakel die je hierna niet meer nodig hebt.'

'Nu doe je jezelf en ons tekort. Als we samen gaan proberen om Julien vrij te krijgen, zijn we een team. Voor mij betekent het dat we allemaal gelijkwaardig zijn en samen tot het uiterste gaan.'

Nadine kijkt Baptiste wat achterdochtig aan.

'Ik beloof het je, echt.'

'Vooruit dan maar. Laten we het beetje tijd dat we nog hebben gebruiken voor de aftrap van mijn eerste podcast.' Nadine legt haar telefoon weer op tafel en zet de recorder klaar. 'Even voor de duidelijkheid, Julien, ik ga je wat vragen stellen en ik wil dat je daar zo uitgebreid mogelijk op antwoordt. Ik hou ervan als ik voldoende materiaal heb om quotes uit te halen. Mijn eigen teksten spreek ik thuis in en weef ik door jouw verhaal heen zodat het een samenhangend geheel wordt voor de luisteraars. De cold case waar ik mee aan de slag zou gaan, stel ik uit tot ik de serie rond jouw zaak heb afgerond. Dat zal misschien wat boze reacties opleveren en om geen luisteraars te verliezen moet de eerste aflevering knallen. En jouw veroordeling voor pedofilie en de moord op een minderjarig meisje... Ik hoef je niet uit te leggen wat dat voor gevoelens bij mensen losmaakt. Aan mij dus de taak om ze toch genoeg voor deze zaak te interesseren dat ze hem gaan volgen. Ik zal niet altijd lief voor je zijn en ook zeer ongemakkelijke vragen stellen. Ik verwoord mijn eigen twijfels, maar ook die van de luisteraars. Ben je er echt klaar voor om je zaak naar het publieke debat te halen? Want reken maar dat je een hoop bagger over je heen gaat krijgen. Wij alle drie trouwens. En door social media liggen bedreigingen altijd op de loer.'

‘Kom maar op,’ antwoordt Fournier vastberaden. ‘Ik denk dat jullie je meer zorgen moeten maken over jullie reputatie en veiligheid dan ik. Mijn reputatie is al naar de klote en ik zit hier redelijk veilig achter slot en grendel. Realiseren jullie je eigenlijk wel wat júllie te wachten staat?’

‘Ik ga jouw woorden herhalen, Julien,’ antwoordt Baptiste als eerste. ‘Kom maar op. En reputatie is tegenwoordig ook maar gebaseerd op de waan van de dag. Hoe populair je ook bent, als je in de ogen van het publiek een misstap maakt, is het gedaan met je. Ik denk dat er voor Nadine in dat opzicht het meest op het spel staat. Deze zaak kan in het ergste geval haar podcast om zeep helpen.’

‘Of hem een extra boost geven,’ zegt Nadine. ‘Ik bekijk het graag een beetje positief, anders voelt het bij voorbaat al als opgeven. Hoe dan ook, deze zaak zal heel veel discussie op gaan leveren op mijn forum. Dus voor we beginnen, Gabriel, is de familie van het slachtoffer ervan op de hoogte dat Julien zijn gevangenschap en veroordeling aanvecht?’

‘Ik heb geen contact met ze gehad. Tot nu toe is alles wat ik heb gedaan achter de schermen gebleven.’

‘Maar dat stopt nu. Voordat mijn eerste podcast online gaat wil ik de nabestaanden waarschuwen, dat lijkt me wel zo eerlijk. Het lijkt me vreselijk voor ze om onverwacht geconfronteerd te worden met Julien, de man van wie ze denken dat hij de moord heeft gepleegd. Bovendien, als Julien onschuldig is, wie heeft hun geliefde dan vermoord? Als de politie de zaak heropent, is dat voor ons het gunstigste scenario, maar voor hen betekent het dat alles opnieuw begint. Het zal hun leven weer volledig op zijn kop zetten en veel verdriet veroorzaken.’

‘Heel mooi en attent dat je zo begaan bent met de nabestaanden, maar ik denk dat het voorlopig niet zo’n vaart zal lopen. De kans dat de nabestaanden naar jouw podcast luisteren is vrij klein.’

‘Ik heb ook buitenlandse luisteraars, Gabriel. En we moeten

niet uitsluiten dat de pers contact met ze zoekt als de zaak door de podcast eventueel weer volop in de aandacht staat. Ik vind dat we ze daarop moeten voorbereiden als het die kant uit dreigt te gaan.'

'Ach, misschien heb je ook wel gelijk. Ik wil alleen voorkomen dat je meer energie steekt in de nabestaanden dan in Julien,' geeft Baptiste toe. 'Aangezien je er ook nog een baan naast hebt die je tijd beperkt.'

'Ik overweeg naar je te luisteren en een paar weken vrij te nemen van de krant. Ik heb toch nog genoeg vakantiedagen. Als ik me een paar weken onafgebroken op deze zaak stort, dan kan ik hopelijk de belangrijkste betrokkenen spreken. Ik moet antwoorden vinden op de vragen die ik heb na het lezen van het dossier. Ik denk dat ik in de buurt van de plaats delict een huisje ga huren om me onder te kunnen dompelen in de sfeer van de omgeving. Ik wil mijn luisteraars een beeldend verhaal kunnen vertellen. Maar voor ik dat doe wil ik de nabestaanden spreken. Om hun kant van het verhaal te horen, maar ook om het slachtoffer beter te leren kennen. Wie was ze, wat hield haar bezig tot die fatale nacht?'

'Ik weet niet of het in Juliens voordeel werkt als je het slachtoffer in de schijnwerpers zet...' reageert Baptiste voorzichtig.

'Ik snap dat je dat zegt, maar mijn taak hier is het schetsen van een totaalplaatje zodat de luisteraars een gewogen oordeel kunnen vormen. Daarvoor heb ik het slachtoffer nodig. Ik kan haar niet buiten beeld laten. Idealiter zou de familie meewerken aan de podcast en zich laten interviewen, maar misschien is dat te hoog gegrepen.'

'Julien heeft het oordeel van een rechter nodig, niet van het publiek.'

'Dat ben ik niet met je eens. De publieke opinie is hier wel degelijk van groot belang. Als ik voldoende zwart-op-wit bewijs vind dat er fouten zijn gemaakt in het onderzoek, gaat dat hopelijk maatschappelijke reuring opleveren. Als de ophef maar groot genoeg is, kan het druk zetten op de autoriteiten om de zaak te heropenen. Dat is toch precies wat we willen? Je zult me moeten vertrouwen, Gabriel. Jij bent gespecialiseerd in de wet, ik in verslaglegging voor het grote publiek en social media.'

Julien antwoordt als eerste. 'Mijn dossier is bij jou in goede handen, Nadine. Als ik daar niet van overtuigd was geweest dan zat je hier nu niet. En ik spreek ook namens Gabriel.'

'Ik heb de gegevens van de persoon die destijds het aanspreekpunt van de familie was. Ze heet Lauren Martens.' Die bevestiging van Baptiste is alles wat ze nodig heeft om te beginnen.

'Laten we niet nog meer tijd verliezen.' Ze haalt de recorder van de pauzeknop en stelt haar eerste vraag aan Julien Fournier.

Deel 2
Twaalf jaar geleden

8

Delfzijl

Zo rustig mogelijk loopt Lauren over de rode betonklinkers naar de voordeur en belt aan. Heen en weer wippend van haar ene op haar andere voet wacht ze met een brok in haar keel tot er wordt opengedaan. Ze hoort gestommel in de gang en de deur gaat met een verwelkomende zwier open. 'Lauren? Wat een verrassing!' Haar moeder kijkt haar blij aan en dat breekt haar. Al haar voornemens om in eerste instantie net te doen alsof er niets aan de hand is, verdampen. 'Hi mam,' weet ze nog net uit te brengen voordat ze in tranen uitbarst.

'Maar meisje toch. *Qu'est-ce qu'il y a?*' Haar moeder neemt Lauren in haar armen en fluistert troostende woordjes terwijl ze over haar rug wrijft. '*Ma chérie. Ma douce chérie.*' Het ritme van de Franse taal heeft een troostend effect op Lauren en roept het geborgen gevoel uit haar kindertijd op. 'Sorry, mama. Het is uit met Raf. Hij heeft me bedonderd. Ik voel me zo'n idioot. Hij ging al maanden vreemd.'

'Ach, lieverd, wat erg voor je. *Le bâtard!*' Als het op primaire emoties aankomt switcht haar moeder hoewel ze al een kwarteeuw in Nederland woont vaak nog steeds automatisch naar haar moedertaal, waardoor Lauren zelf ook geregeld in het Frans vloekt. 'Hij verdient je niet!'

'Kan ik hier een tijdje blijven, mama? Raf is in het appartement gebleven.'

‘Er staat hier altijd een bed voor je klaar, Lauren, dat weet je. Zo vaak en zo lang als je wilt. Kom, geef me die zware rugzak eens aan, dan gaan we naar binnen.’ Haar moeder werpt een blik op Laurens volgestouwde Mini Cooper. ‘Eerst een troostwijntje en daarna halen we de rest wel binnen.’

‘Ik probeer zo snel mogelijk weer iets voor mezelf te vinden, mam. Ik wil jullie niet tot last zijn.’

‘Eén ding moet je goed in je oren knopen: je bent ons nooit tot last en ik vind het hartstikke gezellig om je een tijdje om me heen te hebben. Dat geldt ook voor je vader en je zusje. Zo vaak zien we elkaar tenslotte niet sinds je studeert.’

Het klinkt niet als een verwijt en zo is het ook zeker niet bedoeld, maar toch voelt Lauren zich schuldig dat ze de afgelopen jaren niet wat vaker op bezoek is geweest. Vanuit Groningen is ze hier nota bene in nog geen uur. Ze loopt achter haar moeder aan naar binnen en sluit de voordeur. De geur van gebakken aardappeltjes en biefstuk hangt nog in de lucht als ze haar moeder de woonkamer in volgt. Even krijgt ze er trek van, maar ze weet dat ze zich te rot voelt om te kunnen eten. Ze hoort het ouderwetse koffieapparaat vanuit de keuken pruttelen. Haar vader zit in zijn leunstoel en kijkt op van achter zijn krant. Celeste ligt languit op de bank en neemt niet de moeite om overeind te gaan zitten om plek te maken voor Lauren. Ze knijpt haar ogen samen en observeert Lauren koeltjes. ‘Heeft hij je gedumpt?’

‘Dag Celeste, ook fijn om jou weer te zien.’ Lauren blaast haar zus een handkusje toe en loopt naar haar vader om hem een knuffel te geven.

‘Nou, zeg eens, heb ik gelijk of niet? Hij heeft je gedumpt, hè?’

‘Celeste!’ zegt haar moeder streng. ‘En ga eens fatsoenlijk zitten zodat Lauren ook op de bank kan. Iedereen koffie?’

‘Doe mij maar dat wijntje waar je het net over had,’ antwoordt Lauren terwijl ze de benen van Celeste met enige dwang aan de kant schuift. Zodra ze zit, gooit Celeste haar licht gebruinde benen over Laurens schoot. De nagels van haar kronkelende tenen zijn gelakt in een pastelroze kleur die ook is verwerkt in het kleurige korte broekje dat ze draagt. Een van de schouderbandjes van haar zwarte topje hangt halverwege haar schouder. 'Ik doe een wijntje mee met Lauren, mam,' deelt Celeste haar moeder nonchalant mee.

'Geen denken aan, dame. Je kunt koffie of iets fris krijgen. Geen alcohol en zeker niet doordeweeks.'

'Dan wil ik een extra koekje.'

Lauren is nog maar net binnen en ze ergert zich nu al kapot aan het divagedrag van haar zus. Als nakomertje is ze door hun ouders behoorlijk verwend en Celeste is nog steeds gewend om altijd haar zin te krijgen. Na de geboorte van Lauren kreeg haar moeder meerdere miskramen en toen haar ouders de moed op een tweede kind al hadden opgegeven, was daar ineens zeven jaar later toch Celeste. Sinds Lauren vier jaar geleden op zichzelf was gaan wonen – eerst in een studentenflat en de afgelopen twee jaar met Raf – is Celestes gedrag er niet beter op geworden.

Haar moeder komt uit de keuken lopen met een dienblad met drie gevulde koffiekopjes, een schaaltje met koekjes en Laurens wijn.

Celeste pakt haar kopje koffie en houdt het in de lucht. 'Op Lauren, en dat ze maar snel weer een nieuw vriendje mag vinden. Op je drieëntwintigste wil je niet te lang alleen blijven.'

'Heel bemoedigend, Celeste. Dank je wel. Als je het niet erg vindt ga ik eerst op zoek naar een nieuw huis.'

'En tot die tijd blijf je hier?' vraagt Celeste naar de bekende weg.

'Als papa en mama dat goedvinden, dan zou dat heel fijn zijn, ja.'

'Ik maak de logeerkamer...' antwoordt haar moeder, maar Celeste onderbreekt haar.

'Lauren slaapt vannacht bij mij.'

'Lauren heeft er misschien wel even behoefte aan om alleen te zijn na wat ze heeft meegemaakt,' probeert hun vader Celeste wat af te remmen.

'Natuurlijk heeft Lauren behoefte aan mij. Zussen onder elkaar. We hebben heel wat bij te praten, nietwaar Lauren? Bovendien kan ik heel goed luisteren.' Ze buigt zich naar Lauren toe en fluistert zo zacht dat hun ouders het niet kunnen horen: 'Ik wil alle *dirty details* over jou en Raf horen.'

'Ik maak evengoed de logeerkamer in orde. Bovendien moet jij morgen gewoon naar school, Celeste,' zegt hun moeder streng, 'dus het lijkt me verstandiger als Lauren pas in het weekend een nachtje op jouw kamer logeert.'

Celeste trekt een pruillip en haakt haar arm in die van Lauren. 'Ik kan morgen toch gewoon thuisblijven? Als papa me nou ziek meldt?' betrekt ze hun vader er ook in. 'Lauren heeft me nodig. Het is niet niks, hoor, als je relatie na twee jaar uitgaat. Ik heb morgen toch geen belangrijke lessen. Beetje gym en maatschappijleer en zo. Ik wil er zijn voor mijn zus. Pap?' Ze kijkt hem met haar liefste blik aan en ze ziet haar vader erin trappen.

'Amélie?' zoekt hij steun bij hun moeder.

'Ik weet het niet, hoor Aart.'

'*Ah, maman?*' smeekt Celeste verder. '*S'il vous plaît?*' Het horen van haar moedertaal in Celestes zangerige stem is het laatste zetje dat hun moeder nodig heeft. Lauren kijkt geërgerd naar de manipulatieve kwaliteiten van haar zusje, maar mengt zich er voor nu niet in. De puf ontbreekt en bovendien weet ze nu al dat haar kritische woorden worden afgedaan als jaloezie, dat was vroeger ook al zo. Haar ouders komen er later nog wel achter. En met een beetje mazzel is ze hier snel weer weg.

'... toch, Lauren?' Celeste kijkt haar vragend aan.

'Huh, wat?'

'Dat we morgen gaan shoppen in Groningen. Troostaankopen, dat is wat jij nodig hebt.'

'Nou, eerlijk gezegd...'

'Mooi, dat is dan geregeld. We gaan met jouw auto.'

'Dan mag je eerst al die spullen er wel uit halen,' merkt Amélie op. 'Het staat bijna tot aan het dak opgestapeld.'

'Pappie? We hebben een sterke man nodig om Laurens spullen naar de schuur te brengen.'

Haar vader maakt al aanstalten om op te staan, maar dan grijpt Lauren toch in. 'Papa drinkt eerst even zijn koffie op en daarna helpen wij met uitladen, Celeste.'

Haar zusje lijkt haar strenge woorden te accepteren en haalt haar schouders op onder begeleiding van een nonchalant 'Whatever,' waarna ze opzichtig en luidruchtig in haar kopje begint te roeren. Lauren wordt nerveus van het constante getik van de lepel tegen het porselein en zucht geërgerd. Ze vindt het gedrag van haar zusje en de reactie van haar ouders daarop nu al doodvermoeiend. Het leidt wel af van haar verdriet. Als Celeste alle aandacht opslokt blijft er weinig ruimte over om aan Raf te denken, dus ergens moet ze haar zusje misschien ook een klein beetje dankbaar zijn.

Wel realiseert ze zich des te meer dat ze zo snel mogelijk op zoek moet naar een eigen plekje. En wie weet kan ze als afleiding deze zomer al stage lopen bij een advocatenbureau. Of moet ze Raf misschien toch nog een kans geven? Die gedachte verbant ze direct weer. Ze zou hem nooit meer kunnen vertrouwen. Even voelt ze de tranen weer omhoogkomen en het liefst zou ze zich nu in de logeerkamer opsluiten met een bak Ben & Jerry's en een iPod vol emotionele *break-up*-nummers. Maar drie paar ogen houden haar in de gaten, dus ze blijft zitten en neemt een grote slok van haar wijn.

9

Lauren laat zich uitgeput op Celestes bed vallen en staat toe dat haar zusje haar schoenen uittrekt. De drie glazen wijn die ze uiteindelijk heeft gedronken hebben haar een verzachtende roes gegeven en haar door de spelletjesavond heen geholpen. Celeste heeft met behulp van wat geniepig valsspelen glansrijk gewonnen met monopoly. Lauren kijkt met een schuin oog naar de wekker die naast Celestes bed staat. Nog een kwartier voordat de wijzers middernacht aantikken. Voor de zoveelste keer checkt ze haar telefoon. Geen gemiste oproepen, geen voicemails met smeekbeden en excuses, geen berichtjes. Alsof die lul haar en alles wat ze samen hebben meegemaakt al vergeten is.

De telefoon wordt bruut uit haar handen gegrist en met het scherm omgekeerd op het bureau tegenover het tweepersoonsbed gelegd. 'Hé, geef eens terug,' zegt ze verontwaardigd.

'No way, zus. Kijk, ik leg die van mij ook weg.' Celeste legt haar toestel op het nachtkastje en ploft op de matras naast Lauren neer. Ze ligt amper of de telefoon geeft een zacht pingeltje. Lachend checkt Celeste het binnengekomen berichtje, typt razendsnel iets terug en gooit het toestel weer aan de kant. 'Zo, *you and me time*.'

'*En français, s'il vous plaît*,' bootst Lauren de stem van hun moeder na. Voor het eerst die avond is de ergernis even weg en schieten ze samen in de lach.

'Wie sms't jou nog zo laat?' vraagt Lauren nieuwsgierig.

'O, een of andere gozer, niks bijzonders. En Lau, niemand sms't nog, hè. Ik ben aan het pingen met hem.'

'Wat dan ook. En je kijkt anders niet alsof het niets is. Is hij je vriendje?'

'Nee! Alsjeblieft zeg. Gewoon iemand uit mijn vriendengroep.'

'Is hij verliefd op je?'

'Je kunt beter vragen, wie is dat niet?'

'Goh, wat zijn we weer lekker bescheiden.'

'Kan ik het helpen dat ik zo woest aantrekkelijk en onweerstaanbaar ben.'

'Ik kan ook niet van je afblijven.' Lauren stort zich op haar zusje, dat wild om zich heen begint te slaan en onder haar knijpende handen vandaan probeert te kronkelen.

Celeste kijkt Lauren geschrokken aan als haar lachen ineens overgaat in gesnik. 'Huil je nou?'

'Laat me maar even. Ik ben gewoon doodop.'

'Vertel me nou eens wat er is gebeurd tussen jou en Raf.'

'Hij heeft me belazerd met een of andere bimbo met dikke tieten. Ik heb ze zelf betrapt.'

'Serieus! Wat deden ze precies?'

'Wat doet dat ertoe? Dat zijn geen vragen voor onschuldige kleine zusjes.'

'Ik ben heus geen maagd meer, hoor,' kaatst Celeste verontwaardigd terug.

Lauren draait zich op haar zij en steunt met haar hoofd op haar hand als ze Celeste aankijkt. 'En net zei je nog dat je geen vriendje had.'

'Dat hoeft toch ook niet.'

'Maar je bent pas zestien!'

'Jezus, Lau, doe niet zo tuttig. Al mijn vrienden doen het al.'

Lauren slikt hoorbaar en stelt de vraag waarvan ze niet weet of ze het antwoord wel wil horen. 'Hoe oud was je toen je het voor de eerste keer deed?'

'Dertien.'

'Wat?'

'Kijk niet zo naar me. Het is echt no big deal.'

'Nou, in mijn tijd was dat wel een big deal.'

'Maar jij bent ook een oud wijf.'

'Maar serieus, waarom heb je me daar nooit iets over verteld?'

'Jij was het huis net uit en we zagen elkaar daarna zo weinig. En jij hebt mij toch ook niet verteld over jouw eerste keer?'

'Maar ik ben de oudere zus. Ik kan jou helpen met die dingen. Zo werkt het nou eenmaal.'

'Nou, dat vind ik niet. Ik zoek die dingen liever zelf uit dan dat ik mijn zus nadoe.' Celeste geeuwt en trekt haar T-shirt uit. Daarna draait ze zich met haar rug naar Lauren toe. 'Wil je over mijn rug krabbelen, net als vroeger? Daar viel ik altijd zo lekker van in slaap.'

Lauren begint met haar vinger rondjes te draaien over Celestes rug, maar kan het onderwerp nog niet loslaten. 'Maar vertel eens, hoe was je eerste keer, en met wie?'

'Ik ga jou echt niet alle details aan je neus hangen, hoor.'

'Net wilde je nog horen wat Raf allemaal met die slet heeft uitgespookt. Je kunt toch in elk geval vertellen of het fijn was?'

'Niet echt. Ik wilde het eigenlijk niet.' Celeste laat een stilte vallen en Lauren voelt dat haar zusje haar spieren aanspant.

'Wat bedoel je daarmee?'

'Nou, zoals ik het zeg. Ik wilde niet zo ver gaan, maar hij deed het toch.'

'Maar dat is verkrachting!'

'Dat klinkt wel heel zwaar.'

Lauren gaat overeind zitten om de schok te verwerken. 'Maar... Wie... Heeft hij je pijn gedaan?'

'Wie doet er niet toe en ja, hij heeft me pijn gedaan. Hij was zo in een roes dat hij niet hoorde dat ik protesteerde. Uiteindelijk heb ik hem zijn gang maar laten gaan.'

'O, Celeste, wat erg.'

'Ach, het is bijna vier jaar geleden. Ik heb de dag erna een morning-afterpil gehaald en het er daarna nooit meer over gehad. Eerlijk gezegd ben jij de eerste aan wie ik het vertel.'

'Wie was het?' vraagt Lauren nogmaals met klem.

'Dat ga ik niet zeggen. Het is zijn woord tegen het mijne. Bovendien was hij zo dronken en stoned dat ik me afvraag of hij zich nog iets kan herinneren van die avond.'

'Maar voor jou is het iets wat je nooit meer vergeet en waar je niet met plezier op terugkijkt. Dit is echt heftig, Celeste. Hoe is het nu dan als je seks hebt? Kun je er wel van genieten?'

'Ik vind het vooral handig als ik iets voor elkaar wil krijgen.'

'Zoals?'

'Gratis drank of wiet, een hoger cijfer.'

'Een hoger cijfer?! Bedoel je dat je weleens seks met een leraar hebt gehad?' Laurens stem slaat over van ongeloof.

'Maak er niet zo'n punt van, zus, doe niet zo ouderwets.'

'Ouderwets? Je bent zestien, Celeste! Als een docent zich aan jou vergrijpt, dan is dat strafbaar. Het maakt niet uit of het met of zonder jouw toestemming is, het mag niet. Zo iemand misbruikt zijn macht.'

'Je moet niet alles wat ik zeg zo serieus nemen,' krabbelt Celeste terug. Ze ligt nog steeds met haar rug naar Lauren toe.

'En over dat blowen en drinken. Doe jij dat zelf ook? Ik wist niet dat je al uit mocht.'

'Mag ik ook niet. Maar zie je dat raam? Ik heb zo mijn trucjes om 's nachts weg te kunnen.'

'Mijn god. Dat meen je niet. Ben je niet bang dat er iets gebeurt en pap en mam erachter komen?'

'Nee, en nu wil ik slapen. Ik ben moe. Jij zou ook moeten gaan slapen.'

'Hoe kan ik nou in godsnaam gaan slapen nu je me dit verteld hebt?'

‘Ik heb alweer spijt dat ik iets heb gezegd. Nu ga je er natuurlijk de hele tijd over doorzeuren.’

‘Ik wil nog steeds namen hebben. Ik wil weten wie er niet met zijn poten van mijn zusje af kon blijven.’

‘En dan? Ga je iedereen met wie ik ooit wat gerommeld heb opzoeken?’

‘Celeste, toe nou. Jij bent hierover begonnen. Het ís een big deal en dat weet je zelf ook wel. Waarom zou je het me anders vertellen? Je doet wel zo stoer, maar...’

‘Truste, Lau. En *don’t worry*, ik doe het altijd veilig.’ Celeste geeft Lauren een vluchtige kus op haar wang en gaat weer met haar rug naar haar toe liggen. Binnen een paar minuten wordt haar ademhaling rustig en steeds dieper. Lauren draait zich op haar rug en neemt niet de moeite om haar kleren uit te trekken. Ze vouwt haar handen achter haar hoofd en staart naar het plafond. Haar zusje is verkracht en neemt het sindsdien niet meer zo nauw met seks. Haar hart breekt als ze eraan denkt hoe bang ze moet zijn geweest, hoeveel pijn ze zal hebben gehad en dat ze dacht dat ze dit met niemand kon delen.

Nu Lauren dit allemaal weet kan ze het gedrag van haar zusje ineens veel beter plaatsen. Celeste heeft haar gevoel moeten uitschakelen om iets vreselijks te doorstaan en blijkbaar kan ze sindsdien die knop aan- en uitzetten. Dat verklaart ook waarom ze soms zo hard en gevoelloos kan reageren en zo goed is geworden in manipuleren. Ze moet hier de komende dagen met Celeste verder over praten. Als dat van die hogere cijfers echt klopt moet ze ermee stoppen. Wat als zo’n docent ineens in paniek raakt omdat hij bang is dat Celeste haar mond voorbijpraat? En dat ze met regelmaat stiekem tot diep in de nacht op pad is, zit haar ook helemaal niet lekker. Ze moet er niet aan denken dat er iets met haar zusje gebeurt.

10

‘We zouden het heel erg leuk vinden als je meegaat naar Frankrijk, Lauren. Lekker met het gezin, net als vroeger.’

‘Nou, mam, als je het niet heel erg vindt… Ik wil me deze zomer vooral richten op het vinden van een appartement en een stageplek. Werken aan mijn toekomst en zo, wat jullie me altijd hebben voorgehouden.’ Lauren kijkt haar moeder met kleine oogjes aan. Na het gesprek met Celeste heeft ze nauwelijks kunnen slapen. Haar zusje heeft daarentegen nergens last van en eet vrolijk een beschuitje met suiker. Lauren voelt zich in vergelijking met haar sprankelende zusje nog slechter en neemt moedeloos een hap van haar boterham. Door de droge pindakaas plakt het stukje brood aan haar gehemelte en het laat pas los met behulp van een slok koffie. Als ze opkijkt ziet ze dat haar moeder haar observeert en ze trekt vragend een wenkbrauw op.

‘Het is prijzenswaardig dat je zo serieus met je toekomst bezig bent, maar je hebt ook ontspanning nodig. Zeker na wat er met Raf is gebeurd. De Franse zon zal je goeddoen. Bovendien zijn je vader en ik vijfentwintig jaar getrouwd, dus we hebben wat te vieren, hè Aart?’ Amélie knijpt even in de hand van haar man, die dat met een glimlach en een knik beantwoordt.

‘We hebben een huis gehuurd in Aubenas, omdat we elkaar daar hebben leren kennen.’ Haar moeder buigt zich wat naar Lauren toe en begint op samenzweerderige toon te praten: ‘Het zou best eens kunnen dat jij een jaar later in Aubenas bent verwekt.’

'Gadver, *too much info, maman.*' Celeste trekt een vies gezicht.

'Stel je niet zo aan, Celeste, het is heel normaal als mensen die van elkaar houden met elkaar vrijen. Daar kunnen heel mooie dingen uit voortkomen, hè Aart?' Amélie wijst naar hun dochters en Aart volgt vol trots haar hand. Lauren krimpt automatisch in elkaar als ze denkt aan wat haar zusje heeft meegemaakt. Celeste zelf verblikt of verbloost niet en haar tanden gaan enthousiast verder met het vermalen van het laatste stukje beschuit terwijl ze ondertussen alweer een nieuwe besmeert met een dikke laag boter en suiker.

'Maar Aubenas dus,' herhaalt Lauren.

'Ja, over twee weken al. Een mooi huis met een zwembad in de tuin. Allemaal heerlijk privé en rustig.'

Celeste kijkt Lauren aan en trekt een heel ongelukkig gezicht. Niet bepaald een vakantie die een zestienjarige zou uitkiezen. 'Mijn vriendinnen gaan met zijn allen naar Torremolinos, vreselijk oneerlijk. Dus moet jij mee om me te vermaken, Lauren. En ervoor zorgen dat ik niet in zeven sloten tegelijk loop zoals mama denkt.' Celeste werpt haar een zoete glimlach toe.

'Nou, eh, Celeste...' begint Lauren, maar ze krijgt niet de kans om haar zin af te maken.

'Mooi, dat is dan geregeld. Heel gezellig dat je meegaat, Lauren,' beslist Celeste voor haar. Hun vader steekt een dikke duim in de lucht en haar moeder kijkt vooral opgelucht.

Ze voelt een steek als ze denkt aan haar oorspronkelijke vakantieplannen met Raf en het luxe hotel dat ze in Albufeira hadden geboekt. Ze heeft nog even overwogen om Lotte en Saskia te vragen, maar ze kan het nog niet opbrengen om haar beste vriendinnen te vertellen wat er is gebeurd en houdt het contact oppervlakkig. Hoewel Raf de eikel is in dit verhaal schaamt ze zich en voelt ze zich vreselijk naïef.

Dus nu is haar alternatief voor deze zomer om met haar

ouders en een losgeslagen puber in een saai Frans dorpje te zitten. Dat worden lange weken. 'Waarom gaan we niet bij opa en oma logeren in Vallon-Pont-d'Arc, zoals we dat vroeger altijd deden?' probeert Lauren nog. In Vallon-Pont-d'Arc is in elk geval een stuk meer te beleven door alle toeristen die er 's zomers verblijven.

'Omdat opa en oma ook een dagje ouder worden en zoals ik al zei, je vader en ik vinden dit een heel leuk plan. Bovendien was Saar al van plan om bij opa en oma te gaan logeren in de weken dat wij ook wilden gaan.'

Bij het horen van de naam van haar nicht die dezelfde leeftijd heeft als Lauren, veert ze op. Hoewel ze elkaar weinig zien en spreken hebben ze het altijd goed met elkaar kunnen vinden. 'Maar als Saar bij opa en oma logeert, dan kunnen Celeste en ik daar ook wel een paar dagen naartoe. Hebben jullie lekker een paar dagen samen om van elkaar te genieten en zien wij opa en oma en ons nichtje weer eens.'

'Wat een extreem goed idee, Lauren,' beaamt Celeste driftig. Voordat haar ouders kunnen protesteren pakt ze door om hen af te leiden. 'Vertel nog eens over jullie eerste ontmoeting, maman.'

Amélies ogen beginnen te twinkelen en ze barst los. 'Je vader verbleef zesentwintig jaar geleden een aantal dagen in Aubenas voor een uitwisselingsprogramma. Hij logeerde bij het gezin van mijn vriendin Charlotte.'

'Wat voor uitwisselingsprogramma?' vraagt Celeste.

'Delfzijl en Aubenas zijn zustersteden en in die tijd maakte je vader deel uit van de Delfzijlse delegatie die te gast was in Aubenas. Er werden allerlei evenementen georganiseerd, waaronder een diner met een dansavond. Charlotte had voor mij ook een toegangsbewijs geregeld via haar vader, die in het organisatiecomité zat. Nou ja, en van het een kwam het ander.' Amélie schraapt ongemakkelijk haar keel als haar beide dochters haar aankijken. 'Jullie vader is een heel goede danser, hè Aart?' Haar wangen kleuren weer en ze weet zich duidelijk even geen houding te geven. Aart pakt haar hand in de zijne en drukt er een kus op. 'Wil je nog een kopje koffie, lief?'

Lauren maakt gebruik van het moment dat haar vader opstaat om koffie bij te schenken en fluistert Celeste in haar oor dat het tijd wordt om af te ronden als ze nog naar Groningen wil. 'Ik ga mijn tanden vast poetsen.'

Lauren loopt naar boven en bekijkt zichzelf in de badkamerspiegel. Poeh, wat ziet ze er slecht uit, precies zoals ze zich voelt eigenlijk. Ze duwt met haar vinger op de donkere wallen onder haar ogen. Hoewel ze in eerste instantie baalde dat ze min of meer gedwongen werd om deze zomer mee te gaan naar Frankrijk, denkt ze nu dat het misschien toch wel een goed idee is. Verandering van omgeving werkt misschien heel verfrissend, zeker op een plek waar ze zulke goede herinneringen aan heeft. Frankrijk en het huis van haar opa en oma zijn altijd een tweede thuis voor haar geweest. Als ze denkt aan knapperig stokbrood, croissantjes, zalige kaasjes en heerlijke wijn, loopt het water haar in de mond. Hoe meer ze erover nadenkt, hoe meer zin ze erin begint te krijgen. Samen met Saar kan ze zich ontfermen over Celeste en ervoor zorgen dat ze niet de hele vakantie alleen met hun ouders opgescheept zit. Daar had zij op die leeftijd ook niet aan moeten denken.

Niet veel later stappen Lauren en Celeste in de Mini Cooper. Als ze zitten en hun gordels hebben vastgeklikt, zet Celeste de radio keihard aan en begint druk te zingen en bewegen. De harde beat lijkt de auto bij elke dreun een stukje op te tillen. Lauren is blij dat ze vanochtend een paracetamol heeft ingenomen en gokt dat ze na vandaag wel een vakantie kan gebruiken.

11

Aubenas en Vallon-Pont-d'Arc

Voordat Lauren de handrem goed en wel heeft aangetrokken springt Celeste al uit de auto. Haar roze jurkje van joggingstof zit aan haar lijf geplakt van de lange autorit en ze wappert een paar keer met de stof. Ze zijn rond middernacht met twee auto's vertrokken en zojuist gearriveerd bij het huis in Aubenas. Lauren is bekaf van de ruim twaalf uur durende rit en wil veel koud water drinken, de croissantjes opeten die ze net bij de bakker in het dorp hebben gehaald en dan slapen. Minstens een week.

Celeste huppelt over het keienpad dat in het gras is aangelegd naar de tuin. Lauren loopt haar zusje achterna. Een blik in de tuin is voldoende om het vakantiegevoel op te roepen. Het water in het zwembad glinstert uitnodigend in de zon en een zacht verkoelend briesje laat de bloemen van de roze oleanders dansen. Een handvol statige cipressen staat ruim verspreid langs de randen van het terrein. Aan het huis met geelgepleisterde muren is een ruime veranda gebouwd met antracietkleurige tegels die doorlopen naar binnen. Bij het zien van de comfortabele ligbedden met dikke oranje kussens begint Lauren spontaan te gapen.

Terwijl zij nog druk is de omgeving in zich op te nemen, hoort ze ineens een grote plons. Celestes jurkje ligt slordig in het gras gesmeten en ze is met haar ondergoed nog aan in het zwembad gesprongen. 'Kom er ook in, Lau, het water is echt heerlijk,' schreeuwt ze voordat ze volledig onderduikt.

Kan haar het ook schelen. Lauren trekt haar broek en shirt uit, schopt haar slippers weg en springt haar zusje achterna. Ze houdt haar adem even in als haar oververhitte huid in aanraking komt met het koele water. Celeste komt inmiddels proestend weer boven, zwemt naar haar toe en geeft haar een high five. De zon brandt aangenaam op haar wangen en schouders en Lauren voelt zich heerlijk gewichtsloos in het water. Haar spieren ontspannen en het lijkt wel alsof alle ellende van de laatste tijd van haar af spoelt. 'O, wat een zaligheid,' mompelt ze genietend. 'Ik vind het nu al een topvakantie,' zegt ze lachend tegen Celeste.

'En we mogen nog drie weken!' roept haar zusje enthousiast terug.

'Wij gaan uitladen, dames, helpen jullie zo even mee?' vraagt hun moeder terwijl ze haar tenen even in het zwembad dipt en twee handdoeken op de rand legt. Met tegenzin klimmen ze uit het bad als ze hun vader al met de eerste tassen zien slepen. Zijn hoofd is vuurrood en zijn gele poloshirt is drijfnat van het zweet.

'Pa kan ook wel een opfrissertje gebruiken,' giechelt Celeste terwijl ze haar haren uitknijpt en zich vluchtig afdroogt voordat ze haar jurkje weer aantrekt. Lauren trekt alleen haar T-shirt weer aan, omdat ze het niet ziet zitten om haar strakke korte broek over haar natte onderbroek aan te trekken. Ze ontgrendelt de kofferbak en geeft Celeste haar eigen grote volgestouwde sporttas aan. Haar zusje wankelt even en loopt dan zwalkend met de zware tas naar binnen. Zelf pakt ze in haar ene hand haar eigen tas, die qua gewicht niet voor die van Celeste onderdoet en in haar andere sleept ze een boodschappentas van de Jumbo mee die volgestouwd zit met boeken, tijdschriften en puzzelboekjes. Na een aantal keer heen en weer lopen zijn de auto's leeg en staat de woonkamer vol.

Het zweet gutst over Laurens rug en ze verlangt alweer naar

een duik. Maar eerst helpt ze haar moeder met het bereiden van de lunch en het dekken van de tafel op de veranda. Voordat ze haar benen onder tafel schuift, vist ze haar bikini uit haar tas en trekt hem vlug op het toilet aan. Haar natte, kleffe ondergoed hangt ze aan de waslijn achter in de tuin te drogen. Celeste rent naar binnen als ze dat ziet en komt binnen een paar minuten ook in haar felroze bikini naar buiten. Jaloers kijkt Lauren naar het jeugdige lijf van haar zusje, met perfecte rondingen, zonder ook maar een grammetje vet. Lauren wrijft over haar eigen onderbuikje, dat er door het stokbrood, de kaasjes en de wijn van de komende weken niet slanker op zal worden. Ze bant de gedachte aan een doorslaande weegschaal uit haar hoofd. Haar gewicht is van later zorg. Het enige wat ze nu wil, is genieten en een beetje lol hebben.

Als het goed is arriveert Saar vandaag bij hun opa en oma en Lauren wil het liefst morgen met Celeste naar Vallon-Pont-d'Arc rijden. Hopelijk kunnen ze hun eerste vakantieweek daar doorbrengen en wellicht daarna Saar nog een paar dagen meenemen naar Aubenas. Ze heeft haar plannen nog niet gedeeld met Celeste of hun ouders. Stiekem heeft ze het er wel al met Saar over gehad. Haar nicht was meteen enthousiast en zal het met hun grootouders bespreken terwijl zij haar ouders probeert over te halen. Ze is hier minder bedreven in dan Celeste, maar ze gaat ervan uit dat haar zusje wel bijspringt als hun ouders moeilijk doen.

12

'Saartje!' Lauren omhelst haar nicht stevig en geeft haar een dikke zoen op haar wang. 'Wat leuk om je weer te zien en je ziet er fantastisch uit!'

'Nu ik!' Celeste wurmt zich tussen Lauren en Saar in en geeft haar ook een knuffel. Lauren loopt de tuin van haar grootouders verder in. Het gras komt tot ver boven haar enkels en kriebelt aan haar blote huid. De tuin ruikt naar wildbloei en lavendel, en het is duidelijk dat er al een tijd niet is gesnoeid. Er liggen wel tuinkussens in de stoelen, maar haar grootouders zijn nergens te bekennen. Ze loopt door naar binnen en veegt uit gewoonte haar voeten op de mat. Binnen ruikt het naar stokbrood, sterke koffie en vers baksel en ze snuift de geuren genietend in zich op.

'*Grand-mère? Où es-tu? Grand-papa?*' Ze hoort wat gesteun en gestommel op de bovenverdieping. Bovenaan de trap verschijnt haar oma met een verhit hoofd. Haar grijze bobkapsel is zoals altijd keurig gestyled. Zodra ze Lauren ziet, lichten haar ogen op en komt ze naar beneden. 'Lauren, ma chérie!' Ze steekt haar forse armen uit en trekt Lauren tegen zich aan. Haar oma's huid voelt plakkerig en een beetje bezweet aan en ze ruikt naar deeg en een bloemig parfum. Lauren knuffelt haar oma uitgebreid voordat ze zich terugtrekt. 'Waar is opa? Is hij niet thuis?'

Haar oma's gezicht betrekt. 'Jawel, maar hij is niet meer de snelste tegenwoordig. Ik heb hem net geholpen om zich aan te kleden en daar zit hij boven op bed van bij te komen.'

‘Maar wat is er dan met hem?’ vraagt Lauren bezorgd.

‘Gewoon, ouderdom. Hij heeft last van zijn benen en die smerige sigaretten hebben zijn longen beschadigd. Ik riep al jaren dat hij moest stoppen, en hij lijkt het nu eindelijk begrepen te hebben.’

‘Arme opa. Waarom heb je niet laten weten dat hij zo achteruitgaat? Weet maman hier wel van?’

‘Hij wil het zelf nog steeds niet weten, laat staan dat ik het aan anderen mag vertellen. Ik probeer hem zo goed mogelijk te ondersteunen, maar hij is zo verdomde eigenwijs.’

‘Hoe lang is dit al aan de gang?’

‘Een jaartje.’

‘En je hebt al die tijd in je eentje alles moeten doen?’

Haar oma haalt haar schouders op. ‘Wat moest ik anders? En zeg er maar niks over straks. We gaan er gewoon een fijne tijd van maken.’

‘Sta je weer over me te roddelen, Inès?’ klinkt haar opa’s stem. Het geluid is zachter en heser dan Lauren zich herinnert. ‘Maak dat kind niet allerlei onzin wijs.’ Lauren kijkt omhoog en ziet haar opa bovenaan de trap staan. Er fonkelt iets ondeugends in zijn ogen terwijl hij zijn vrouw tot de orde roept. Lauren schrikt van zijn ingevallen bleke wangen en magere postuur. Ze moet haar opkomende tranen wegslikken voordat ze de trap oprent en haar opa om de hals vliegt. ‘Opa, wat fijn om je te zien!’ Ze begraaft haar gezicht in zijn rimpelige nek en drukt hem tegen zich aan. Niet te stevig, want zijn magere lijf voelt broos aan onder haar handen. ‘Gaat het wel een beetje?’

Opa klopt haar geruststellend op haar rug. ‘Niks aan de hand, kindje, je oma overdrijft graag, dat weet je toch? Met mij gaat het prima. Ik zie jullie zo beneden.’

Lauren voegt zich weer bij haar oma en kijkt haar bezorgd aan. ‘Redt opa zich wel?’

‘Ach, meisje, we maken er het beste van. Kom, dan maak ik

een lekkere espresso voor je. Ik heb vanochtend verse madeleines gebakken.'

'Dus dat rook ik toen ik binnenkwam!'

Haar oma glimlacht. 'Waar is die raddraaier van een zus van je?'

'Buiten bij Saar, denk ik.' Lauren volgt haar oma naar buiten, waar Celeste druk met Saar in gesprek is.

'Celeste, zou je je oma niet eens even fatsoenlijk komen begroeten?' Van de geveinsde strenge blik op haar oma's gezicht is niets meer over zodra Celeste op haar afrent en haar stevig omhelst.

'Beetje voorzichtig met je oude oma, kind. Laat me je eens bekijken.' Oma duwt Celeste een stukje van zich af. 'Of ik ben gekrompen of jij bent weer een flink stuk gegroeid,' constateert ze goedkeurend. 'We moeten jou opsluiten in een kooitje, je wordt veel te mooi.' Ze strijkt Celeste liefkozend over haar wang. 'Gaan jullie mee naar binnen? Ik heb Lauren net versgebakken madeleines beloofd.'

'Je vergeet de *canelés* nog te noemen, oma,' vult Saar aan.

Lauren rent nog net niet naar binnen. Ze kan niet wachten om de typische Franse cakejes waar ze als kind al zo dol op was te proeven. De binnenkant zacht en puddingachtig en de buitenkant knapperig door de gekaramelliseerde suiker. Het voornemen om op haar lijn te letten moet echt maar even wachten.

13

Lauren rekt zich loom uit en geeuwt luidruchtig. 'Ik geloof dat ik me in de afgelopen jaren niet zo ontspannen heb gevoeld als nu.'

'Dan was het niet best met je gesteld,' grinnikt Saar. Ze liggen naast elkaar op een van de strandjes bij Pont d'Arc. Lauren op een roze handdoek, Saar op een gele. De felblauwe handdoek van Celeste ligt er verlaten bij. Onder een parasol die diep in het zand is gestoken staat een grote blauw-witte koelbox die oma heeft volgestouwd met lekkers.

'Zullen we even het water in duiken? Ik begin het snikheet te krijgen.' Er lopen zweetdruppeltjes over Saars gezicht.

'Goed idee. Ik ben ook wel benieuwd waar dat zusje van mij nu weer uithangt.' Samen lopen ze op hun dooie akkertje het water in. Het geeft meteen verkoeling. Lauren zwemt naar een dieper stuk waar ze niet meer kan staan en watertrappelt terwijl ze om zich heen kijkt. Ze verstijft als ze wild gekrijs hoort en draait zich razendsnel om naar de kant waar het geluid vandaan komt. Ineens hoort ze haar naam. Een groepje jongeren staat op een plateau dat zo'n vijf meter boven het water hangt. Celeste is het stralende middelpunt en staat enthousiast naar haar te zwaaien. Dan maakt ze zich los uit het groepje, neemt een kort aanloopje en springt van het plateau af. Voordat haar zusje het water raakt volgen de anderen van de groep. Het gaat er nogal wild en ongecontroleerd aan toe en even lijkt het of een van de jongens boven op Celeste zal belanden. Het gaat net goed en met een enorme plons verdwijnen ze vlak naast elkaar het water in. De jongen komt meteen boven, maar van Celeste is geen spoor. Lauren wacht gespannen af tot ze haar zusje ziet, maar op de plek waar ze in het water is verdwenen, is niet meer te zien dan een rimpeling. Lauren wordt steeds onrustiger en net als ze op het punt staat om naar de plek te zwemmen waar Celeste het water in dook, botst er onder water iets tegen haar aan en wordt haar bikinibroekje naar beneden getrokken. Voordat ze goed en wel doorheeft wat er gebeurt is ze haar broekje al kwijt. Celeste duikt er een paar meter bij haar vandaan gierend van het lachen mee op. Triomfantelijk houdt ze het broekje boven haar hoofd en daagt Lauren uit om het bij haar te komen halen.

'Celeste, doe niet zo kinderachtig. Geef hier.' In een paar slagen is Lauren bij haar, maar Celeste weet behendig weg te komen. Saar, die inmiddels op hen af is gekomen, schiet Lauren te hulp. Samen sluiten ze Celeste in en terwijl Saar haar vasthoudt, weet Lauren haar broekje terug te pakken. Onhandig wurmt ze zichzelf er weer in en ze geeft Saar een teken dat ze Celeste kan loslaten.

'Gaan jullie mee naar dat plateau? Dan springen we er met zijn drieën tegelijk af! Het geeft zo'n kick!'

'Mij niet gezien,' antwoordt Lauren. 'Ik vind het prima hier.'

'Voor mij hoeft het ook niet zo nodig,' antwoordt Saar.

'Stelletje saaie dozen.' Met soepele slagen zwemt Celeste naar het groepje jongeren met wie ze blijkbaar al dikke vrienden is.

'Die maakt zo makkelijk contact, daar ben ik weleens jaloers op,' verzucht Lauren.

'Als je zo bloedmooi bent als zij, sta je bij voorbaat al met tien-nul voor.'

'Helaas weet ze dat zelf ook maar al te goed,' mompelt Lauren met een zorgelijk gezicht dat Saar niet ontgaat.

'Ja, ze weet er wel handig gebruik van te maken, hè?'

'Een beetje te handig naar mijn zin.'

'Ze is toch niet zo'n breezersletje?' vraagt Saar. Lauren heeft eigenlijk geen zin om te antwoorden. Het is Celeste zelf die haar uit de brand helpt door keihard haar naam te krijsen. Lauren draait zich automatisch om naar het plateau waar Celeste eerder van afsprong maar tot haar verbazing ziet ze haar zusje daar niet staan. Haar hart staat bijna stil als ze de richting volgt waar Celestes gegil vandaan komt. Celeste staat samen met een jongen op het plateau dat vijfentwintig meter boven het water hangt en alles wijst erop dat ze er zo van af gaat springen. 'Saar, kijk nou!' roept Lauren in paniek. 'Ze is helemaal gek geworden, we moeten haar tegenhouden!'

'Celeste!' gilt Saar zo hard dat haar stem ervan overslaat.

Lauren steekt in een wanhopige poging om tot haar zusje door te dringen allebei haar duimen naar beneden en schudt wild nee. Vervolgens haalt ze haar hand langs haar keel om aan te geven dat Celeste absoluut niet naar beneden moet springen vanaf daar. Celestes gezicht krijgt een gespannen uitdrukking maar in plaats van een paar stappen terug, zet ze een paar stappen vooruit. Voetje voor voetje schuifelt ze naar de rand van het plateau. De jongen die bij haar is, verroert zich geen millimeter en kijkt gefascineerd naar haar. Er verschijnt een triomfantelijke lach op Celestes gezicht. '*Please*, doe het niet,' fluistert Lauren. Ze heeft de zin amper uitgesproken of Celeste laat zich vallen. Laurens mond valt open van schrik en ze slaakt een ijselijke gil als ze haar zusje naar beneden ziet storten. De plons die volgt gaat haar door merg en been. In haar ooghoek ziet ze Saar langs zich heen schieten. Ze zwemt als een gek richting de plek waar Celeste nog steeds niet boven water is gekomen. Van Celeste zelf is geen spoor te bekennen. Lauren volgt nu ook en zwemt zo snel als ze kan naar de plek waar Saar net ondergedoken is. Als ze er bijna is komt haar nicht weer boven water. Ze heeft een roerloze Celeste in haar armen.

'Kom, we moeten haar naar de kant brengen.' Saar neemt de

leiding en Lauren volgt haar in paniek. In haar ooghoek ziet ze dat de jongen die Celeste heeft lopen opfokken om de sprong te wagen nog steeds op het plateau staat. Hij lijkt geenszins van plan om ook het water in te duiken. *Klootzak.*

Voorzichtig leggen ze Celeste neer op het warme witte zand. Ze heeft zich nog steeds niet verroerd en Lauren buigt zich over haar heen. 'Ik ga mond-op-mondbeademing geven.' Saar knikt instemmend. Als Lauren haar lippen op die van haar zusje zet, wordt ze krachtig weggeduwd.

'Gadver, Lau, ik ga echt niet met je tongen.' Celeste gaat overeind zitten en wurmt zich onder de verbijsterde Lauren uit. Daarna begint ze keihard te lachen. 'Jullie zijn er zo vet in getrapt!' Ze lacht zo hard dat de tranen over haar wangen rollen. Saar kijkt eerst geschokt en dan begint ze woedend te vloeken. Lauren is zowel woedend als opgelucht en huilt schokkerig.

'Jullie dachten gewoon echt dat ik dood was of zo,' hikt Celeste. 'Dit is echt de beste grap van mijn leven.' Ze kronkelt gierend over het strand. Ragfijne witte zandkorreltjes plakken aan haar natte lijf en bikini.

'Het is dat ik het je zus niet kan aandoen,' sist Saar, 'maar anders zou ik je nu ter plekke wurgen. Wat bezielt jou? Je lijkt wel knettergek!'

'Goh, Saar, heb je je gevoel voor humor in Nederland laten liggen?' bitst Celeste terug.

'Humor? Je hebt mij en Lauren de stuipen op het lijf gejaagd met je kinderachtige rotgeintje. En heb je enig idee wat er allemaal had kunnen gebeuren? Je had verlamd kunnen raken of kunnen verdrinken.'

'Maar dat is allemaal niet gebeurd, lieve Saar. Ik ben niet gek en ik weet heel goed wat ik doe. Jij zou ook eens wat losser moeten worden. Stuk prettiger voor jezelf én voor je omgeving. Die kick als je naar beneden springt! Voelen dat je leeft!'

Lauren weet nog steeds niet wat ze met haar emoties aan moet. Woede en onmacht borrelen op vanuit haar buik en er komt maar één ding in haar op. Ze loopt naar Celeste toe en geeft haar een flinke klap in haar gezicht. 'Doe dat nooit meer,' bijt ze haar verstikt toe.

Celeste grijpt met een gezicht vol afschuw naar haar wang, die al rood begint te worden, en wil dan krijsend op Lauren duiken. Voordat het zover komt vloert Saar haar en gaat boven op haar zitten. Ze duwt Celestes polsen in het zand. 'Vanaf nu ga je je voorbeeldig gedragen. Zo niet, dan brengen Lauren en ik je vanavond nog terug naar Aubenas. Kun je de rest van de vakantie met je ouders gaan kaarten.'

Celeste wendt haar hoofd af en weigert Saar aan te kijken.

'Prima als je wegkijkt, hoor, als je maar luistert. Geen achterlijke stunts of andere idiote dingen meer.'

Saar laat Celeste eindelijk los en schreeuwt haar de woorden 'Gedraag je!' na als ze bij hen vandaan loopt. Het plateau waarop Celeste samen met de jongen stond, is inmiddels leeg. Hij staat nu verderop met een groepje jongeren. Celeste loopt ernaartoe en wordt met gejuich en high fives begroet. Ze is meteen het middelpunt en kijkt nog even triomfantelijk om naar haar zus en nicht voordat ze de groep meevoert naar een plek verderop aan het water.

14

‘En, wat staat er vandaag op de agenda, dames?’ vraagt oma.

‘Nog niet over nagedacht,’ antwoordt Lauren als eerste. ‘In elk geval dit heerlijke ontbijt.’ Gisteravond heeft ze het met Saar nog uitgebreid over Celestes zorgwekkende gedrag gehad, waarna ze hebben besloten dat dit de vakantie niet mag verpesten. Ze gaan er een fijne tijd van maken.

‘Ik heb er al wel over nagedacht,’ zegt Celeste met haar mond vol stokbrood.

‘Eet jij eerst je mond maar eens leeg voordat je verder praat,’ zegt oma, maar de blik in haar ogen is allesbehalve streng. Opa drinkt grinnikend zijn koffie, maar zijn blik en houding verraden ook vermoeidheid.

‘Ik wil graag de via ferrata bij de Pont du Diable van Thueyts doen met jullie. Ik heb een paar filmpjes gezien op YouTube en dat is echt vet!’

‘Is dat niet dat klimmen over rotsen met staalkabels en ziplijnen en zo?’ vraagt oma bezorgd.

Celeste knikt enthousiast. ‘Het is eigenlijk bergbeklimmen met behulp van zekeringen. En je steekt onder andere met een negentig meter hoge ziplijn de rivier de Ardèche over!’

‘Is dat niet heel gevaarlijk?’ bemoeit Lauren zich er nu ook mee.

‘Welnee. Je bent goed gezekerd en op heel veel plekken in de rotsen zijn beugels aangebracht waar je op kunt staan en je aan vast kunt houden. Bovendien gaat alles onder begeleiding van een gids en huur je een hele uitrusting.’

'Je hebt het al helemaal uitgezocht.'

'Natuurlijk, ik moet wel weten waar ik het over heb als ik jullie wil overtuigen.' Celeste glimlacht mierzoet. 'En het is maar een klein uurtje rijden vanaf hier, geweldig toch?'

'Je weet het weer mooi te brengen. Laat me eens zo'n filmpje zien.' Lauren schuift dichter naar Celeste toe en Saar volgt haar voorbeeld. Het kippenvel staat Lauren op haar huid als ze een gezin met twee kinderen in onmogelijke poses aan rotswanden ziet hangen. 'Eerlijk gezegd zie ik mezelf dat niet doen,' sputtert ze. 'Die ziplijnen zien er toch heel dun uit. En ik heb hoogtevrees en een matige conditie.'

'Kom op, Lau, je bent toch geen pussy. En jij dan, Saar?' Celeste kijkt haar nicht verwachtingsvol aan. Lauren schudt achter haar zusjes rug tevergeefs haar hoofd.

'Het ziet er inderdaad heel gaaf uit. En ik ben dol op zulke uitdagingen. Hele dagen bakken is echt niks voor mij.'

Na wat laatste bezwaren zwicht Lauren toch en weet Celeste haar ook nog eens over te halen om te bellen voor een reservering omdat haar Frans het best is.

Als ze allemaal uitgegeten en gedoucht zijn, stappen ze de auto in. Na een klein uurtje waarin Celeste het hoogste woord voert en de muziek bepaalt, nemen ze de afslag Route du Pont du Diable. Ze volgen de weg die leidt naar een parkeerterrein en lopen naar het ontvangstpaviljoen voor hun uitrusting en het betalen van de tickets. Naast een klimtuig krijgen ze alle drie een helm, een dubbele katrol en touwen met karabijnhaken en schokdempers. Hun gids Guillaume legt geduldig uit hoe alles werkt. Met zweterige handen hijst Lauren zich in haar klimtuig. Met de minuut wordt ze zenuwachtiger en ze heeft nu al spijt dat ze zich heeft laten overhalen om iets te doen wat ze eigenlijk niet durft.

'Je ziet een beetje bleekjes, zus,' grinnikt Celeste. Haar ogen glinsteren van de adrenaline.

‘Gaat-ie wel, Lau?’ vraagt Saar bezorgd.

‘Beetje misselijk van de zenuwen. Laat me maar even.’

Guillaume controleert hun uitrustingen en geeft nog wat laatste instructies, waar Lauren sommige woorden van moet vertalen voor Saar en Celeste.

‘Zullen we Celeste tussen ons in houden?’ stelt Saar zachtjes aan Lauren voor. ‘Dan kunnen we haar het beste in de gaten houden, mocht ze weer een of andere grap uithalen.’

‘*I hear you*,’ reageert Celeste bijdehand. ‘Ik ben niet doof.’

‘Hou je aan de regels en volg alle aanwijzingen goed op,’ bijt Saar haar toe.

‘Ik zal zorgen dat je trots op me bent en me als een engel gedragen.’ Celeste vouwt haar handen en trekt een plechtig gezicht. Het is niet helemaal duidelijk of ze haar nicht in de zeik neemt. Guillaume vraagt of ze er klaar voor zijn en moet lachen om Celestes enthousiaste: ‘*Oui, monsieur!*’

Met lood in haar schoenen volgt Lauren de anderen naar buiten. Guillaume leidt hen naar een historische stenen brug waar het smaragdgroene water van de rivier de Jaur onderdoor stroomt. Als Guillaume blijft staan om een stukje geschiedenis te vertellen gaapt Celeste opzichtig. Lauren schaamt zich voor haar zusje, maar Guillaume kan er gelukkig om lachen. ‘Volgens mij ben jij wel toe aan actie en kan ik zulke praatjes overslaan.’

‘Betrapt,’ antwoordt Celeste terwijl ze hem met een verblindende lach aankijkt. ‘Wat mij betreft mogen we op pad gaan.’

‘Goed, dan beginnen we met een klim van een minuut of tien naar de start van de via ferrata via de passage l’Échelle du Roi. Het is een kuitenbijtertje, ik zeg het maar vast,’ waarschuwt Guillaume.

Vol goede moed beginnen ze aan de pittige tocht omhoog, die onder andere bestaat uit provisorisch aangelegde traptreden over zand en keien totdat ze uitkomen bij een houten poort waar in gele letters VIA FERRATA PONT DU DIABLE op staat. Lauren is nu al kapot en ze heeft geen idee hoe ze de komende twee uur moet overleven. Celeste en Saar lijken er allemaal veel minder moeite mee te hebben. Guillaume begint een praatje met hen om Lauren wat hersteltijd te gunnen voordat het echte klimwerk begint. Na een paar minuten begint Lauren de druk van Celestes ongeduld te voelen en ze knikt Guillaume toe dat ze wat haar betreft op pad kunnen. Pas als Lauren zijn 'Zeker weten?' positief heeft beantwoord gaan ze weer op weg.

De gids leidt hen naar een pad dat via de onderkant van een rots uiteindelijk uitkomt op de linkeroever van de Ardèche en vanaf daar klimmen ze weer omhoog. Hoe hoger ze komen, hoe meer kriebels Lauren in haar buik krijgt. Het water stroomt en klotst wild onder hen door. Krampachtig houdt ze de stalen beugels in de rots vast en met een vlugge blik ziet ze de rij die omhoogloopt en waar ze nog overheen moet. De brandende pijn van de verzuring in haar armen is bijna niet te harden. Celeste klimt boven haar soepel omhoog en de afstand tussen haar en haar zus wordt langzaam groter. Vastberaden grijpt ze naar de volgende beugel en hijst zichzelf weer een stukje naar boven. Haar knie schaaft langs de scherpe rotswand en ze probeert de schrijnende pijn te negeren. De fel brandende zon maakt alles nog zwaarder.

Als ze uiteindelijk bij een stuk rots komen dat zijwaarts overbrugd moet worden pauzeert Celeste ineens halverwege. Het geeft Lauren de kans om weer wat in te lopen en even waardeert ze haar zusjes solidariteit. Maar dan ineens laat Celeste met haar linkerhand de kabel los en kijkt Lauren uitdagend aan. Als Lauren wild nee schudt, laat ze ook haar rechterhand los. Met de punten van haar schoenen maakt ze nog contact met de rotswand maar verder hangt ze alleen nog gezekerd aan haar tuig. Ze kijkt de diepe afgrond met kolkend water in. Lauren voelt een koude vlaag door haar lichaam stromen en de angst maakt haar misselijk. Celeste heeft het niet door of wil het niet zien. Ze steekt haar duimen in de lucht en slaakt een kreet van opwinding. In haar ogen is diezelfde vlaag van overmoed en onbevreesdheid te zien als toen ze van het hoogste plateau bij de Pont d'Arc sprong. In haar blik is geen spoortje angst te ontdekken. Lauren begint uit paniek te schreeuwen. 'Celeste, kappen! Doe in godsnaam normaal!'

Saar stopt onmiddellijk met klimmen als ze Lauren hoort krijsen. Ook zij raakt in paniek als ze Celeste met losse handen in haar tuig ziet hangen. 'Celeste, idioot, pak die beugels vast voordat je naar beneden valt.'

Pas als Guillaume Celeste een waarschuwing geeft pakt ze de beugels weer vast. Ze lacht onschuldig naar hem. 'Sorry, ik dacht dat het wel kon. Omdat je had gezegd dat dit tuigje superveilig is. Dan moet dit toch kunnen? Of is het helemaal niet zulk goed spul?'

Guillaume weet duidelijk niet hoe hij moet reageren en mompelt uiteindelijk dat het tuig inderdaad veilig is, maar dat ze speciale mensen hebben om ze te testen dus dat ze dat met een gerust hart aan anderen over kan laten. Lauren ziet Celestes mondhoeken lichtjes krullen. Ze geniet duidelijk van haar overwinning, al vraagt Lauren zich af wat dat roekeloze gedrag nou echt met haar zusje doet.

15

De adrenaline na de schrik blijkt van korte duur als ze tot Laurens afschuw een Tibetaanse touwbrug naderen. Om daar goed overheen te komen is balans vooral belangrijk en ze voelt zich allesbehalve evenwichtig. Lauren begrijpt niet waarom het de naam brug draagt, aangezien het ding slechts uit twee kabels bestaat die niet dikker zijn dan een centimeter of drie à vier, waarvan er zich eentje boven haar hoofd bevindt om zich aan vast te grijpen en haar karabijn aan te zekeren, en op de andere kan ze haar voeten zetten.

Ze ziet Guillaume, Saar en Celeste vol zelfvertrouwen hun voeten op 'de brug' zetten terwijl ze zich aan de bovenste kabel zekeren. Lauren weet dat ze niet achter kan blijven, maar haar lijf verstart en wil niet meer vooruit. Guillaume, die al halverwege is, kijkt om en ziet haar aarzelen. 'Je hoeft niet bang te zijn, er kan je niks gebeuren,' zegt hij zelfverzekerd.

'Het lijkt enger dan het is,' valt Saar hem bij, en ook Celeste probeert haar op haar manier moed in te spreken. 'Kom op, Lau, stel je niet zo aan. Verstand op nul en gaan.' Lauren beseft dat deze uitspraak precies het verschil tussen haar en Celeste is. Celeste kan haar verstand uitschakelen, is een impulsieve doener, terwijl Lauren een denker is die de controle wil behouden en alles eerst wil overdenken. Die vaardigheid helpt haar vaak, maar hier hangend boven een afgrond heb je er helemaal niets aan. Haar tanden klapperen van de stress als ze zich zekert voordat ze voorzichtig een voet op de kabel zet. Het ding wiebelt wat heen en weer, maar zodra de kabel stabiliseert zet ze haar andere voet erop. *Niet naar beneden kijken, niet naar beneden kijken*, herhaalt ze eindeloos in zichzelf terwijl ze voetje voor voetje verder schuifelt. De andere drie komen ook voorzichtig weer in beweging, waardoor de kabel weer wat meer begint te schudden. *Ademen, blijven ademen en de ene voet voor de andere blijven zetten. Niet vallen. Niét naar beneden kijken.*

Het gaat niet snel, maar ze beweegt vooruit en als ze de brug uiteindelijk veilig is overgestoken kan ze niet anders dan trots zijn. Nu ze dit heeft gehaald moet de rest van het parcours ook lukken. Ze weet dat zelfvertrouwen vast te houden tot ze bij de ziplijn aankomen die hen van de ene kant van de rivier naar de andere moet brengen. Een blik in de afgrond is genoeg om haar weer de kriebels te geven en als ze dan ook nog naar dat dunne lijntje kijkt waar ze aan moet gaan hangen kan ze zich niet voorstellen dat dit goed zal aflopen. Guillaume ziet dat de angst op haar gezicht terug is en komt naast haar staan. 'Er zijn je al heel veel mensen voorgegaan en voor zover ik weet is hier in al die jaren nooit een ongeluk gebeurd.'

'Voor zover je weet. Je weet het dus niet zeker?'

'In elk geval niet sinds ik deze tochten leid en dat is deze week precies vier jaar. Je kunt erop vertrouwen dat ik echt weet waar ik het over heb. Vorige week ben ik nog met een groep zeventigplussers de rivier overgestoken. Als zij het kunnen...'

'Dat werkt voor mij niet. Ik moet met mezelf dealen en met niemand anders.'

'Het geeft echt een enorme kick als je je eraan overgeeft. En je hebt tot nu toe alles gehaald. Denk aan de adrenaline die je straks voelt.'

'Op de rotsen kletteren geeft vast ook een kick.'

Guillaume glimlacht geforceerd. 'Ik ga je helpen met het bevestigen van je katrol aan de lijn en dan zien we elkaar zo weer op het houten plateau.'

Lauren volgt zijn vinger naar een plek aan de overkant. 'Is dat een beetje stevig? Wordt dat hout af en toe ook gecontroleerd op rotte planken?'

'Lau, wat denk je zelf?' bemoeit Celeste zich ermee. 'Natuurlijk is het veilig. Die lui hebben toch geen zin in gezeik? Wacht maar, ik ga wel eerst, dan kun je zien hoe soepel het gaat. Is dat oké?' vraagt ze aan Guillaume. Hij knikt. Lauren doet een paar stappen naar achteren om ruimte te maken voor Celeste. De gids helpt haar zusje met het vastmaken van de katrol en loopt haar uitrusting nog even na.

'Zie jij het zitten?' vraagt Lauren aan Saar, die vlak achter haar staat op het niet al te ruime rotsplateau.

'Het lijkt mij eerlijk gezegd heel gaaf, maar ik snap dat jij het spannend vindt met je hoogtevrees. Ga jij maar na Celeste, dan kan ik je aanmoedigen.' Ze geeft Lauren een bemoedigend kneepje in haar zweterige hand. Celeste is inmiddels klaar om te gaan en telt hardop terug vanaf drie. Bij één stort ze zich zonder aarzelen van de rots af alsof ze het dagelijks doet. Lauren wil haar handen voor haar gezicht slaan, maar Saar pakt ze vast. 'Het is beter dat je kijkt en ziet dat er niks engs aan is.'

Lauren slikt iets weg en recht haar rug. Celeste zoeft in no time naar de overkant en gilt van plezier. Als ze haar zusje veilig op het houten platform aan de overkant ziet landen durft Lauren weer adem te halen en kan ze het zelfs opbrengen om een glimlachje te produceren.

'Oké, nu jij, Lau. Dan volg ik daarna. Je kunt het,' probeert Saar haar moed in te praten. 'Hoe langer je wacht, hoe meer tijd je hebt om je druk te maken en hoe enger het wordt door alle doemscenario's die je je in je hoofd haalt. Het komt echt goed.'

Lauren vraagt Guillaume om haar te helpen met de katrol en als hij die drie keer heeft gecheckt weet ze dat ze niet langer kan wachten. Ze vraagt hem nog één keer waar ze zich het beste vast kan houden en hij wijst haar de kabels aan. Ze omklemt ze panisch met haar handen en staat te trillen op haar benen.

'Probeer je te focussen op de boomtoppen,' geeft Guillaume haar nog als tip mee. *Oké, omhoogkijken dus, niet naar beneden.* Maar natuurlijk doet ze dat wel. Saar begint haar geduld te verliezen en geeft haar een bemoedigend schouderklopje. Lauren verliest haar evenwicht en haar voeten glijden van het rotsplateau. 'Ik val! Ik ga dood!' schreeuwt ze panisch, om vervolgens vloeiend tussen de frisgroene boomtoppen door naar de overkant te glijden. En het valt zeker mee. In de lucht met de wind in haar haren en de zon op haar hoofd voelt ze zich ineens heel vrij en zorgeloos. Als ze haar voeten op het houten plateau aan de overkant zet, vindt ze het bijna jammer dat het al voorbij is. Een stoot adrenaline schiet door haar lijf als ze zich omdraait en ziet van hoe ver ze gekomen is. Ze steekt haar duimen op naar Saar, die op het punt staat de oversteek ook te maken, en gaat naast Celeste op een uitgesleten richel van de rots zitten. Haar nichtje zwaait en springt dan van de rots af. Als Saar bijna bij het plateau is, volgt Guillaume en zijn ze weer compleet. Lauren schaamt zich een beetje voor haar hysterische gegil, maar voelt zich ook een stuk energieker dan hiervoor.

'Zijn jullie klaar voor deel twee?' vraagt de gids.

'Ja, kom maar op,' antwoordt Lauren als eerste.

'Niet overmoedig worden, hè zus.' Celeste port haar zachtjes in haar zij.

'Ik moet zeggen dat jullie het alle drie boven verwachting goed hebben gedaan, dus mijn complimenten.' Guillaume kijkt vooral Celeste aan en ze geeft hem die typische lach van haar, die hem duidelijk niet onberoerd laat.

Lauren probeert zich hier niet door te laten afleiden, maar zou het liefst benadrukken dat haar zusje nog maar zestien is en dat hij misschien wel twee keer zo oud is.

'Het gedeelte van de route dat we nu gaan doen vergt nog wat meer van jullie. We gaan veel klimmen en dalen over een steile rotswand, tot we uiteindelijk boven op de rots uitkomen.'

'Hoe hoog zijn we dan?' vraagt Celeste.

'Op 562 meter.'

'En we zijn begonnen op?'

'380 meter. Dat is dus een stijging van...'

'182 meter,' is Celeste hem voor.

'Ah, óók nog slim,' mompelt Guillaume, alsof hij verbaasd is dat ze niet slechts een mooi meisje is.

'En is het "gewoon" klimmen en dalen over de rotsen of komen we nog verrassingen tegen op de route?' vraagt Lauren om de aandacht van de gids van haar zusje af te leiden.

'We komen onder andere nog een houten brug tegen, maar dat is een eitje voor jullie nu jullie de *pont de signe* goed hebben doorstaan.' Hij knipoogt. 'Zullen we?'

Hij wacht hun antwoord niet af en neemt de leiding. Lauren haalt een keer diep adem voordat ze volgt. Ze had haar vermoeide spieren best nog wat langer rust willen geven, maar ze snapt ook dat Guillaume zich aan een tijdschema moet houden. En het vooruitzicht op een houten brug staat haar wel aan. Alles beter dan die doodenge touwen. Dapper zet ze haar voeten op de beugels die trapsgewijs omhooglopen tegen de steile, onregelmatige rots met scherpe randen, die deels begroeid is met mos. Al snel heeft ze de flow die ze in het eerste gedeelte van de tocht te pakken had weer terug. Hoewel het niet supersnel gaat blijft ze in elk geval doorgaan. Ondertussen is de zon alleen maar feller gaan branden en ze moet een voor een het zweet van haar handen afvegen om genoeg grip te houden. Ze hadden de tocht natuurlijk ook 's ochtends vroeg al moeten doen. Waarom had ze daar niet goed over nagedacht toen haar zusje weer eens haar zin doordreef? Lauren heeft spijt dat ze niet wat water heeft gedronken voordat ze weer op pad gingen. En Saar was zo lief om het water te dragen, maar daar heeft ze nu niks aan. *Kom op, niet zo negatief. Je bent er bijna. Het is vakantie en je doet iets heel tofs.*

Ze blaast een pluk haar uit haar gezicht en klimt weer verder tot ze bij de zogenaamde houten brug komen waar Guillaume het eerder over had. Het ding ziet er een stuk minder stevig uit dan ze zich had voorgesteld. Wederom is dit niet wat zij zich bij een brug voorstelt. Oké, het ding bestaat niet uit een smalle kabel waar ze overheen moeten schuifelen, maar de meters oude planken die amper een voet breed zijn, zien er niet veel minder eng uit. En het opstaande randje aan weerszijden van de planken dat wat meer zekerheid moet bieden mag eigenlijk geen naam hebben. Het is nog geen halve centimeter hoog en ziet er niet uit alsof het een val van de brug zal voorkomen als iemand zijn evenwicht verliest. Op schouderhoogte hangen aan beide kanten stalen kabels die als houvast moeten dienen voor handen en karabijnhaken.

Lauren blijft even stilstaan om te zien hoe Guillaume geroutineerd op de eerste houten plank stapt. Hoort ze nou iets kraken of is dat haar verbeelding? Bij elke stap die hij verder zet, schommelt de brug zachtjes heen en weer en Lauren voelt de kriebels in haar buik weer toenemen als ze bedenkt dat zij de brug als laatste zal betreden. Het geschommel zal alleen maar erger worden als Saar en Celeste ook over de brug lopen. Uit het gemak waarmee haar nicht en zusje op de smalle houten planken stappen, maakt ze op dat zij zich daar in elk geval geen zorgen over maken.

Maar na haar eerdere paniek en gestamel wil ze de rest ook niet weer ophouden. Ze grijpt de kabels krampachtig vast met haar handen en controleert haar zekering nog een keer. Ze gaat het gewoon doen. Net als bij de ziplijn probeert ze zich te concentreren op de boomkruinen waar de brug mee omringd is en niet verder de diepte in te kijken. Ze plaatst haar voeten zorgvuldig en haalt diep adem. Stapje voor stapje gaat ze verder en als ze een kwart heeft overbrugd, begint ze gewend te raken aan het geschommel en durft ze iets meer te ontspannen. Voor het eerst kijkt ze op naar Celeste en alsof haar zusje dat aanvoelt laat ze de staalkabels los en strekt haar armen uit alsof ze elk moment haar vleugels wil uitslaan om weg te vliegen. Lauren hapt naar adem, maar durft niks te zeggen omdat ze bang is dat Celeste schrikt en haar evenwicht verliest. Celeste staat even stil en begint dan te lopen terwijl ze zichzelf in balans houdt met haar zijwaarts gestrekte armen. Lauren blijft krampachtig staan, bang dat haar eigen geschuifel zoveel geschommel veroorzaakt dat Celeste alsnog uit balans raakt. *Ze is gezekerd, ze is gezekerd*, praat Lauren zichzelf moed in. Als bevestiging verplaatst ze haar blik naar Celestes karabijnhaken. Ze voelt het bloed uit haar gezicht wegtrekken. Celeste is niet gezekerd en loopt daar helemaal los op die planken. Als ze haar evenwicht verliest is er geen enkele bescherming en valt ze te pletter in het ravijn.

16

Het wordt wazig voor Laurens ogen. De kriebels die ze normaal in haar buik voelt als ze van grote hoogte naar beneden kijkt, trekken nu door haar hele lijf. Wat kan ze doen? Als ze Celeste roept zal ze zich omdraaien en wellicht uit balans raken. Dat risico durft Lauren niet te nemen. En als ze schreeuwt horen Guillaume en Saar het ook. Ze wil vooral niet Saars aandacht op Celeste vestigen. Haar heftige reactie op Celestes gedrag staat haar nog helder voor de geest en haar nicht zou zomaar kunnen flippen. De verhoudingen staan behoorlijk op scherp en de vakantie is nog maar net begonnen. Misschien moet zij haar zusje maar weer meenemen naar Aubenas. Ze voelt dat met Celestes roekeloze gedrag een volgende escalatie op de loer ligt.

Als ze achter elkaar de brug veilig verlaten hebben, loopt Lauren het slot van de tocht op haar tandvlees. Het laatste halfuur sjokt ze achter de rest aan richting het punt waar ze zijn begonnen. Voor haar gevoel zijn ze een dag onderweg geweest. Ze is uitgeput en neemt zich voor de rest van de vakantie niks actiefs meer te doen. Alleen nog maar op het strand liggen, een beetje in het water dobberen en op terrasjes zitten. Celeste huppelt voor haar uit alsof er niks gebeurd is. Lauren snapt werkelijk niet waar haar zusje al die energie vandaan haalt terwijl ze met regelmaat nachten doorhaalt.

Ze heeft Celeste niet aangesproken op haar gestunt op de houten brug en besluit dat ook niet te gaan doen. Er zijn geen ongelukken gebeurd en ze wil haar zusje niet nog meer negatieve aandacht geven. Hoe meer Celeste in het middelpunt van de belangstelling staat, hoe grenzelozer ze zich lijkt te gedragen. Ze geniet duidelijk van de aandacht en de schok die ze veroorzaakt. Lauren vindt het vreselijk om haar zusje zo te zien en zou willen dat ze Celeste kon laten inzien dat ze al die rare fratsen niet nodig heeft. Ze hoeft alleen maar zichzelf te zijn. Maar ze beseft ook hoe moeilijk dat is als je gevoelig bent voor groepsdruk en graag leuk gevonden wilt worden door je vrienden.

Hoe goed kent ze haar zusje zelf eigenlijk? Sinds ze weer even thuis woont heeft ze regelmatig geprobeerd om verder met Celeste te praten en tot haar door te dringen, maar tot op heden is het haar nog niet gelukt. Haar zusje klapt dicht als ze haar te veel op de huid zit en negeert haar pogingen tot een echt gesprek. Lauren denkt dat ze spijt heeft dat ze haar in vertrouwen heeft genomen over haar verkrachting. Alsof iets wat altijd maar verstopt bleef nu aan de oppervlakte is gekomen. Dat vermoedt ze in elk geval, gezien het steeds extremer wordende gedrag van Celeste, die zo'n beetje schijt lijkt te hebben aan alles. Alsof niets haar kan raken.

Lauren is zo diep in gedachten dat ze de kei die op het pad ligt niet ziet. Ze struikelt en weet zichzelf met veel moeite overeind te houden. Celeste kijkt lachend om. 'Wie is hier nou de stuntvrouw?' zegt ze cynisch. 'Ik heb het blijkbaar niet van een vreemde.' Lauren moet zich bedwingen om Celeste niet even flink door elkaar te schudden en die triomfantelijke uitdrukking van haar gezicht te halen. Net als Saar zit ze wat betreft haar zusjes gedrag inmiddels behoorlijk aan haar taks. Ze begint zich zelfs af te vragen of het wel zo'n goed idee was om mee te gaan naar Frankrijk. Tot nu toe heeft ze zich vooral zorgen gemaakt en is het ontspannen gevoel waar ze zo aan toe is nog ver te zoeken. Niet echt de sfeer die je je bij vakantie voorstelt.

Maar die gedachten bezorgen haar ook een schuldgevoel.

Als ze niet mee was gegaan had ze Saar en haar opa en oma ook niet gezien en als iets haar de afgelopen dagen duidelijk is geworden, dan is het wel dat ze zo veel mogelijk van haar grootouders moet genieten nu het nog kan. Ze worden nu echt oud, en vooral haar opa lijkt zijn fitte jaren achter zich te hebben gelaten. Niet eens zo lang geleden was hij zo'n avontuur als vandaag nog aangegaan en ze weet zeker dat hij er volop van had genoten.

Een paar weken geleden was haar breuk met Raf allesoverheersend en dacht ze hier nooit meer overheen te komen. De weken bij haar ouders en het zien van haar familie hier doen haar beseffen hoe belangrijk familie voor haar is. Die liefde is wél onvoorwaardelijk. Ze heeft zich de afgelopen jaren vooral op haar studie, Raf en haar vriendinnen gericht. Nu ze er alleen voor staat en zich even afzijdig houdt van haar vriendinnen – zo'n smoesje van hertentamens doet blijkbaar wonderen – wil ze de tijd die ze met haar familie heeft gemist inhalen. Ze moet deze vakantie laten slagen, ook als het zwaar is. Bovendien denkt ze nog steeds dat als ze maar genoeg haar best doet, ze haar zusje kan laten merken dat ze fantastisch is zoals ze is, zonder al die roekeloze acties van haar.

'We zijn er bijna, dames,' haalt de stem van Guillaume haar uit haar gedachten. Hij wijst naar de houten poort in de verte waar ze hun tocht bijna drie uur geleden begonnen zijn. Vanaf daar is het nog een minuut of tien lopen naar de parkeerplaats. Lauren kan niet wachten tot ze in haar auto kan ploffen. Ze verlangt naar een douche en een heerlijke maaltijd bij haar opa en oma.

'Jullie hebben het goed gedaan en keurig binnen de tijd.'

'Loopt zo'n tocht dan ook weleens uit?' vraagt Saar belangstellend.

'Soms. Het is de opdracht van de gidsen om de tijd strak in de gaten te houden, maar soms krijg je te maken met onverwachte tegenslagen omdat iemand zich blesseert of conditioneel vastloopt. Indien mogelijk kort je dan als gids de route in, maar soms ben je het laatste punt waarop dat kan al gepasseerd en moet je door. Zo'n dag gaat de boeken in als afgeschreven, omdat het de planning voor de rest van de dag ook in de war schopt of zelfs onmogelijk maakt. Daarom is een extra compliment voor Lauren wel op zijn plaats. Het was duidelijk dat jij de meeste moeite had met het parcours en dat je het ook nog eens heel spannend vond. Ik gok dat Celeste en Saar een stukje sportiever zijn dan jij,' lacht hij.

'Dat klopt wel, ja,' beaamt Lauren een beetje beschaamd.

'Maar ondanks dat heb je goed doorgezet en de hele tocht afgemaakt. Dat zie ik ook weleens anders. Dat is pas echt doorzettingsvermogen.'

'Je wilt niet weten hoe vaak ik op het punt heb gestaan om op te geven,' grinnikt Lauren.

'Maar dat heb je niet gedaan. Chapeau!'

Het compliment van Guillaume geeft Lauren nog net dat beetje extra energie om de eindstreep te halen. Als ze de parkeerplaats op loopt steekt ze haar hand in de lucht voor een high five met Saar en Celeste. Daarna zet ze haar handen in haar zij en strekt haar rug naar achteren.

'Als jullie je uitrusting afdoen en daar op een hoop leggen, dan doen we nog even wat oefeningen, in de hoop dat jullie morgen iets minder spierpijn hebben.' Guillaume lacht wat semisadistisch als hij Laurens teleurgestelde gezicht ziet. 'Je bent bijna van me af,' zegt hij met een knipoog terwijl hij enthousiast begint aan wat rekoefeningen. Kreunend doet Lauren hem na. Ze kan het eigenlijk niet meer opbrengen, maar het vooruitzicht op helse spierpijn is ook geen pretje. Haar benen en armen zijn zwaar van verzuring, maar de oefeningen geven inderdaad verlichting.

'Het kan zeker geen kwaad om deze oefeningen de komende dagen thuis nog een paar keer te herhalen,' geeft Guillaume hun nog als tip mee. 'Het was aangenaam om kennis met jullie te maken, dames. En kom gerust nog eens terug.' Hij schudt hun een voor een de hand, Celeste als laatste. Bij haar blijft hij wat langer stilstaan en hij houdt haar hand zo lang vast dat het bijna gênant wordt en Lauren er het liefst iets van wil zeggen. Celeste lijkt er geen moeite mee te hebben en trekt haar hand pas terug als Saar overdreven begint te kuchen. Nog vol energie loopt ze met hen mee naar de auto en voordat ze instapt zwaait ze nog even lachend naar Guillaume die haar staat na te staren.

'Er druipt nog net geen kwijl uit zijn mond,' moppert Saar.

Celeste geeft haar een duw. 'Je bent gewoon jaloers, Saartje, dat jij niet zoveel mannelijke aandacht krijgt.'

Saar mompelt geïrriteerd iets onverstaanbaars en Lauren realiseert zich dat er wel degelijk een kern van waarheid in zit. Saar ís jaloers. Daar moet ze haar nicht straks maar eens voorzichtig naar vragen. Wie weet baalt Saar wel vreselijk dat ze vrijgezel is. Het zou Saars heftige reactie op Celeste in elk geval iets beter verklaren. Wat als Celeste haar eigen onzekerheid alleen maar groter maakt? Celestes geflirt vandaag maakt op Lauren weinig indruk, maar Saars ergernis is duidelijk zichtbaar. En dit wordt alleen maar erger als ze wegrijden en Celeste op haar knieën achterstevoren gaat zitten om nogmaals naar Guillaume te zwaaien. Pas als de gids helemaal uit beeld is gaat ze met een zucht weer normaal zitten. 'Het is echt een lekker ding. Die zou ik nog weleens zonder dat klimtuigje willen zien.'

'Wat ben je toch een slet, Celeste. Besef je wel dat die gast je vader zou kunnen zijn? Hij is minstens twee keer zo oud.'

'Saar, doe niet zo vreselijk bekrompen. En kijken en een beetje dromen mag altijd, toch?'

'Doe nou maar niet zo onschuldig. Als wij er niet bij waren geweest, was het niet bij kijken alleen gebleven.'

'Maar Saartje, wat denk je wel niet van me? Of vind je hem zelf misschien ook aantrekkelijk? Had jij misschien naar hem willen zwaaien en hem mee op date willen vragen? Ben je echt zo jaloers?'

'Celeste, doe je gordel om en hou je mond,' grijpt Lauren in. Het laatste waar ze nu op zit te wachten is dat het weer uit de hand loopt.

'Kan ik het helpen dat ik zoveel knapper en aantrekkelijker ben dan Saar,' antwoordt ze vol zelfvertrouwen. En tegen Saar: 'Misschien moet je eens wat vaker lachen en niet zo'n ijskonijn zijn, nichtje.'

Lauren ziet dat Saar steeds meer moeite moet doen om zich te beheersen. Haar auto is te klein voor de ruimtevullende spanning tussen Saar en Celeste. In een poging dit te doorbreken zet ze de radio maar aan. Enrique Iglesias zingt dat hij moe is van het sorry zeggen en Celeste begint meteen uit volle borst met hem mee te zingen terwijl ze haar hand op Saars schouder legt. '*Maybe you were right, but Saartje I was lonely. I don't wanna fight, I'm tired of being sorry...*' Ze geeft Saar een stevige kus op haar wang. Celestes onschuldige stem en zoen lijken effect te hebben.

Saars blik ontdooit en ze duwt Celeste lachend van zich af. 'Luister naar je zus en doe je gordel om.'

Celeste doet nu braaf wat haar gezegd wordt. Alsof ze altijd net aanvoelt wanneer ze de grens heeft bereikt. Lauren haalt opgelucht adem en zet de radio wat zachter. 'Er schiet me ineens iets te binnen, maar ik wil het eerst aan jullie voorleggen. We rijden straks zo'n beetje langs Aubenas, wat vinden jullie ervan als we papa en mama even ophalen op weg naar Vallon-Pont-d'Arc? Het lijkt mij zo gezellig om met zijn allen te barbecueën. En eerlijk gezegd vind ik het ook belangrijk dat zij zien dat opa achteruit is gegaan. Uit zichzelf gaan die oudjes nooit aan de bel trekken.'

'Oeh, voelen ze zich denk je niet overvallen als we opeens met jullie ouders komen aanrijden?' Saar kijkt bedenkelijk.

'Dat komt wel goed. Desnoods neem ik de schuld op me.

En het is toch niet zo gek om in de vakantie met de familie samen te willen zijn? Hoe vaak doen we dat nog?'

'Dat is ook weer zo, ik wil gewoon niet dat het verkeerd uitpakt en opa opeens heel erg schrikt bijvoorbeeld. Of dat oma zich beledigd voelt doordat ze van niks wist.'

'En vieren papa en mama niet hun jubileum? Misschien hebben ze wel een romantisch avondje uit gepland?' Celeste drukt nu ook haar twijfels uit.

'Sinds wanneer ben jij niet in voor een impulsieve actie die de avond een goeie boost kan geven, zusje?'

'Waar zie je mij voor aan? Ik ben dol op rust,' grinnikt Celeste.

'Oké, Lau, je hebt gelijk,' beaamt Saar. 'Wie weet vinden opa en oma het wel een heel fijne verrassing. En ik snap ook dat je opa's toestand niet wilt verzwijgen, zeker voor je moeder. Het zijn tenslotte haar ouders. Laten we via Aubenas rijden. Is degene met de grootste mond het daar ook mee eens?'

'*Pas de problème*,' klinkt het vanaf de achterbank.

17

Lauren voelt hoe moe ze is als ze voor de tweede keer vandaag de afslag naar Aubenas neemt. Ze rijdt in de auto van haar ouders. Haar vader zit naast haar en Saar en Celeste zitten op de achterbank. Haar Mini heeft ze voor haar moeder achtergelaten bij haar grootouders. Ze hebben vanavond met zijn allen gebarbecued bij haar opa en oma en een heel fijne avond gehad. Er is open gesproken over opa's toestand, wat tot de nodige tranen leidde. Maar ze hebben ook flink met elkaar gelachen om herinneringen van vroeger. Hoewel oma eerst nogal verbaasd had gereageerd toen ze met z'n vijven aankwamen in Vallon-Pont-d'Arc, was ze ook heel blij en had ze haar dochter stevig geknuffeld. En Lauren merkte dat zowel haar opa als haar oma opgelucht was dat ze nu niet meer hoefden te doen alsof het allemaal zo goed ging.

Haar moeder had er wel behoefte aan om even alleen te zijn met opa en oma en komt over twee dagen weer terug naar Aubenas. Tot Laurens vreugde logeert Saar die dagen even bij hen. Ze had het jammer gevonden om haar nicht nu alweer gedag te moeten zeggen.

Celeste had in eerste instantie flink geprotesteerd dat ze weer teruggingen naar 'dat oersaaie dorp waar echt geen reet te beleven is'. Ze wilde niets liever dan in Vallon-Pont-d'Arc blijven en Lauren had het vermoeden dat het te maken had met de jongen met wie ze bij het zwemmen had staan flirten. Lauren snapt niet wat ze in hem ziet en vindt hem nogal een sukkel nadat hij Celeste had uitgedaagd om van dat veel te hoge plateau te springen. 'In Aubenas kun je niet eens uitgaan. In Vallon hebben ze de Black Jack en dat is volgens Léon echt een supervette club,' had ze Lauren toegefluisterd.

'Zo, zegt Léon dat? Is Léon soms je vakantievriendje?'

'Haha, echt niet. Daar zit ik toch helemaal niet op te wachten. Maar please, kun jij mama niet overhalen dat we hier nog een nachtje blijven zodat ik vanavond uit kan? Het hele groepje verwacht me daar vanavond.'

'Het is misschien moeilijk te beseffen, maar niet alles draait om jou en jouw afspraakjes met mensen die je net een dag kent, Celeste. Ik weet niet of je er iets van hebt meegekregen, maar mama heeft net te horen gekregen dat het niet zo goed gaat met opa. Als zij er behoefte aan heeft om alleen te zijn met haar ouders, dan zorgen we dat dat gebeurt. Dat heet sociaal gedrag, ooit van gehoord?'

Celeste had gefrustreerd staan stampvoeten en Lauren had haar op dat moment vervloekt om haar kinderachtige en egoïstische gedrag. 'En ook al waren we hier wel nog even gebleven, dan kon je een avondje stappen wel op je buik schrijven. Denk je nou echt dat pap en mam je laten gaan? Ik mocht ook pas voor het eerst uit toen ik achttien was.'

'Ja, maar kijk naar hoe oud jij bent. Alles is nu heel anders.'

'De tijden misschien wel, maar papa en mama niet.'

'Maar ik sta voor lul als ik niet kom opdagen!'

'Nou, ik denk dat Léon er wel overheen komt, hoor. Genoeg andere meisjes in die vette club.'

Celestes gezicht was vuurrood geworden na Laurens opmerking en ze kon niet goed inschatten of dat was uit woede of omdat haar zus zich ongemakkelijk voelde omdat ze echt op Léon valt.

'Als jij en Saar vanavond nou eens naar de Black Jack gaan? Dan kan ik toch gewoon met jullie mee sneaken.'

'Wat denk je zelf, Celeste? Dat ik heen en weer blijf rijden? Ik ben bekaf van die monstertocht die we vandaag hebben gedaan op jouw initiatief en kan niet wachten om lekker mijn bed in te kruipen.'

'Heeft iemand je weleens gezegd dat je ongelooflijk braaf en saai bent, Lauren?'

'Tja, we zijn niet allemaal zo wild en ondernemend als jij, Celeste. Hoe zie je dat trouwens voor je? Was je van plan om hier net als thuis uit het raam te klimmen als pap slaapt?'

'Waarom niet?'

'Celeste, gedraag je nou gewoon eens een keer. Je moet echt voorzichtiger gaan doen, hoor.'

'Jezus, aan jou heb ik ook niks. Je doet net alsof je mijn moeder bent. Ik begrijp wel dat die vriend van jou is vreemdgegaan, ik zou ook knettergek worden van jouw bemoeienissen,' had haar zusje er woedend uitgeflapt. Deze gemene sneer was voor Lauren de druppel. Ze was boos weggelopen en had Celeste de rest van de avond genegeerd, ook toen die even later met een chagrijnig gezicht toch in de auto was gestapt.

Gelukkig heeft Lauren het idee dat ze hun moeder niet meer had lastiggevallen met haar bezwaren. En deels moet ze Celeste ook wel gelijk geven: het op een rots gelegen Aubenas ís ook behoorlijk saai, zeker als je het prachtige uitzicht op het dal nog niet zo kunt waarderen en geen interesse hebt in de historische monumenten die er zijn. De stoffige smalle winkelstraatjes en de wekelijkse markt die op het kasteelplein in het centrum wordt gehouden zijn nou niet de locaties waar je een beetje kunt rondhangen om jongens te ontmoeten. Hoewel haar moeder het daar niet mee eens zou zijn, aangezien zij de liefde van haar leven wél in Aubenas had ontmoet.

Wanneer Lauren de auto parkeert bij hun vakantiehuis stapt haar zusje meteen uit en loopt met snelle passen naar binnen.

'Wat heeft zij nou weer?' vraagt Saar.

'Die baalt omdat ze haar date misloopt in een of andere club in Vallon. Ze wilde er stiekem heen en vond mij oersaai omdat ik geen zin had om haar te brengen. Ik ben er echt even klaar mee.'

Saar glimlacht. 'Nou, jíj bent hier echt de slechte zus, ja. Maar nu je het erover hebt… Is er hier in Aubenas geen leuke plek waar wij nog wat kunnen drinken samen? Ik ben er wel aan toe om de afgelopen dagen even te vergeten en met jou te lachen en dansen.'

'Wow, meen je dat serieus? Heb je nog puf om uit te gaan? Ik ben echt doodop.'

'Mijn kop zit nog veel te vol. Als ik zo mijn bed al in duik, lig ik de hele nacht wakker.'

'Nou, vooruit dan, omdat jij het bent. Maar ik weet echt niet hoe lang ik het volhou.' Lauren zucht er dramatisch bij, maar vindt het idee van nog even samen met Saar eropuit eigenlijk wel leuk.

'Heeft iemand je al eens gezegd dat je de liefste nicht van de wereld bent?' Saar pakt haar telefoon en googelt op uitgaansgelegenheden. 'Ha, ik denk dat we mazzel hebben. Er is hier een paar maanden geleden een nieuwe discotheek geopend, Le Village. Krijgt goede reviews op Tripadvisor. Poging wagen? De deuren gaan om elf uur open.'

Lauren kijkt op haar horloge. Het is halfelf. 'Laten we ons dan maar even om gaan kleden en optutten. Ik zal pap even laten weten dat we een drankje in het dorp gaan doen.'

'Zeg hem maar dat hij niet op hoeft te blijven tot we terug zijn.' Saar, die duidelijk helemaal opleeft van het idee dat ze gaan dansen, knipoogt.

Als Lauren haar vader zoekt zit Celeste op de bank. Ze kijkt niet al te vrolijk en snuift verontwaardigd als Lauren langsloopt. Lauren negeert haar zusje en loopt naar haar vader, die in de keuken een fles wijn staat te ontkurken. 'Jij ook eentje, Lau?' vraagt hij haar.

'Nee, doe maar niet, ik moet nog rijden. Saar en ik gaan zo nog even kijken bij de nieuwe discotheek hier in het dorp. Le

Village of zo.' Vanuit haar ooghoek ziet ze Celeste opveren. Haar vader ziet het ook. 'Jij gaat naar bed, Celeste,' zegt hij streng.

'Maar papa, het is vakantie.'

'Niks mee te maken. Zolang je nog geen achttien bent, wil je moeder niet dat je tot midden in de nacht in een of andere discotheek staat.'

'Maar mama is er niet. Ze hoeft het toch niet te weten?' Celeste loopt naar haar vader, pakt zijn gezicht tussen haar handen en kijkt hem smekend aan. '*Please*, papa. Jij bent toch ook jong geweest?'

Lauren ziet haar vader twijfelen, maar tot haar opluchting houdt hij uiteindelijk toch voet bij stuk. Ze wil ook weleens even met Saar op pad zónder dat ze zich zorgen hoeft te maken om Celeste.

'Is het goed als we de auto meenemen?' vraagt Lauren. 'Het is net te ver om te lopen.'

'Tuurlijk, meisje. Maar doe voorzichtig.'

'Dan ga ik maar naar bed.' Celeste geeft haar vader en Lauren een kus en verdwijnt naar boven. 'Nou, dat ging makkelijk,' mompelt Lauren.

'Ze weet wanneer ze eieren voor haar geld moet kiezen. Kind van haar vader,' zegt hij met een knipoog.

'Ja, mama kan nogal dwingend zijn,' lacht Lauren. 'Jij hebt ook wel geleerd wanneer je beter je verlies kunt nemen.'

'Dat is een van de dingen die ik leuk vind aan je moeder. Nou, ik ga nog even lezen. Jullie veel plezier straks en goed op elkaar letten, hè.' Hij neemt de fles wijn mee naar de kamer.

Lauren pakt de autosleutels en steekt ze in haar zak. Als ze buiten komt zit Saar op de overdekte veranda naar het zwembad te staren. Een kluitje muggen danst boven het water en de zwembadpomp zoemt zachtjes. Verder is het stil en vredig. De lampen in de tuin zijn net aangesprongen en zetten de schemerige tuin in een warmgele gloed. De temperatuur is nog steeds aangenaam. Het liefste zou Lauren naast Saar gaan zitten, maar ze is bang dat ze niet meer overeind komt als ze dat doet. Haar spieren zijn vermoeid van de klimtocht. Als ze nog op pad wil dan moet ze nu door. Ze stelt voor om zich snel te gaan opmaken. Saar knikt en volgt haar naar boven. De deur van Celestes kamer is al dicht en het lijkt er helemaal donker. Lauren legt haar oor tegen het koele gelakte hout. Volledige stilte. Zou haar zusje echt al slapen? Het is niks voor Celeste om al zo snel op te geven als ze iets in haar kop heeft.

'Slaapt ze al?' fluistert Saar.

Lauren haalt haar schouders op. 'Het lijkt erop. Ze wilde natuurlijk met ons mee, maar dat vond papa niet goed.'

'Al had hij het prima gevonden, dan hadden we haar nog niet meegenomen. Ik wil even lekker samen met jou op stap, zonder die impulsieve tiener op wie we moeten letten.'

Lauren glimlacht en loopt door naar haar kamer om zich om te kleden. Saar verdwijnt in de hare en even later treffen ze elkaar in de badkamer om wat make-up aan te brengen. Saar stylet haar krullen en neemt dan Laurens lange lokken ook nog even onder handen met haar stijltang. Daar is ze blijkbaar zo in getraind dat Lauren verbaasd is over het resultaat als ze in de spiegel kijkt. Tevreden bekijkt ze zichzelf. Het is lang geleden dat ze er zo mooi uit heeft gezien. *Ha, je weet niet wat je mist, Raf!* Lauren voelt de vermoeidheid wegstromen. Waar ze een uur geleden nog niet aan dansen moest denken, heeft ze er nu plots zin in. Het is al veel te lang geleden dat ze zich eens lekker heeft laten gaan. Hoewel ze zich er flink tegen heeft proberen te verzetten, heeft Rafs bedrog haar zelfvertrouwen een flinke knauw gegeven. Voor het eerst sinds ze bij hem weg is, vindt ze zichzelf weer aantrekkelijk en ze merkt nu pas hoe erg ze dat gevoel heeft gemist.

'Je ziet er prachtig uit,' beaamt Saar alsof ze haar gedachten kan lezen.

‘Wíj zien er prachtig uit.’ Lauren steekt uitnodigend haar arm uit en Saar haakt in.

‘Ik weet niet of ik jullie wel durf te laten gaan,’ zegt Laurens vader als ze hem gedag zeggen. Er klinkt trots en bewondering door in zijn stem. ‘Niet met vreemde mannen meegaan, hè?’

Lauren gaapt demonstratief om het cliché. ‘Dat soort teksten kunnen echt niet meer, pap. Je bent toch nog niet bejaard, zou Celeste zeggen.’

‘Celeste heeft er geen verstand van, die moet eens wat beter naar haar oude wijze vader luisteren. Ik wil gewoon niet dat jullie ooit iets overkomt.’

‘Celeste ligt al als een roosje te slapen, dus het lijkt erop dat ze inderdaad eens een keer naar je heeft geluisterd.’ Lauren geeft haar vader een kus en veegt de lippenstift van zijn wang. ‘Tot morgen, pap. Slaap lekker.’

18

Lauren ontgrendelt de auto en samen met Saar stapt ze in. Als ze de deuren dichtslaan dempen de lampjes en wordt het weer donker. Saar knalt meteen de radio aan. 'Om alvast in de stemming te komen,' schreeuwt ze boven de opzwepende muziek uit. Lauren steekt haar duim op en rijdt de weg op. 'Navigeer jij me naar Le Village met je telefoon?'

Saar zet haar routeplanner aan terwijl 'Beggin'' van Madcon door de auto schalt. 'Oeh, lekker liedje.'

Ze rijden op een T-splitsing af. 'Links of rechts?' vraagt Lauren terwijl ze in haar binnenspiegel kijkt. Ze gilt het uit als ze ineens een gestalte omhoog ziet komen op de achterbank. Van schrik geeft ze een ruk aan het stuur en de auto slipt met zijn banden door de berm. Ook Saar gilt nu als reactie op Lauren en de schim achter hen, die door een oversized capuchon wel een Dementor uit *Harry Potter* lijkt. De gestalte duikt op hen af en pakt Lauren en Saar allebei bij een schouder vast. Lauren raakt de macht over het stuur nog verder kwijt en slingert gevaarlijk over de weg terwijl ze de kruising nadert. In plaats van de auto stil te zetten heeft ze van de schrik het gaspedaal alleen maar verder ingeduwd. De schim laat hen net zo plotsteling weer los en trekt vol aan de handrem. De auto spint met piepende banden over de weg en komt uiteindelijk met zijn achterkant naar de T-splitsing tot stilstand, waarna de motor afslaat en de geur van brandend rubber door de ventilatieroosters de auto binnensijpelt. Celeste trekt haar capuchon af, geeft een gil en begint keihard te lachen. 'Jullie gezichten! Jullie zouden jezelf eens moeten zien. Zo bang!'

Saar vloekt hevig, balt haar vuist en haalt uit. Celeste duikt lachend weg en Saar mist haar op een haar na. De felle koplampen van een auto achter hen komen in rap tempo dichterbij. 'Zet die auto in de berm!' schreeuwt Saar terwijl ze toetert om de auto te waarschuwen. Lauren is even verdoofd, maar als Saar haar een duw geeft komt ze in actie. Ze geeft een klap op de knop voor de alarmlichten en draait met trillende handen de sleutel om in het contactslot. De motor slaat pas bij de derde poging aan. Lauren geeft meteen gas en de auto achter hen heeft eindelijk door dat er iets aan de hand is en remt fors af.

Lauren weet de auto precies op tijd schuin de berm in te sturen. De passerende auto rijdt inmiddels bijna stapvoets en ze voelt een schok in haar buik als de chauffeur zijn raampje opendoet en woedend naar hen gebaart. Even is Lauren bang dat de chauffeur stopt om verhaal te halen, maar gelukkig rijdt hij uiteindelijk toch door. Naast haar hoort ze Saar opgelucht ademhalen. Celeste zit op de achterbank met glimmende ogen zichtbaar van de opwinding te genieten. Als de gemoederen een beetje tot bedaren zijn gekomen draait Saar zich om. 'Wát dóé jij hier?'

Celeste is duidelijk niet onder de indruk van de ziedende toon waarmee haar nicht haar aanspreekt. 'Kunnen we gaan rijden? Mijn date verwacht me.'

'Ik vroeg je wat,' zegt Saar dreigend.

'Meeliften. Jullie hadden gewoon echt niet door dat ik op de achterbank lag. Jullie zijn echt sukkels.' Celeste lacht, maar niet meer zo uitbundig als eerder.

'Ik had inderdaad beter moeten weten toen je zo braaf naar bed ging,' geeft Lauren toe.

'Kom op, zus. Pap is een schat, maar hij begrijpt niet hoe het allemaal werkt. Hij kan me toch niet eeuwig thuishouden.'

'En jij hebt natuurlijk al helemaal door hoe de wereld in elkaar zit,' reageert Saar cynisch.

'Ik denk dat ik meer levenservaring heb dan jij, Saartje.'

'Tuurlijk. Je bent ook al zestien en ik pas tweeëntwintig.'

Lauren ziet Celestes gezicht even betrekken. Maar Saar heeft niks door. Lauren maakt hieruit op dat haar zusje duidelijk issues heeft waar ze koste wat het kost voor op de vlucht gaat. Ze is bang voor de dag dat ze het allemaal niet meer onder controle heeft.

'Oké, ik stel voor dat we rechtsomkeert maken en Celeste weer thuis afleveren. Daarna doen wij een tweede poging.' Saar kijkt Lauren aan alsof het besluit al is genomen.

'Sorry, maar ik blijf niet heen en weer rijden. Voor mij zijn er twee opties: óf we rijden nu terug en we duiken allemaal ons bed in, óf we rijden met zijn drieën door naar Le Village.' Lauren is er een beetje klaar mee en wil helemaal niet kiezen tussen haar zusje en haar nicht. Hoe onuitstaanbaar Celeste ook kan zijn.

'Optie twee!' reageert Celeste meteen.

'Ik wil echt niet met haar opgescheept zitten, Lau. We zijn geen babysitters.'

'Prima, maar dan gaan we nu terug.' Lauren start de motor, zet haar knipperlicht aan en schakelt naar de eerste versnelling.

'Nee!' roepen Celeste en Saar tegelijk.

'Fijn dat jullie het ook een keer met elkaar eens zijn,' moppert Lauren. 'Naar Le Village dan maar?' Ze geeft een tik tegen de richtingaanwijzer zodat hij de andere kant op knippert en rijdt gedreven door ergernis met iets te veel gas de weg op, waardoor de banden een piepend geluid maken.

'Op dit soort momenten baal ik dat ik geen rijbewijs heb,' mompelt Saar. 'Dan had ik Celeste naar huis gebracht en was ik vol gas naar Le Village gereden.'

'Maar je hebt geen rijbewijs en Lauren wel, dus Lauren is de baas,' reageert Celeste voldaan. Lauren is het gekibbel zo zat dat ze de radio zo hard zet dat elkaar verstaan onmogelijk is.

Het parkeerterrein bij Le Village staat al behoorlijk vol. Lauren parkeert de auto vloeiend achteruit in zodat ze straks meteen weg kunnen rijden. Celeste fluit bewonderend. 'Mijn zus,' zegt ze tevreden tegen Saar. Tot Laurens verwondering klinkt er iets van trots door in haar stem en ondanks alles geeft dat haar een warm gevoel.

Ze stappen uit en lopen naar de meterslange rij feestgangers die wachten tot ze binnen worden gelaten. Het lijkt wel of alle jongeren uit het dorp vanavond hier zijn. Buiten bij de deur staan twee enorme kleerkasten in keurige zwarte maatkostuums de menigte te scannen. Het zwarte strikje om hun stevige nek steekt mooi af bij hun witte overhemd. De portiers hebben hetzelfde korte kapsel.

'Die hebben zeker dezelfde tondeuse gekocht,' giechelt Celeste.

'En een abonnement bij dezelfde sportschool,' vult Lauren aan. Saar kan hen alleen maar aanstaren.

'Val jij tegenwoordig op dat soort types?' vraagt Lauren glimlachend.

'Er zit een beetje kwijl in je mondhoek, Saar.' Celeste veegt een denkbeeldige klodder weg en Saar geeft haar een duw, waardoor ze wankelt. Meteen richten de portiers hun ogen op Saar. Een van hen praat wat in zijn microfoontje, dat met een opzichtig kronkelend snoertje naar zijn oortje loopt. Saar wordt zenuwachtig van zijn blik en kijkt onzeker weg.

Celeste slaat kort een arm om haar heen om de portier te laten zien dat er niks aan de hand is en ze gewoon wat aan het dollen waren. In tegenstelling tot Saar blijft ze de portier strak aankijken en weet ze zelfs een glimlach op zijn starre gezicht te toveren.

Saar ziet het en fluistert: 'Hé, die is van mij vanavond.'

Celeste luistert al niet meer en is druk in de weer met haar telefoon. Haar duimen bewegen vliegensvlug en haar mondhoeken krullen omhoog in een triomfantelijke lach. Lauren rekt zich uit en probeert tevergeefs op het scherm van haar zusjes telefoon te kijken met wie ze contact heeft. Voetje voor voetje schuifelen ze steeds dichter naar de ingang, tot ze uiteindelijk vlak bij de portiers staan. Dat is het moment dat Celeste haar telefoon wegstopt en voor Saars ogen ongegeneerd begint te flirten met de spierbundel die eerder al naar haar lachte.

Saar knijpt verontwaardigd in haar been. 'Niet vergeten wat ik net zei, hè.'

'Je mag hem hebben, maar ik moet eerst binnen zien te komen zonder dat ik mijn ID hoef te laten zien. Ik ben nog geen achttien, weet je.'

'Dat hoef je niet te zeggen, hoor, je gedrag herinnert me daar continu aan.'

Celeste draait zich weer lachend om naar de portier en stapt op hem af. 'Mag ik eens voelen?' vraagt ze in vloeiend Frans terwijl ze haar hand al uitsteekt naar zijn spierballen. De portier spant vol trots zijn biceps aan en laat Celeste erin knijpen. 'Wow, zo hard als staal,' zegt ze uitdagend terwijl ze haar ogen laat afdwalen richting zijn kruis. 'Doen we straks een drankje?' De portier geeft haar een knipoog en laat haar met een scheef lachje en een handbeweging weten dat ze door mag lopen naar de kassa.

'Tot straks,' roept ze hem na terwijl ze er een handkusje achteraan blaast en naar binnen verdwijnt. Lauren en Saar willen achter haar aan lopen, maar worden tegengehouden met het verzoek hun ID te laten zien. Hoofdschuddend pakt Saar haar identiteitskaart. 'Dat kind krijgt ook werkelijk alles voor elkaar. Gebeurt het weleens dat ze haar zin níét krijgt van iemand?'

'Dat is weleens voorgekomen,' mompelt Lauren terwijl ze

even denkt aan wat haar zusje heeft meegemaakt. 'Kom,' spoort ze Saar aan als ze naar binnen mogen. 'Ik wil haar niet te lang uit het oog verliezen. Hoewel ze hier niet eens had moeten zijn, voel ik me toch verantwoordelijk voor haar.'

'Misschien moet je daar eens mee stoppen. Je bent haar moeder niet. Ze voelt zich toch al helemaal volwassen. Prima, maar dan moet ze ook de consequenties dragen en haar verantwoordelijkheid nemen. Ik wil even een paar uurtjes onbezorgd kunnen genieten en dat gun ik jou ook. Celeste redt zich echt wel een paar uurtjes zonder dat jij in haar nek hijgt. Nou, wat zeg ik je?' Saar stoot haar aan. 'Die Léon is zo te zien ook heel goed in nekhijgen. Je hoeft je dus geen zorgen te maken.'

Lauren volgt Saars blik naar een plek net voorbij de kassa. Léon staat achter Celeste en ze leunt heupwiegend met haar ogen dicht tegen hem aan. Ze heeft haar rechterarm om zijn hals geslagen en woelt door zijn haren terwijl hij opzichtig een hand op een van haar borsten heeft gelegd. Lauren zou hem het liefst bij haar zusje vandaan trekken. Wie denkt hij verdomme wel niet dat hij is? Maar ze weet dat Celeste alleen maar dwarser zal worden als ze zich nu met haar gaat bemoeien. Met ingehouden woede loopt ze achter Saar aan richting de bar. Ze heeft nu al spijt dat ze niet naar haar heeft geluisterd. Ze had Celeste meteen naar huis moeten brengen. Saar mag zich dan geen zorgen maken om Celeste, Lauren doet dat des te meer.

19

De beat dreunt zo hard dat Laurens hartslag op hol lijkt te slaan. Ze laat zich compleet meevoeren door de muziek en het effect van de flitsende lampen die steeds van kleur wisselen. Omdat ze moet rijden houdt ze het bij spa rood, en toch voelt ze zich op een heerlijke manier dronken. Alle vermoeidheid en stijfheid lijken haar lijf te hebben verlaten en ze beweegt soepel mee op de muziek, haar handen in de lucht. Haar zorgen lijken heel ver weg en ze voelt zich vrijer dan ze zich in lange tijd heeft gevoeld.

Ze lacht naar de man die nu al een tijdje om haar heen danst en zich al snel aan haar heeft voorgesteld. Olivier is knap, heeft katachtig groene ogen en een aantrekkelijke lach. Saar vermaakt zich zo te zien prima met zijn vriend Felix. Midden op de dansvloer staan ze nu al een tijd ongegeneerd te zoenen.

Lauren heeft Celeste een uur geleden voor het laatst gezien in het gezelschap van Léon en de rest van het groepje, waarna ze haar zusje uit haar hoofd heeft kunnen zetten. Als ze bedenkt om toch even te gaan kijken waar ze uithangt, voelt ze ineens zachte warme lippen op de hare. Er kriebelt iets in haar buik en ze is Celeste meteen weer vergeten. Olivier bijt zachtjes in haar onderlip en ze opent haar mond. Even flitst Raf voorbij, maar ze bant hem direct weer uit haar gedachten. Olivier weet veel beter hoe hij haar écht moet zoenen, en ze heeft het gevoel even van de wereld te zijn. Zowel teder als behendig verkent zijn tong haar mond. Ze slaat haar armen om hem heen en duwt haar lijf dichter tegen dat van hem aan. Ze gaat helemaal in hem op, maar wordt dan bruut uit haar roes gehaald door een stevige duw in haar rug. Olivier weet haar gelukkig op te vangen.

Lauren kijkt om en ziet een man woest en met grote pupillen naar haar kijken. Zijn zwarte halflange haren plakken slordig op zijn bezwete voorhoofd. '*Get a room!*' schreeuwt hij met een zwaar Frans accent. Lauren meent er nog iets van 'jullie staan in de weg' achteraan te horen. Olivier doet geen poging om de man op z'n plaats te zetten en gaat de confrontatie uit de weg door haar hand te pakken en haar van de dansvloer af te leiden. Lauren vindt dat alleen maar fijn. Ze houdt niet van mannen die altijd moeten laten zien dat ze de sterkste zijn. Hand in hand lopen ze richting de bar en ze worden al snel door Saar en Felix gevolgd. Felix regelt de drankjes en Olivier neemt haar en Saar vast mee naar een zitje dat net is vrijgekomen.

Een beetje hijgend ploft Lauren neer op de bank, die met een roze veloursachtige stof is bekleed en bezaaid is met sierkussens van imitatiebont. Ze pakt een kussen en houdt het tegen haar buik terwijl ze aan de fluffy stof plukt. Hoewel ze daar net nog geen last van had toen ze zo intiem was met Olivier voelt ze zich nu in het lamplicht toch wat onzeker. Het liefste zou ze samen met Saar de wc in vluchten om te controleren of haar make-up niet te veel is uitgelopen. Haar haren kunnen vast een kam gebruiken nadat Olivier er zo doorheen heeft gewoeld. Felix komt terug met de drankjes en Lauren wil meteen een slok uit haar glas water nemen om iets omhanden te hebben, maar Olivier houdt haar tegen. 'Eerst proosten.' Hij houdt zijn bierglas in de lucht en ze tikken er met zijn allen tegenaan.

'Waar proosten we op, heren?' klinkt ineens de hese stem van Celeste. Ze staat achter de bank waar ze met zijn allen op zitten en slaat haar armen om Olivier en Felix heen terwijl ze wat vooroverbuigt en haar bovenlichaam tussen hen in wurmt. Het inkijkje in haar decolleté ontgaat de mannen beiden niet en Lauren voelt een steek van jaloezie als Olivier een goedkeurend gezicht trekt.

'Waar proosten we op?' vraagt Celeste nogmaals. 'Dat ik misschien wel jullie schoonzusje word?' Celeste pakt het glas uit Felix' hand en neemt een slok van zijn bier. Knipogend geeft ze hem zijn glas weer terug, ze draait zich soepel om en verdwijnt in de massa.

'Wie is dat?' vraagt Felix terwijl zijn ogen Celeste blijven volgen.

'Mijn zusje,' antwoordt Lauren terwijl ze de nadruk legt op het verkleinwoord.

'En mijn nichtje,' vult Saar aan. 'Ze is pas zestien, een echte puber.'

'Nou, zo ziet ze er anders niet uit.' Felix en Olivier lachen triomfantelijk naar elkaar. 'Die chick is echt mooi.'

'Nou, goed om te weten.' Saar trekt een verongelijkt gezicht en schuift een stukje bij Felix vandaan.

'Maar jij bent de mooiste.' Hij trekt haar tegen zich aan en begint haar weer te zoenen. Olivier gaat lachend met zijn rug naar hen toe zitten en richt zich dan weer volledig op Lauren. Nu ze eenmaal over haar zelfopgelegde drempel heen is gestapt vindt ze het heerlijk om onbekommerd met hem te flirten en zoenen. Even nergens over nadenken en gewoon doen. Ze hoeft verder helemaal niks van hem, alleen een leuke avond. Die gedachte ontspant haar en geeft haar een zelfverzekerd gevoel. Ook zij kan sexy zijn.

Als Olivier haar vraagt of ze nog iets wil drinken besluit ze toch één alcoholisch drankje te nemen. Eentje moet kunnen. Ze kiest voor een *myro*, een lokaal drankje dat bestaat uit een glas witte wijn vermengd met bosbessenlikeur. Felix en Saar gaan nog steeds zo in elkaar op dat Olivier hen maar met rust laat. 'Die zien er niet bepaald dorstig uit, eerder hongerig,' fluistert hij grinnikend in haar oor. Zijn warme adem kriebelt aangenaam tegen haar oor en bezorgt haar kippenvel. Hij geeft haar een zoen op haar mond en verdwijnt richting de bar.

Lauren leunt met een tevreden grijns met haar kin op haar hand en kijkt naar de bewegende massa op de dansvloer. Ineens ziet ze Celeste staan. Léon en zijn vrienden zijn nergens te bekennen. Naast haar staat een man in een geruit jasje. Zijn hoofd beweegt mee met de muziek. Lauren kan niet goed inschatten hoe oud hij is omdat hij met zijn rug naar haar toe staat. Voor zover ze kan zien is er geen contact tussen Celeste en de man. Lauren schrikt als ze het gezicht van haar zusje ziet. Ze ziet er ongelukkig uit en staart in het niets. Er lijkt weinig over van de stralende, levenslustige en rebelse houding die ze van haar zusje gewend is. Zou er iets gebeurd zijn? Heeft Léon haar laten zitten? Net als ze naar haar zusje toe wil lopen om te vragen of alles oké is, komt Olivier aanlopen met hun drankjes en kruipt hij dicht tegen haar aan op de bank. 'Ik heb je gemist,' fluistert hij terwijl hij heel zachtjes in haar oorlel bijt en haar nek kust. Ze sluit haar ogen en laat zich genietend van zijn aandacht meeslepen. Als ze haar ogen weer opendoet is Celeste verdwenen. Op de plek waar ze stond staat nu een jongen met een punkeruitstraling flink uit zijn dak te gaan. Even voelt ze een vlaag van bezorgdheid in haar onderbuik, maar ze laat het weer los. De woorden van Saar gonzen nog in haar hoofd. Celeste wil zo graag volwassen zijn en ze hoeven haar heus niet constant in de gaten te houden. Er zal haar hierbinnen niks gebeuren.

'Is-ie lekker?' vraagt Olivier terwijl hij naar haar drankje wijst.

Ze neemt vlug een slok van het zuurzoete drankje en knikt bevestigend. 'Wat heb jij genomen?'

'*Castagnou*, witte wijn met kastanjelikeur, en je krijgt er geen paarse tanden van,' zegt hij grijnzend. Lauren slaat meteen haar hand voor haar mond. 'Had je me niet even kunnen waarschuwen?' murmelt ze achter haar hand. Olivier pakt haar glas en neemt een slok. 'Zo, nu zien we er allebei belachelijk uit.' Hij grijnst zijn tanden bloot, waar nu een paarse gloed van de bosbessenlikeur overheen ligt, en steekt daarna zijn eveneens paarse tong uit. Lauren klemt haar lippen op elkaar en kijkt hem uitdagend aan.

'Wedden dat ik die mond openkrijg?' Olivier buigt zich naar haar toe en begint haar te zoenen. Al snel geeft ze zich gewonnen.

'Eén-nul voor mij.' Hij trekt zich terug, pakt zijn glas en tikt het triomfantelijk tegen het hare. 'Wil je dansen?' vraagt hij. Voordat ze de kans heeft om antwoord te geven staat hij op, pakt haar hand en trekt haar mee richting de dansvloer.

20

Olivier staat al te dansen en moedigt haar onder begeleiding van Katy Perry verder aan. '*I kissed a girl and I liked it*,' zingt hij terwijl hij op de maat van de muziek naar haar wijst. Ze slaat lachend haar armen om zijn nek en wiegt soepel mee met zijn bewegingen. Olivier legt zijn hand op haar heup en zet zijn glas aan haar lippen. Haar eigen glas is ze door zijn enthousiasme haar mee te krijgen vergeten. Zonder te knoeien giet hij wat castagnou in haar mond en daarna drinkt hij het van haar tong. De drank en zijn aanrakingen maken haar opgewonden. Als zijn glas leeg is, gebaart hij dat hij het even wegzet om zijn handen vrij te hebben. Terwijl hij wegloopt voegt hij daaraan toe dat ze niet weg moet gaan. Dat is ze ook zeker niet van plan. Olivier smaakt voor haar naar meer.

In een mum van tijd is hij terug en trekt haar tegen zich aan. Zijn handen glijden over haar rug en zakken steeds verder richting haar billen. Ze wordt uit haar roes gehaald als iemand haar bij de schouder pakt en haar naam in haar oor schreeuwt. Saars gezicht is vertrokken van woede en de tranen stromen over haar wangen. Direct laat ze Olivier los en slaat een arm om haar nicht heen. 'Saar, wat is er aan de hand?'

'Ik vermoord die trut, ik zweer het je.'

'Wow, over wie hebben we het?'

'Dat klotezusje van je natuurlijk.'

Lauren zucht. 'Wat heeft ze nu weer gedaan?'

'Ze heeft met Felix staan zoenen.'

'Wát?'

‘Hij ging naar het toilet. En omdat het lang duurde, ging ik zelf ook maar even. Wie denk je dat ik wild tongend in de gang bij de toiletten zie staan? Felix en Celeste. Om het erin te wrijven keek ze me aan terwijl ze achter zijn rug haar duim naar me opstak. Ze heeft mij de hele avond met hem gezien. Die bitch is zo gemeen.’

‘Waar is Celeste nu?’

‘Alsof ik daar een fuck om geef. Ik hoef haar nooit meer te zien. En hem trouwens ook niet.’

‘Is er een probleem?’ vraagt Olivier, die niets begrijpt van hun Nederlandse gesprekje.

‘Felix heeft met mijn zusje gezoend.’

‘*Merde!*’ Olivier richt zijn ogen ten hemel. ‘Het is ook altijd hetzelfde met die gast. Ik ga hem wel even zoeken en hem op zijn lazer geven.’

‘Laten we het vooral een beetje rustig houden. En ik zal mijn zusje erop aanspreken. Als ik haar tenminste kan vinden. Sorry dat onze avond zo moet eindigen,’ zegt ze spijtig tegen Olivier terwijl ze hem een afscheidszoen op zijn mond geeft.

‘Maar het hoeft toch helemaal nog niet te eindigen?’

‘Jawel. Ik ga Celeste en Saar naar huis brengen voordat ze elkaar hier iets aandoen.’

‘Zie ik je nog eens?’

‘Misschien, wie weet.’ Ze lacht er een beetje sip bij.

‘Dag mooi meisje met de paarse tanden.’ Hij geeft haar een tedere kus op haar mond.

‘Dag jongen met de paarse tong, het was leuk je te ontmoeten.’ Haar hand glijdt uit die van hem en dan is de betovering van de avond verbroken. Ze had Celeste nooit moeten meenemen vanavond. Ze had kunnen weten dat Celeste weer een streek zou uithalen waarmee de avond dramatisch zou eindigen. Hoe gaat ze haar zusje ooit op het rechte pad helpen? Maar ze mag zich nu niet laten afleiden door zorgen voor later. Eerst moet ze Celeste zien te vinden. 'Luister,' zegt ze tegen Saar, 'als jij die helft van de discotheek voor je rekening neemt dan neem ik het andere stuk.'

'Sorry Lauren, maar dat ga ik niet doen. Ik wil hier weg, mijn bed in en morgenochtend zo snel mogelijk naar Vallon-Pont-d'Arc vertrekken. Ik wil geen minuut langer bij dat kleine secreet in de buurt zijn.'

'Ik snap dat je boos bent, Saar...'

'Boos?! Ik kan haar wel wat aandoen!'

'Ik kan Celeste hier niet achterlaten. Dat begrijp je toch wel?'

'Felix wil haar vast wel naar huis brengen als ze klaar zijn. Ik ga daar niet op wachten.'

'Je hebt geen keus. Ik rij en ik ga niet weg zonder Celeste.'

'Jawel hoor. Ik neem wel een taxi. Tot later, Lau.' Saar beent bij haar weg en duwt een paar mensen die in de weg staan agressief opzij. Lauren loopt achter haar nicht aan en verontschuldigt zich voordat iemand het in zijn hoofd haalt om Saar een duw terug te geven. Ze weet zeker dat Saar extra heftig reageert omdat ze gedronken heeft. Zo kent ze haar nicht echt niet.

Als ze zich door de mensenmassa heen heeft gewurmd is ze Saar uit het oog verloren. Wanhopig loopt ze een rondje om de dansvloer heen en richting de bank waar ze eerder zaten. Ze schrikt als ze een hand op haar schouder voelt, maar kijkt dan recht in de groene ogen van Olivier. 'Zus nog niet gevonden?' vraagt hij.

'Nee, en Saar is helemaal over de zeik vertrokken. Ik word echt een beetje gek.'

'Samen gaan we haar wel vinden.' Hij pakt haar hand en knijpt er bemoedigend in. 'Ik kan niet alleen goed zoenen, maar ook heel goed zoeken.'

'Opschepper,' lacht ze.

'Heb je een foto van je zusje?'

'Ja, hoezo?'

'Dan gaan we haar even aan iedereen laten zien. Zie je dat grote scherm daar?' Hij wijst naar het scherm dat bij de dansvloer hangt en waar al de hele avond clipjes op te zien zijn die worden afgewisseld met shots van de dj die staat te draaien. 'Wedden dat jullie in no time weer samen zijn als we haar foto daarop laten zien en laten omroepen dat je haar zoekt.'

'Slim bedacht, maar hoe wil je dat voor elkaar krijgen? Ik durf te wedden dat die dj wel vaker verzoekjes krijgt om dingen om te roepen en daar helemaal geen zin in heeft.'

'Wel positief blijven, hè, en ook een beetje vertrouwen in mij graag. Heel toevallig is mijn broer de eigenaar van deze tent. Als ik tegen de dj zeg dat hij dit moet doen, dan doet hij het. Zo simpel is het.' Olivier geeft Lauren zijn nummer, waarop ze knipoogt en zegt dat hij haar er mooi in heeft geluisd zo.

'Zo terug,' laat hij haar weten als zij hem de foto van Celeste heeft gestuurd. Olivier verdwijnt in de mensenmassa. Lauren kijkt hoopvol naar het scherm en als de foto van haar zusje na tien minuten nog niet is verschenen, is ze bang dat Olivier haar voor de gek heeft gehouden en allang vertrokken is. Als ze op het punt staat om dan alsnog maar haar eigen plan te trekken, stopt plots de muziek en gaan de lampen aan. Terwijl iedereen elkaar beduusd aankijkt verschijnt Celestes foto op het scherm. 'Dames en heren, even uw aandacht voor het volgende.' De dj wijst naar het scherm. 'We zijn op zoek naar dit mooie meisje. Ze heet Celeste.'

Er klinkt bewonderend gefluit en gejoel vanaf de dansvloer. De dj praat onverstoorbaar verder: 'Mocht je haar zien, vraag haar dan alsjeblieft om naar de uitgang te komen. En Celeste, als je dit zelf ziet, je zus wacht daar op je. Bij de uitgang dus.' De foto van Celeste blijft op het scherm staan als de muziek weer wordt opgeschroefd naar een volume dat praten vrijwel onmogelijk maakt. Laurens telefoon trilt in haar hand en er komt een bericht met een foto van

Olivier binnen. *Ik wacht samen met mijn vrienden op je bij de uitgang.*

Lauren moet lachen als ze de foto aanklikt en hem tussen twee kleerkasten ziet staan. Het zijn weer andere mannen dan die hen een paar uur geleden binnenlieten. Olivier lijkt met zijn een meter tachtig echt een klein jongetje tussen de opgepompte beveiligers. In de hoop dat Celeste zich daar ook al gemeld heeft haast ze zich naar de uitgang. De teleurstelling is groot als daar nog geen spoor van Celeste te bekennen is. Om de tijd te overbruggen zoekt Lauren afleiding bij Olivier en de beveiligers, die niet alleen sterk, maar ook behoorlijk grappig en gevat blijken te zijn. Maar als Celeste na een halfuur nog niet is komen opdagen, begint Lauren zich echt zorgen te maken. Is haar zusje zo koppig om het verzoek te negeren of heeft ze de discotheek verlaten zonder dat het iemand is opgevallen? De beide beveiligers beweren haar in elk geval niet gezien te hebben. En van Felix is ook geen spoor te bekennen.

'Ik check het nog wel even bij de mannen die bij de ingang staan,' stelt Olivier voor, 'dan kun jij hier blijven voor het geval je zusje toch nog op komt dagen. Zo terug.'

'Celeste heeft een van die mannen in zijn spierballen geknepen toen we aankwamen, hij kan zich haar vast nog wel herinneren,' tipt Lauren hem. Olivier steekt zijn duim op en vertrekt. Lauren wipt onrustig heen en weer van haar ene been op het andere. Haar zorgen om Celeste worden met de minuut groter en het zit haar nog steeds niet lekker dat Saar echt in haar eentje is vertrokken. Hoe dan ook zal morgen een vreselijke dag worden. Saar zal haar mond niet willen houden over Celestes illegale bezoekje aan de discotheek. Haar ouders zullen woedend zijn. Eerst op Celeste, maar ook zij zal gezeur krijgen, aangezien zij de oudste is en beter had moeten weten. Zo is het namelijk altijd gegaan.

Een van de kleerkasten legt even zijn hand op haar schouder en probeert haar gerust te stellen. 'Waarschijnlijk maak je je druk om niks en staat je zusje zo weer lachend voor je. Ik heb ook een jonger zusje dat vol streken zit. Waar denk je dat mijn grijze haren vandaan komen? Maar weet je, ze komt altijd weer op haar pootjes terecht. Wedden dat dat ook voor jouw zusje geldt?' Lauren knikt en glimlacht geforceerd, want gerustgesteld is ze zeker niet. De hoop dat Celeste gewoon ergens in de discotheek rondloopt heeft ze inmiddels laten varen. Dan had ze zich inmiddels echt wel bij hen gemeld. Zelfs voor Celeste moet toch ooit de grens bereikt zijn. Het idee dat haar zusje op straat zwerft, alleen of met Felix of een andere man, bezorgt haar de kriebels. Als Olivier weer aan komt lopen klaart haar gezicht even op en ze kijkt hem hoopvol aan. 'Weet je iets?'

'Victor kon zich je zusje inderdaad nog herinneren. Hij heeft haar naar buiten zien gaan, maar weet niet precies hoe laat. Hij gokt een uur geleden of zo. Ze heeft heel kort een praatje met hem gemaakt om zeker te weten dat hij haar later weer binnen zou laten.'

'Was ze alleen?'

'Op het moment dat ze naar buiten liep wel, maar vlak na haar vertrok een man met wie ze volgens Victor heeft staan praten. Ze liepen samen verder en verdwenen uit het zicht.'

'Ik heb haar eerder op de avond naast een man met een geruit jasje zien staan. Hij viel nogal op.'

'Victor heeft niks over een geruit jasje gezegd. Dat was hem denk ik wel opgevallen als hij het was.'

'Nou ja, het doet er waarschijnlijk ook niet toe. Voor zover ik kon zien hebben zij elkaar toen helemaal niet gesproken. Maar ze was dus niet met Felix?'

'Dat is een beetje onduidelijk, want Felix kwam vlak daarna aan Victor vragen of hij had gezien waar zijn chickie heen was gegaan. "Die knappe blonde" had hij er nog aan toegevoegd, dus ik neem aan dat het over Celeste ging.'

'Ja, Saar heeft in elk geval bruin haar. Maar Victor heeft dus gezegd welke kant ze op ging. En ging Felix erachteraan?'

Olivier knikt.

'Oké, dan heeft het dus geen zin om hierbinnen verder te zoeken.' De moedeloosheid straalt van Lauren af. 'Ze kan overal wel zijn.'

'Ze is lopend op pad, dus ik verwacht niet dat ze zich hier heel ver vandaan bevindt,' probeert Olivier haar gerust te stellen.

'Dat kunnen we helaas echt niet zeker weten. Ze is lopend vertrokken, maar wie zegt er dat ze niet een taxi heeft genomen, al dan niet met die vent in dat geruite jasje of Felix? Misschien wel met allebei. Ik sta bij mijn zusje nergens meer van te kijken.'

'Het is wel een typetje, hè?'

'Laat ik het zo zeggen: ik heb mijn handen vol aan haar. Ik denk dat ik maar een beetje rondjes ga rijden in de hoop dat ik haar tegenkom, ik weet het anders ook niet.'

'Probeer haar nog eens te bellen.'

Het toestel gaat eindeloos over en springt dan over op voicemail. Lauren stuurt er voor de zoveelste keer nog een paar berichtjes achteraan en blijft naar haar scherm kijken in de hoop op een reactie. 'Toch is het gek. Celeste is echt vergroeid met haar telefoon. Normaal gesproken leest en beantwoordt ze elk bericht echt meteen.'

'Maar wat als ze inderdaad met Felix of die andere man is en niet gestoord wil worden?'

'Ook dan wil ik haar gewoon vinden en mee naar huis nemen. En van deze onzekerheid word ik helemaal gek. Zijn hier in de buurt nog plekken waar na het uitgaan wordt gehangen?'

'Ik weet wel zo'n populaire plek. Zal ik met je meegaan om je de weg te wijzen?'

'Dat zou heel fijn zijn.' Lauren pakt haar sleutels en Olivier instrueert de beveiligers om hem meteen te bellen als ze Celeste toch nog ergens spotten. Lauren sprint bijna richting haar auto, op de voet gevolgd door Olivier. Voordat ze de auto start stuurt ze heel snel nog een berichtje naar Saar. *Ik hoop dat jij inmiddels veilig thuis bent. Celeste is spoorloos, ik ga haar nu zoeken. Kus.* Ze legt haar telefoon weg en richt zich tot Olivier: 'Nou, zeg het maar, waar gaan we naartoe?'

'Naar het plein bij het Château d'Aubenas. De parkeerplaats af en dan meteen rechts richting het centrum.'

'Oké, dat moet lukken.' Lauren rijdt weg van Le Village en richting de weg. Hoewel ze het liefst vol gas zou geven, houdt ze zich juist enorm in. Ze rijdt haast stapvoets zodat ze alle groepjes mensen die ze op straat ziet lopen goed kan bekijken.

'Als jij nou op de weg let, dan kijk ik om me heen,' stelt Olivier voor. 'Ik weet hoe je zusje eruitziet.'

Lauren drukt het gaspedaal iets harder in maar kan ook niet volledig vertrouwen op Oliviers beoordelingsvermogen. Zij kent Celeste het beste. Tegelijkertijd beseft ze donders goed dat Celeste met haar uiterlijk er altijd weer in slaagt een onvergetelijke indruk achter te laten.

21

Lauren schrikt wakker van het geluid van haar telefoon en vliegt zo snel overeind dat ze er draaierig van wordt. Ze grijpt naar haar toestel en ziet dat het Olivier is. Geen Celeste. Ze laat zichzelf kreunend terug op bed vallen en laat haar telefoon overgaan. Ze heeft even een paar minuten nodig voor ze überhaupt uit haar woorden kan komen. Met Olivier samen heeft ze tot zes uur vanochtend rondjes gereden, maar geen enkel spoor van Celeste. Telefoontjes en berichten blijven onbeantwoord. De angst drukt zwaar op haar maag. Ze wrijft in haar ogen, die pijn doen van vermoeidheid, en ziet dan dat het halfnegen is. Dan heeft ze toch nog twee uurtjes weten te slapen, met haar vieze kleren nog aan.

Er komt een berichtje binnen. Weer Olivier. *Ik heb Felix gesproken, bel me even.* Nu kan ze hem niet langer negeren. Met trillende handen belt ze hem terug terwijl ze haar kussen tegen het hoofdbord van het bed zet en ertegenaan gaat zitten. Haar hele lijf voelt stijf aan en protesteert bij elke beweging die ze maakt. De onhandige houding waarin ze in slaap is gevallen en de zware klimtocht van gisteren eisen hun tol. Het lijkt wel een eeuwigheid geleden dat ze van rotswand naar rotswand klom en boven ravijnen bungelde op bruggetjes die de naam niet eens zouden mogen dragen, maar het was pas gisteren. Als Olivier zijn telefoon opneemt, neemt ze niet eens de moeite hem te begroeten. 'Wat zei Felix? Weet hij waar ze is? Is ze bij hem?'

'Ook goedemorgen, zonneschijn,' klinkt het aan de andere kant van de lijn.

'Please, vertel me of je nieuws hebt. Ik heb nog helemaal niks.'

'Ze is niet bij Felix. Sterker nog, ze hebben ruzie gehad. Hij zag haar met die andere vent praten en dat trok hij niet zo goed. Felix kan nogal jaloers zijn.'

'Lekker hypocriet. Hij mag zelf natuurlijk wel met meerdere meisjes aanpappen op één avond. Ik kan je nu al vertellen dat Celeste daar echt niet van houdt en zich daar juist tegen afzet.'

'Dat gebeurde dus ook. Felix heeft geprobeerd die vent een klap te geven, maar hij was zo lam dat hij hem niet geraakt heeft. Celeste was woest en is met die vent weggelopen. Ze heeft Felix laten staan. Hij heeft niet de moeite genomen om haar achterna te lopen en is naar huis gegaan om zijn roes uit te slapen. Ik heb hem vanaf zes uur geprobeerd te bellen en kreeg hem net pas te pakken.'

'Oké,' reageert Lauren teleurgesteld. 'Daar komen we dus ook niet verder mee. Ik werd wakker van je telefoontje en heb nog niet in Celestes kamer gekeken. Het zou kunnen dat ze gewoon in haar bed ligt en vanochtend vroeg alsnog is thuisgekomen zonder dat iemand het heeft gemerkt. Dat flikt ze thuis ook vaak genoeg.'

'Dat zou toch ook wat zijn, dat ze gewoon lekker ligt te tukken.'

'Blijf even hangen, dan kijk ik meteen even.' Lauren sluipt de gang op en krimpt ineen als een van de houten vloerplanken onder haar voeten kraakt. Ze weet niet of haar vader al op is en ze wil de confrontatie nog even uitstellen. Maar om haar heen blijft het gelukkig stil. Ze loopt door naar Celestes kamer en er trekt een hoopvolle kriebel door haar buik als ze de deur voorzichtig opendoet. Door de kier ziet ze al aan de bult onder het dekbed dat er iemand in het bed ligt. Ze kan de snik van opluchting niet inhouden. 'O mijn god, ze ligt dus gewoon echt in haar bed,' fluistert ze tegen Olivier. 'Ik bel je zo terug.' Abrupt verbreekt ze de verbinding en loopt Celestes kamer binnen. In een ruk trekt ze het dekbed weg en dan staart ze naar een hoop kussens.

22

Met lood in de schoenen loopt Lauren de trap af. Ze heeft gewacht tot ze zeker wist dat haar vader beneden was voordat ze haar eigen kamer uit kwam. Saars bed is leeg en haar rondslingerende spullen zijn verdwenen. Zo te zien is er die nacht wel in geslapen. Ze hoopt dat Saar haar mond heeft gehouden over Celeste en haar de kans geeft het verontrustende nieuws zelf aan haar vader te vertellen. Aarzelend loopt ze door naar de keuken. Haar vader staat met zijn rug naar haar toe koffie te zetten en ze is blij dat ze hem niet meteen in de ogen hoeft te kijken. Saar hangt meer aan tafel dan dat ze zit en ziet eruit alsof ze het behoorlijk zwaar heeft.

'Kater?' vraagt ze haar nicht terwijl ze met een schuin oog kijkt naar het glas water waar zo te zien een tablet in bruist. Saar mompelt wat binnensmonds.

'Een lekkere bak sterke koffie zal wonderen doen.' Laurens vader schenkt een mok vol en zet hem voor Saars neus neer. Bij het geluid van het porselein dat de houten tafel raakt, krimpt Saar ineen en grijpt ze naar het grote glas water, dat nog steeds niet is uitgebruist. Ze zet het desondanks aan haar mond en neemt een paar grote slokken. In een vlaag van misselijkheid houdt ze haar hand voor haar mond. Aart zet nog drie mokken koffie op tafel en Lauren krimpt ineen als hij er eentje neerzet op de plek waar Celeste zou moeten zitten. 'Lauren, roep jij je zus even dat het ontbijt klaarstaat? Die viert echt vakantie. Als eerste naar bed en als laatste eruit.' Hij schudt lachend zijn hoofd en begint het verse stokbrood te snijden dat op tafel ligt. Lauren slikt en blijft als verstijfd zitten. Ze weet dat ze het moment van de waarheid niet langer uit kan stellen, maar de woorden blijven in haar keel steken. Saar houdt gelukkig haar mond, die is veel te druk met zichzelf. Als haar vader een paar stukken brood op Celestes bord legt schraapt Lauren haar keel. 'Ehm, pap, ik weet niet zo goed hoe ik dit moet zeggen, maar Celeste is weg.' De tranen springen in haar ogen.

Haar vader kijkt haar vragend aan. 'Hoe bedoel je, Celeste is weg?' Hij besmeert een stuk stokbrood royaal met roomboter en steekt het in zijn mond.

'Ze had zich gisteren verstopt in de auto en is met ons mee geweest naar de discotheek.'

De malende kaken van haar vader komen abrupt tot stilstand. Even lijkt de tijd stil te staan als hij haar mededeling verwerkt, daarna slikt hij langzaam de hap brood door en spoelt hem weg met koffie. Hij moet zijn mond wel branden aan de nog veel te hete drank, maar hij geeft geen kik. Zijn grote ogen knijpen zich tot spleetjes. 'Wat bedoel je precies te zeggen, Lau-ren?' Hij spreekt haar naam uit zoals hij dat vroeger deed wanneer ze zich had misdragen.

'We kwamen er pas achter dat Celeste zich had verstopt toen we al bijna bij de discotheek waren. Ze wilde zo graag mee, dus in plaats van haar naar huis te brengen, ben ik doorgereden. Tegen de wil van Saar in overigens.' Lauren kan niet anders dan de volle verantwoordelijkheid op zich nemen. Saar kijkt even traag op en laat dan haar hoofd weer in haar hand zakken.

'Ga door,' zegt haar vader ijzig.

'Eenmaal in de discotheek zijn we haar uit het oog verloren.'

'Nou, dat is niet helemaal waar. Ik heb meer dan genoeg van Celeste gezien,' zegt Saar fel.

Aart kijkt fronsend naar Saar.

'Celeste en Saar hebben ruzie gehad om een jongen,' verduidelijkt Lauren dan maar. 'Saar was de hele avond met een gast en uiteindelijk stond Celeste ook met hem te zoenen.' Ze ziet de kaken van haar vader straktrekken en hij legt twee gebalde vuisten op tafel.

'Niet lang daarna heeft de portier haar naar buiten zien gaan en sindsdien is ze spoorloos. Ik heb tot zes uur vanochtend rondgereden in een poging haar te vinden. Ik hoopte nog dat ze een taxi naar hier had genomen en dat ze gewoon in haar bed zou liggen... Ik weet niet waar ze is, pap. Ik ben zo ongerust.' Lauren kijkt haar vader wanhopig aan en begint nu echt te huilen. Ze schrikt zich rot als hij zo hard met zijn vuist op tafel slaat dat het servies een sprongetje maakt. Saar slaat instinctief haar handen voor haar oren.

'Hoe komt Celeste überhaupt zo'n tent al binnen?' vraagt haar vader terwijl de woede uit zijn ogen spat. Lauren voelt een angstige rilling, deze kant van haar vader ziet ze zelden.

'Nou?' brult hij terwijl hij nog een klap op tafel geeft.

'Celeste heeft zo haar methodes om haar zin te krijgen,' mompelt Saar. 'Ze is niet het engeltje dat jij denkt, Aart.'

'De portier vond haar grappig en heeft haar doorgelaten. Als ze zich een beetje optut lijkt ze net achttien,' probeert Lauren Saars woorden iets te verzachten.

'Ik klaag die discotheek aan! Die portier kan op zoek naar een andere baan. Zijn ze helemaal gek geworden daar.' Haar vaders wangen zijn inmiddels vuurrood en Saar krimpt alvast ineen voor de volgende dreun op het tafelblad. Die komt niet. In plaats daarvan duwt Aart wild zijn stoel naar achteren en staat op. Lauren heeft de neiging om weg te rennen nu hij zo boven haar uittorent. Ineens verslapt zijn houding en beent hij de keuken uit voordat Lauren verder kan vertellen. Ze hoort zijn stampende voetstappen op de trap en ze rent hem achterna.

'Ze ligt gewoon in haar bed,' hoort ze hem onafgebroken

herhalen alsof hij achter elkaar een gebed van hoop opzegt.

Ze volgt hem Celestes kamer in en hoort hoe hij zijn adem inhoudt als hij de hoop onder het dekbed ziet. Lauren heeft spijt dat ze het bed niet open heeft laten liggen. Voordat ze hem kan waarschuwen heeft hij het dekbed al weggerukt. Hij hapt naar adem, knielt neer bij het bed en laat zijn hoofd in de kussens zinken. Ze hoort hem gesmoord snikken en slaat troostend een arm om hem heen.

Hij laat het even toe en komt dan met een schreeuw overeind terwijl hij een van de kussens gefrustreerd door de kamer smijt. Daarna richt hij zich tot Lauren. 'Jij had op haar moeten letten, jij bent haar grote zus. Op het moment dat je haar meenam was ze jouw verantwoordelijkheid!' Zijn woorden voelen als een klap in haar gezicht. 'Mijn kleine, lieve, mooie meisje.' De tranen lopen over zijn wangen.

Saar komt de kamer binnen en kijkt Lauren bezorgd aan. Lauren haalt wanhopig haar schouders op. Tegen deze emotionele reactie van haar vader en de beschuldigingen is ze niet opgewassen. Saar ontfermt zich over haar vader en maakt Lauren met een hoofdbeweging duidelijk dat ze de kamer moet verlaten.

'Laten we proberen om rustig te blijven, Aart. Het belangrijkste is dat we Celeste zo snel mogelijk vinden en dat kan alleen maar als we in alle redelijkheid blijven nadenken en ons hoofd koel houden. Het heeft geen zin om nu te focussen op de schuldvraag en die volledig bij Lauren neer te leggen.'

'Is de politie al gebeld?'

'Ik denk dat het tijd wordt dat we dat gaan doen.'

Lauren staat op de gang te luisteren en pakt haar telefoon. Aangezien haar vader te emotioneel is en Saar minder goed Frans spreekt, lijkt het haar het handigst als zij het woord voert. Ze is al aan het bellen als Saar haar vader mee naar de keuken voert en hem daar op een stoel zet. Haar hart breekt als ze hem ineengezakt ziet zitten. Wanneer ze haar verhaal aan de politie heeft gedaan verbreekt ze de verbinding en gaat naast haar vader zitten. Ze pakt zijn hand. 'De politie komt er direct aan, papa. Alles komt goed.'

23

Lauren zit tegenover een onzeker ogende agent die zich heeft voorgesteld als Girard Roux. Ondanks die aarzelende uitstraling rust er een scherpe blik in zijn donkere ogen. De man heeft gitzwart haar waar de nonchalance geforceerd met gel in is aangebracht. Ter hoogte van zijn slapen zijn een paar pukkeltjes te zien. Lauren schat in dat hij maar een paar jaar ouder is dan zij. Hoofdinspecteur Brigitte Petit – lang, slank en met een kort donker kapsel – ijsbeert door de keuken. Ze komt in eerste instantie wat onverschillig over, maar uit de manier waarop ze zich beweegt maakt Lauren op dat niets haar ontgaat en ze elk moment in actie kan komen. Ze heeft duidelijk al wat meer dienstjaren achter de rug en kijkt toe hoe Roux vragen afvuurt op Lauren. Haar vader is duidelijk van slag nadat hij haar moeder heeft gebeld om haar op de hoogte te stellen. Hij heeft een paar vragen kort beantwoord en zit er nu vooral verslagen bij. Lauren hoopt dat hij het nog even kan opbrengen haar bij te staan, al is het maar om het gevoel te hebben dat niet alle druk op haar schouders rust. Saar had vlug een paar vragen beantwoord en is toen naar boven vertrokken om zich op te frissen.

Op elke vraag gaat Lauren zo gedetailleerd en eerlijk mogelijk in. Als ze het idee heeft dat ze alles heeft verteld, bladert Roux nog eens ijverig door zijn pagina's met aantekeningen. Hij neemt er de tijd voor en bestudeert ze zorgvuldig voordat hij opkijkt naar Lauren. 'Oké, ik wil nog even voor de zekerheid het lijstje met mogelijke getuigen doornemen. De mensen die samen met je zus zijn gezien,' verduidelijkt hij ten overvloede. 'Léon, de jongen met wie ze gisteravond in eerste instantie in Le Village had afgesproken, zijn vriendengroep, bestaande uit vier jongens van wie je de namen niet weet. Dan hebben we Felix, de jongen met wie ze heeft staan zoenen en over wie ze ruziemaakte met je nicht Saar. Olivier, de jongen met wie jij was en met wie je rond hebt gereden om Celeste te zoeken...' Girard bevochtigt zijn vinger en slaat een pagina om. 'En dan hebben we nog de mysterieuze man met het geruite jasje met wie je zusje mogelijk heeft staan praten.'

'Vergeet de beveiligers van Le Village ook niet te ondervragen, een van hen, Victor, heeft Celeste naar buiten zien lopen,' vult Lauren nog aan.

'Reken maar dat Le Village aan de beurt komt.' Brigitte Petit onderbreekt haar loopje even. 'En we nemen ons bonnenboekje mee,' voegt ze eraan toe. 'Een zestienjarige binnenlaten terwijl de minimale leeftijd op achttien ligt, is in elk geval een boete waard en afhankelijk van hoe het gesprekje met de eigenaar verloopt zullen we bepalen of het daarbij blijft of dat we aanvullende sancties opleggen.'

Lauren voelt zich rot door het idee dat Victor in de problemen komt, omdat hij degene is die Celeste heeft binnengelaten zonder haar leeftijd te checken. Ze hoopt niet dat het gevolgen heeft voor zijn baan. De broer van Olivier zal ook niet blij zijn dat het illegale bezoekje van Celeste hem geld gaat kosten en misschien wel verdere consequenties voor zijn zaak zal hebben. Hoe kan ze een goed woordje doen voor Victor zonder Celeste te veel af te vallen? 'Weet u,' begint ze aarzelend. 'Die portier had Celestes ID moeten controleren, dat is waar, maar u weet hoe zoiets gaat als het druk is. Dan glipt er weleens wat tussendoor. Mijn zusje was flink opgetut en zag er echt ouder uit dan zestien. Als ik bij die deur had gestaan, zou ik haar ook hebben binnengelaten zonder het idee te hebben dat ik iets fout deed.' Lauren vertelt er niet bij dat Celeste haar charmes flink in de strijd heeft gegooid om binnen te komen. Ze wil niet dat haar zusje bij de politie bekend komt te staan als een sletje 'dat er zelf wel om gevraagd zal hebben' als er iets gebeurd blijkt te zijn.

Het dringt tot haar door dat er inderdaad best iets gebeurd zou kunnen zijn. Van het idee alleen al wordt ze kotsmisselijk. 'Denkt u aan een misdrijf?' vraagt ze met gebroken stem aan Girard Roux. In plaats van een antwoord krijgt ze een tegenvraag van Petit. 'Wat is je zusje eigenlijk voor iemand? Beschrijf haar eens voor me.'

'Poeh, dat is niet in een paar woorden te doen.'

'Neem je tijd,' vult Roux aan. 'Als we een beeld hebben van je zusje kunnen we ons meer verplaatsen in haar denkwijze en gedragspatronen en dat helpt bij de opsporing.'

'Ik zal mijn best doen. Celeste is zo iemand met een grote mond maar een klein hartje. Misschien verwacht je dat niet van een meisje van zestien. Maar mijn zusje is heel gevoelig en dat probeert ze te verbergen door zich stoer en onverschillig te gedragen. Soms gaat ze daarin te ver en kwetst ze mensen. Ze kan soms nogal lullig uit de hoek komen en de gevoelens van anderen uit het oog verliezen.'

'Zoals in het geval van het zoenen met de man op wie je nicht een oogje had?' In Petits stem lijkt afkeuring door te klinken. Lauren knikt een beetje beschaamd. 'Ja, dat was een rotstreek. Celeste zoekt graag de grenzen op en is altijd op zoek naar nieuwe prikkels. Dat maakt haar soms wat onbezonnen.'

'Grenzeloos dus. Voorbeeld?'

Lauren kijkt even bezorgd naar haar vader, die zwijgend haar verslag van die avond aanhoort, maar met een knikje laat hij haar weten dat ze het kan vertellen. 'Ze is van het vijfentwintig meter hoge plateau gesprongen bij Vallon-Pont-d'Arc en tijdens de via ferrata die we gistermiddag deden was ze duidelijk ook nergens bang voor.'

Haar vader kijkt gepijnigd en Petit trekt haar wenkbrauwen

even op. Lauren kan niet opmaken of ze verbaasd is of met de zoveelste losgeslagen puber te maken denkt te hebben.

'En hoe zit het met drank en drugs?' vraagt Girard Roux.

'Onze dochter mag nog niet drinken.' Haar vader breekt nu voor het eerst in het gesprek in.

'Sorry, pap, maar ik denk dat ze weleens blowt en ook drinkt, ja,' zegt Lauren aarzelend. Ze vindt het moeilijk om eerlijk antwoord te geven in het bijzijn van haar vader en omdat het de overduidelijke vooroordelen van Petit alleen maar verder zal bevestigen en voeden.

'Heeft ze in Le Village gedronken of iets gebruikt?'

Lauren heeft haar zusje niet zíén drinken, maar de walm die uit haar mond kwam toen ze bij het zitje Olivier en Felix bijna om de nek vloog, sluit elke mogelijke twijfel uit. Maar Lauren beseft dat dit feit Le Village alleen nog maar meer in de problemen zal brengen. Ze besluit haar antwoord daarom een beetje vaag te houden. 'Niet dat ik weet, maar ik kan het niet met honderd procent zekerheid garanderen. Zoals ik u al eerder zei ben ik haar vrij snel nadat we binnen waren uit het oog verloren en heb ik haar slechts twee keer kort gezien. Eén keer toen ze even kwam kijken bij het zitje waar ik met Saar, Felix en Olivier zat en één keer bij de dansvloer, toen ze naast een man in een geruit jasje stond. Beide keren had ze geen glas in haar hand en ik zou niet weten hoe ze daar illegaal aan drugs moet zijn gekomen.'

'Le Village neemt het niet zo nauw met de regels,' moppert Petit. 'Eigenlijk is er sinds de opening alleen maar gedonder met die tent. De burgemeester doet steeds moeilijk over handhaving omdat Le Village een hoop extra mensen naar dit relatief saaie gat trekt. Economie voor alles, hè? Maar een minderjarige buitenlandse toerist die verdwijnt na een bezoekje aan de club gaat reuring geven waar zelfs de burgemeester niet omheen kan.' De triomfantelijke glimlach om Petits mond bezorgt Lauren een zeer onaangenaam gevoel.

'Eh, maar dat lijkt me in dit geval niet het belangrijkste, toch?' stamelt ze.

Roux probeert haar direct gerust te stellen. 'Onze focus ligt op het terugvinden van uw zusje en dat heeft absolute prioriteit. Alles daarbuiten is bijzaak en van later zorg.'

Lauren kijkt opgelucht, maar Petit vindt duidelijk dat het niet aan hem is om zoiets te bepalen en werpt hem een vernietigende blik toe. Roux doet alsof haar blik volledig langs hem heen gaat. Lauren begint het idee te krijgen dat ze hem misschien wel verkeerd heeft ingeschat. Dat onzekere kan zomaar een houding zijn om de mensen die hij ondervraagt op hun gemak te stellen en zo meer uit hen te krijgen. Ze moet toegeven dat ze er zelf ook in is getrapt. De vragen van Petit beantwoordt ze veel terughoudender dan die van Roux. Of hebben ze gewoon van tevoren afgesproken dat ze *good cop, bad cop* spelen? Ze besluit alert te blijven.

'Nog even terugkomend op wat uw nicht Saar zojuist vertelde.'

Lauren knikt, maar vraagt zich af waarom hij daarover begint terwijl zij nog boven is.

'Zij en Celeste hadden ruzie omdat ze dezelfde man leuk vonden.' Hij bladert weer in zijn boekje. 'Felix, is het niet? Uw nicht is vervolgens boos met een taxi hiernaartoe gekomen. Naar eigen zeggen was ze hier rond halfvier en heeft ze rond drie uur de discotheek verlaten en buiten staan wachten op haar taxi. We checken dat natuurlijk nog even met het taxibedrijf en de chauffeur. We moeten ook controleren hoe laat portier Victor uw zusje naar buiten heeft zien gaan en we zullen de beveiligingsbeelden er ook op nakijken om de exacte tijd en de personen die vlak na haar naar buiten zijn gegaan vast te stellen. Zou het kunnen zijn dat Celeste uw nicht buiten tegen het lijf is gelopen en dat ze daar verder zijn gegaan met ruziemaken? Dat uw zusje zo kwaad is geworden dat ze elders heeft geslapen om af te koelen? Of zou het zo kunnen zijn...'

Lauren laat Roux niet uitpraten. Ze heeft geen zin in zijn gespeculeer en vraagt zich af wat ze daar nu mee opschieten. Ze moeten zo snel mogelijk weten wat er écht gebeurd is. 'Het lijkt me beter dat we ons bij de feiten houden in plaats van in het wilde weg te filosoferen wat er gebeurd zou kúnnen zijn. Dat kost alleen maar onnodige tijd die we ook kunnen besteden aan zoeken. Maar aangezien u die kant op wilt, wil ik duidelijk zijn: als Saar zegt dat ze Celeste niet meer heeft gezien, dan geloof ik dat. Ik vertrouw mijn nicht blindelings.' Roux lijkt een beetje te blozen en voelt zich duidelijk door haar terechtgewezen. 'Ik zou graag van u willen weten wat u nu concreet gaat doen.' Haar vuur is aangewakkerd en haar vader stemt hier driftig mee in. 'De klok tikt door en u weet net als ik dat de eerste achtenveertig uur na een verdwijning essentieel zijn. Hoe langer het duurt, hoe groter de kans dat het mis is.' Ze spreekt de laatste woorden uit met een brok in haar keel. 'Ik denk sowieso dat er meer aan de hand is. Celeste kan soms best rare fratsen uithalen, maar ze komt altijd thuis. Ze zou nooit zo lang wegblijven zonder iets te laten weten.'

In Petits blik lijkt nu medelijden te schuilen. 'Weet je dat echt zeker? Is dat wel een feit? Wij maken zo vaak mee dat mensen verkeerd worden ingeschat door hun omgeving. Dan komen er opeens zaken naar boven die niemand zag aankomen.'

'Ik ken mijn zusje beter dan wie dan ook,' zegt Lauren stellig terwijl ze Petit en Roux een minzaam lachje toewerpt. 'Mijn zusje is hier slachtoffer en geen dader van wat het ook is waar jullie haar de schuld van willen geven.'

'We kunnen niks uitsluiten en zullen alle opties en scenario's onderzoeken,' concludeert Petit. Ook Laurens vader krijgt nu een meelevende blik toegeworpen. 'Bel ons vooral als u nog iets te binnen schiet. Wat dan ook. Dat geldt overigens voor u beiden en ook voor uw nicht,' besluit ze, waarna ze Roux een knikje geeft. Roux glimlacht nog snel naar hen en loopt dan achter Petit aan naar buiten.

Lauren en haar vader blijven verslagen achter. Een korte blik naar elkaar is genoeg om te beseffen dat ze beiden hun twijfels hebben of dit duo alles op alles zal zetten om Celeste zo snel mogelijk te vinden. Dat de hoofdinspecteur zich geroepen voelde om langs te komen, leek een hoopvol teken. Maar nu zit het Lauren vooral niet lekker dat Petit de verdwijning van haar zusje lijkt aan te grijpen om eens duidelijk te maken hoe de machtsverhoudingen in Aubenas liggen. En wat ze van die Roux vindt weet ze eigenlijk nog niet. In elk geval lukt het haar niet om volledig op de politie te vertrouwen en versterkt het haar neiging om in de auto te springen en zelf verder te gaan zoeken. En dan zit ze nog met Olivier in haar maag. Moet ze hem laten weten dat de politie straks aanklopt bij Le Village en alle betrokkenen wil spreken? Maar ze wil ook zeker niet het onderzoek belemmeren en zo de kans op succes beperken.

Haar gedachten worden onderbroken door het geluid van scheurende banden op de oprit. Lauren ziet door het raam hoe haar Mini in alle haast schuin geparkeerd wordt. Enkele seconden later vliegt de deur al open. De kalmte van de politie die haar zo tegenstond is bij haar moeder ver te zoeken. Zelden heeft Lauren haar zo van slag gezien. De uitdrukking op het gezicht van haar ouders als haar moeder komt binnenstormen en in haar vaders armen valt, breekt haar hart.

24

Lauren zit in haar eentje op de veranda van het vakantiehuis. Op de tafel staat een mok koffie koud te worden. Ze heeft haar armen om haar opgetrokken benen geslagen en leunt met haar kin op haar knieën. Haar ouders en Saar slapen nog, of doen in elk geval een poging. Celeste is inmiddels drie dagen spoorloos en Lauren begint de hoop op een goede afloop langzaamaan te verliezen. Gisteren is brigadier Luc Dupont langs geweest om zich voor te stellen en een update te geven. Hoewel er nog niks te melden viel, verzekerde hij hun dat de zaak 'ab-so-lu-te topprioriteit' heeft. Zowel binnen als buiten Aubenas. En dat hij er samen met zijn collega's alles aan doet om Celeste terug te vinden. Het team is nog druk bezig met alle betrokkenen van die nacht opsporen en verhoren, liet hij haar weten.

De man zag er nerveus uit toen hij haar gerust probeerde te stellen met die loze woorden. Ze schatte hem begin dertig, maar zijn vlotte uitstraling was duidelijk aangetast door slaapgebrek. Zijn lichtblauwe ogen leken dof. Lauren vatte het op als teken van betrokkenheid en daardoor gaf deze Luc Dupont haar meteen het vertrouwen dat ze bij zijn collega's had gemist.

Sinds Celestes verdwijning gaat er geen minuut voorbij dat Lauren niet aan haar denkt. Afwisselend met Saar en haar vader is ze blijven zoeken, maar het rondjes rijden door de omgeving heeft tot nu toe niets opgeleverd. Haar moeder is, zoals ze al had gevreesd, ingestort en zit zwaar aan de kalmeringspillen. Daardoor kan ze niet alleen zijn en blijven Saar en haar vader om de beurt bij haar terwijl de ander bij Lauren in de auto stapt om te zoeken. Na flink aandringen van haar vader heeft de politie Celestes telefoon geanalyseerd. De resultaten waren zorgwekkend. In de nacht van haar verdwijning was er rond drie uur nog een signaal opgevangen via de zendmast in de buurt van de discotheek. Nog geen uur later was het signaal op zwart gegaan en niet meer tot leven gekomen. Dat kon volgens de politie twee dingen betekenen: óf de batterij van het toestel was leeg, óf de telefoon was uitgeschakeld. Het laatste geval zou op een misdrijf kunnen wijzen. Lauren probeert tegen beter weten in vast te houden aan het idee dat een lege batterij de oorzaak is. Celeste gebruikt haar toestel zoveel dat ze minimaal één keer per dag moet opladen. Mocht ze dat die dag vergeten zijn, dan zou het heel goed kunnen dat de batterij vrijwel leeg was toen ze de discotheek verliet.

In de hoop dat ze ervan opknapt neemt ze een flinke slok koffie. Maar het gevoel van troost blijft uit. Elk uur lijkt Laurens schuldgevoel groter te worden. Haar ouders hebben de woorden maar één keer uitgesproken in een vlaag van emotie en onmacht, maar de strekking ervan was duidelijk; ze houden Lauren verantwoordelijk. Zij is de oudste en had op haar zusje moeten letten. Hoewel Lauren het ergens wel met hen eens is, steekt het toch en voelt ze zich vreselijk eenzaam. Ze heeft zo vaak geprobeerd om tot Celeste door te dringen en te proberen om een écht gesprek met haar te voeren. En haar zusje is heel bewust tegen de wil van hun ouders meegegaan naar Le Village en heeft de discotheek zelf verlaten zonder Lauren in te lichten. Heel even heeft ze getwijfeld of ze haar ouders de ogen moest openen door ze te vertellen dat hun 'heilige Celeste' niet zo'n braaf lieverdje is als ze denken, maar natuurlijk heeft ze haar mond gehouden. Het zou als verraad voelen om haar zusje nu af te vallen. Ze schaamt zich dat ze het überhaupt heeft overwogen om haar eigen hachje te redden. Zeker gezien de staat waarin haar moeder verkeert.

Met Saar heeft Lauren amper gesproken de afgelopen dagen. Haar nicht is behoorlijk afwezig en zit vooral op haar kamer met de deur dicht. Of haar woede wat getemperd is kan Lauren moeilijk inschatten. Ze is haar nicht in elk geval dankbaar dat ze in Aubenas is gebleven om mee te helpen zoeken naar Celeste. Pas als er meer duidelijkheid is, zal ze terugreizen naar Vallon-Pont-d'Arc om hun opa en oma te ondersteunen. Saar heeft gelukkig uit zichzelf de taak op zich genomen om hun opa en oma op de hoogte te houden. Lauren kan er niet te lang bij stilstaan hoeveel zorgen zij zich om hun kleinkind moeten maken. Het beeld van haar lieve opa en oma die vol verdriet op nieuws zitten te wachten, is hartverscheurend.

Terwijl ze naar het zwembad staart, dat al dagen niet gebruikt is, hoort ze het geluid van een auto die steeds dichterbij komt. Zou er dan eindelijk iets ontdekt zijn? Ze sprint naar de oprit en ziet inderdaad Roux en Petit in hun politiewagen de oprit op draaien. De misselijkmakende spanning wordt haar bijna te veel en ze moet een paar keer flink slikken om haar koffie binnen te houden. Ze slaat haar armen beschermend om zichzelf heen terwijl ze wacht tot Roux en Petit zijn uitgestapt. 'Hebben jullie haar gevonden?' vraagt ze hoopvol. Roux slaat kort zijn ogen neer en daar heeft ze haar antwoord.

'We hebben nieuws,' zegt Petit zakelijk. 'Zullen we even gaan zitten?' Ze wil al doorlopen, maar Lauren houdt haar tegen. 'Mijn ouders en nicht slapen nog en ik gun ze dat beetje rust. Vertelt u het eerst mij maar, en als het de moeite waard is kan ik ze er altijd nog bij halen.'

'Als we langskomen is het altijd de moeite waard,' maakt Petit haar duidelijk, maar ze blijft in elk geval staan en lijkt

Laurens wens te respecteren. Roux neemt het woord van zijn baas over. 'We hebben vanochtend vroeg een verdachte opgepakt. Een man van wie we vermoeden dat hij de man met het geruite jasje is die zich op de bewuste avond in de buurt van Celeste bevond. Er is in het verleden aangifte tegen hem gedaan voor het aanranden van een minderjarige en we hebben zijn computer meegenomen voor onderzoek. Het is een docent van de plaatselijke basisschool, die hier nog niet zo lang woont en werkt.'

Celeste wankelt en heeft spijt dat ze toch niet even is gaan zitten. 'Een... een pedofiel?' stamelt ze. 'Jullie verdenken een pedofiel? En hij is leraar op een basisschool? Hoe kan dat?'

'Hij is uiteindelijk niet schuldig bevonden aan de aanranding en er dus ook nooit voor veroordeeld. Dus dat kan.' Roux haalt zijn schouders op. 'Op de school in Parijs waar hij werkte hebben ze hem hoewel hij is vrijgesproken wegens gebrek aan bewijs toch ontslagen, op grond van een verstoorde arbeidsverhouding. Zijn naam was besmet en dat kostte de school leerlingen. Hij hoopte hier met een schone lei te kunnen beginnen, maar misschien kon hij zich toch niet inhouden.'

'Zulke types komen vaak heel lang weg met hun wangedrag, maar uiteindelijk lopen ze toch tegen de lamp.' Petit haalt haar neus op alsof ze net iets heel smerigs heeft geroken. 'Seksueel misbruik is moeilijk te bewijzen, omdat het altijd in het geniep gebeurt. Slachtoffers zijn vaak zo bang en geïndoctrineerd dat ze hun mond houden. Diegenen die uiteindelijk zo dapper zijn dat ze hun mond opendoen worden vaak niet geloofd. De priester, de huisarts, de leraar, de sportcoach: mannen die respect genieten in de gemeenschap, die doen zoiets toch niet? Het wordt weggemoffeld, verzwegen en het slachtoffer krijgt het nog zwaarder te verduren. Sommigen plegen zelfmoord, één doffe ellende.' Petit dreunt haar monoloog emotieloos en geroutineerd op. Lauren kan het bijna niet aanhoren en moet alle moed bijeenrapen om verder te vragen. 'Heeft hij bekend dat hij iets met Celestes verdwijning te maken heeft?'

'Nee, maar dat komt nog wel,' antwoordt Petit terwijl ze een vermanende vinger in de lucht steekt. 'We gaan spitten in zijn verleden, proberen een patroon te ontdekken. Deze keer komt hij er niet mee weg.'

'Maar als hij niet bekend heeft dan weet hij dus ook niet waar ze is en of...?' Lauren durft haar zin niet af te maken.

'We gaan haar vinden, met of zonder zijn hulp,' probeert Girard Roux haar gerust te stellen terwijl Petit vastberaden staat te knikken.

Maar hóé vinden jullie haar? Levend of dood? Die vraag kan ze niet uit haar gedachten bannen, maar ze durft hem niet te stellen.

'We hebben nauw contact met de politie in Parijs om meer informatie over die vorige aanklacht te krijgen. En wij gaan de verdachte straks verder verhoren. Reken maar dat we hem het vuur na aan de schenen leggen. Uiteindelijk zal hij de waarheid wel moeten vertellen.' Girard Roux knikt driftig met zijn hoofd om zijn woorden nog meer kracht bij te zetten.

Petit heeft diezelfde, niet te peilen uitdrukking die het voor Lauren zo moeilijk maakt om te vertrouwen op hun inzet. Ze voelt zich nog steeds slap, maar wil ook niet dat ze weer zomaar vertrekken. 'Wordt er eigenlijk nog volop naar haar gezocht?'

'Op dit moment wordt er met behulp van een helikopter en inzet van honden naar Celeste gezocht. Kosten noch moeite worden gespaard. Vanmiddag hou ik een persconferentie om bekend te maken dat we een verdachte hebben opgepakt. We gaan ervan uit dat landelijke media dat nieuws ook zullen oppakken. En dan heb ik het nog niet eens over social media.' Petit spreekt zelfverzekerd en knikt dan naar Roux. 'We moeten weer door,' zegt ze met haar ogen weer op Lauren gericht. 'Vertelt u het nieuws van de verdachte zelf aan uw familie of wilt u dat wij dat doen? In dat geval...' Ze kijkt veelzeggend op haar horloge.

'Ik zal ze straks alles vertellen wat ik zonet van jullie heb gehoord.' Petit en Roux lijken beiden opgelucht door haar antwoord. Petit loopt met driftige pas terug naar de auto en gebaart naar Roux als hij niet snel genoeg achter haar aan komt. Hij zwaait duidelijk gegeneerd naar Lauren en loopt dan achter Petit aan. Binnen enkele seconden verlaat de politiewagen in hoge snelheid de oprit en blijft Lauren beduusd achter.

25

Er zijn inmiddels alweer twee dagen verstreken sinds de politie een verdachte heeft opgepakt en nog steeds geen spoor van Celeste. Lauren heeft het gevoel dat ze langzaam gek wordt, en ze is niet de enige. Ze is bang dat haar ouders dit ook niet langer volhouden.

Zowel de plaatselijke als de landelijke pers heeft zich op de zaak gestort, dus de persconferentie heeft haar doel bereikt. Lauren weet dat ze de pers nodig hebben om Celestes verdwijning urgent te houden, maar het kost haar steeds meer moeite om vriendelijk te blijven als de zoveelste microfoon onder haar neus wordt geduwd of haar ogen worden verblind door het geflits van camera's. Als woordvoerder namens de familie moet ze continu alert en sterk zijn en dat is niet meer vol te houden.

Na weer een slapeloze nacht ligt ze met haar hoofd op de keukentafel. Het houten tafelblad voelt hard en koel aan tegen haar wang. Om haar heen is het volledig donker, omdat alle luiken van het huis dicht zijn. Zo hebben ze nog een beetje privacy wanneer de pers schaamteloos foto's en filmpjes van hen probeert te maken. Puf om het licht aan te doen heeft ze niet. Ze heeft geen idee hoe lang ze hier al in een ongemakkelijke houding op die houten stoel zit, maar aan haar stijve lichaam te voelen is dat al even. Ze dwingt zichzelf om overeind te komen en rechtop te gaan zitten, waarbij haar lichaam maar niet mee lijkt te willen werken.

Er klinkt gestommel op de trap. Ze vermoedt dat het Saar is, aangezien haar vader weer even bij haar moeder in bed is gaan liggen. Lauren ziet haar moeder nauwelijks nog. Als er al samen gegeten wordt, blijft haar moeder boven en zit de rest zwijgend met elkaar aan tafel. Waar haar moeder haar bed niet meer uit komt, is haar vader elke dag uren op pad. Elke keer rijdt hij dezelfde rondjes. Lauren vermoedt dat hij weet dat het geen zin heeft maar dat hij niet anders kan. Ze heeft al zo vaak gezegd hoeveel spijt ze heeft dat ze Celeste die avond niet heeft teruggebracht, maar ze ziet geen enkele reactie bij haar ouders. In hun ogen schuilt slechts leegte. Om zichzelf de pijn hiervan te besparen, is ze gestopt met zich te verontschuldigen.

Haar nicht is momenteel Laurens grootste steun. Saar heeft het niet uitgesproken, maar Lauren voelt dat haar eerdere woede is omgeslagen in hetzelfde schuldgevoel. Waarom hebben ze haar in godsnaam meegenomen? Ze wisten hoe roekeloos Celeste uit de hoek kan komen. Lauren is nog steeds geschokt door Saars heftige reactie op Celestes gedrag, maar ze weet ook dat het nu geen zin heeft om hierover door te praten. Saar had die avond flink gedronken en heeft vreselijke dingen gezegd, maar dat is nu niet meer van belang. Het enige wat nu belangrijk is, is Celeste. Ze moet veilig terugkomen. De gedachte aan wat het meestal betekent als iemand al een week vermist is probeert Lauren niet toe te laten. Ze mag de hoop niet verliezen.

Lauren schrikt en springt een stukje op van haar stoel als het licht in de keuken plots aangaat.

'Wat zit jij in het donker?' Saar loopt geeuwend door naar het koffiezetapparaat en schenkt zichzelf een volle mok in voordat ze bij Lauren aan de tafel gaat zitten. 'Geen nieuws?' Het klinkt meer als een voldongen feit dan als een vraag.

Lauren checkt dwangmatig haar telefoon en schudt haar hoofd. De vijftien bewaarde voicemails met interviewverzoeken van gisteren heeft ze nog geen van alle beantwoord. Gelukkig zijn er geen nieuwe verzoeken binnengekomen. Wat betreft het onderzoek is het akelig stil. Te stil. 'Wat denk jij, zal ik Girard Roux nog eens bellen?'

'Kun je doen, maar ik vraag me af of het zin heeft. Nu de druk van de media zo groot is doen ze waarschijnlijk nog beter hun best. Ze willen natuurlijk geen steken laten vallen of een flater slaan nu het hele land meekijkt.'

'Eigenlijk is dat toch heel erg? Ze zouden toch sowieso alles op alles moeten zetten om Celeste te vinden?'

'Tja, dat is nu eenmaal hoe het werkt. We kunnen daar dan maar beter gebruik van maken. Probeer je er niet druk om te maken, je hebt je energie nu zo hard nodig voor andere dingen,' antwoordt Saar nuchter terwijl ze aan haar koffie nipt. Lauren werpt automatisch een blik op de klok aan de muur, terwijl ze weet dat hij stilstaat. Ze heeft gisteren zelf de batterijen eruit gehaald. Ze kon het harde tikken niet meer verdragen. Alsof elke tik haar verder bij Celeste vandaan bracht. 'Hoe laat is het eigenlijk?' vraagt ze aan Saar.

'Halftwaalf.'

'Zo laat al! Door die dichte luiken ben ik mijn besef van tijd totaal kwijt. Is het bij mijn ouders nog stil?'

'Toen ik net langs hun kamer liep wel. Ik ga wel even een ontbijtje voor ze maken, in de hoop dat ze iets eten vandaag.'

Lauren probeert een geeuw achter haar hand te verbergen maar Saar ontgaat niets. 'Weer geen oog dichtgedaan zeker?'

'Helaas niet. Ik heb steeds het gevoel dat ik iets moet doen, maar ik weet niet wát ik moet doen. We zijn hier in de buurt toch overal geweest?'

'Misschien is het slim als je toch even op bed gaat liggen voordat je helemaal niet meer uit je ogen kunt kijken. Neem voor deze keer een slaappil. Ik blijf hierbeneden en hou je telefoon in de gaten tot je weer wakker bent. Niemand houdt het dagen vol zonder slaap, Lauren, ook jij niet. En we zijn er nog niet. Als Celeste straks thuiskomt, heeft ze je keihard nodig.'

‘Ga je daar nog steeds van uit? Dat ze thuiskomt?’

‘Ik weiger om aan andere scenario’s te denken totdat we geen andere keuze hebben.’

‘Ik probeer ook optimistisch te blijven, maar het wordt wel steeds lastiger. Het kan bijna niet anders dan dat er iets is gebeurd, anders was ze allang thuis geweest.’

‘Met dat zusje van jou weet je het maar nooit. Celeste zit vol verrassingen. En ik ben heel boos op haar geweest, maar ik kan nu alleen maar hopen dat het positief uitpakt.’

Lauren moet weer geeuwen en doet geen moeite meer om het te verbergen.

‘Toe, ga slapen. Ik regel alles hier.’ Saar pakt haar toestel en zonder verder te protesteren loopt Lauren naar boven om inderdaad even te gaan liggen.

26

'Lauren.' Er wordt aan haar arm geschud. 'Lauren! Brigitte Petit en Girard Roux staan beneden. Ze willen ons allemaal spreken.'

Lauren schiet zo snel overeind dat ze er duizelig van wordt. Ze was heel even in slaap gevallen, maar de adrenaline giert nu direct door haar lijf. 'Zeiden ze verder iets? Hebben ze nu wel écht iets?'

Saar haalt haar schouders op. 'Ze laten tegen mij helemaal niks los, maar ze kijken wel ernstig. Vooral die Roux lijkt nerveus.'

'Volgens mij is dat zijn grondhouding, dat hoeft nog geen slecht nieuws te betekenen. Volgens mij heeft vooral die Petit dat effect op hem. Die grijpt elk moment aan om te laten merken dat ze zijn baas is.' Terwijl ze praat trekt ze snel een joggingbroek en een shirt aan. 'Heb je mijn ouders al ingelicht?'

'Nee, dat wilde ik graag samen met jou doen. Dat leek me beter. Het zit me niet lekker dat ze zo specifiek naar ons allemaal hebben gevraagd.'

'Oké, *let's go* dan.' Als Lauren voor de deur van de slaapkamer van haar ouders staat, krijgt ze een drukkend gevoel op haar borst en ze is even bang dat ze geen adem meer kan krijgen. *Niet in paniek raken nu, Lauren, hou je kop erbij!* Ze klopt twee keer op de kamerdeur en loopt de kamer in. Haar moeder kijkt haar wazig aan vanaf het bed. Lauren schrikt van de donkere kringen om haar ogen, haar bleke huid en haar onverzorgde kapsel. Haar vader zit in een stoel naast de boekenkast en krast wat met een pen in een notitieboekje. Zijn gebruikelijke positieve energie is volledig verdwenen. ‘Lieve mama en papa, de politie wacht beneden op ons. Ze willen ons spreken.’

Haar vader veert meteen overeind, maar haar moeder reageert amper.

‘Maman?’

‘Gaan jullie maar. Wat heeft het voor zin? Ik weet toch al wat ze gaan vertellen. Ze is dood. Een moeder voelt dat.’ Amélie zakt onderuit in bed en trekt het laken hoog op. Lauren kijkt haar vader wanhopig aan.

‘Amélie, liefste, ook als de boodschap slecht is vind ik dat je erbij moet zijn. We moeten elkaar steunen. Wij hebben je nodig. Ik heb je nodig.’ Haar vader gaat op de bedrand zitten en strijkt zijn vrouw liefdevol over haar hoofd. ‘Toe nou, meisje, laat me niet in de steek.’ Als Lauren haar vaders gebroken stem hoort en zijn lip ziet trillen terwijl hij haar moeder toespreekt, breekt ze zelf ook bijna.

‘Geef me vijf minuten,’ hoort ze haar moeder fluisteren. Ze ziet haar vader knikken terwijl hij haar moeder het bed uit helpt.

‘Gaan jullie maar vast, wij komen er zo aan,’ mompelt haar vader. Als ze in de badkamer zijn verdwenen ziet Lauren dat Saar een moeilijk gezicht trekt. ‘Wat?’

‘Ja, dat begrijp ik dus niet. Als er nieuws lijkt te zijn over je vermiste kind dan wil je toch zo snel mogelijk weten wat er aan de hand is? Dan stuif je toch naar beneden in plaats van dat je jezelf nog eens even gaat staan opfrissen?’

‘Ik begrijp het juist heel goed. Als je zo bang bent voor slecht nieuws waardoor je leven nooit meer hetzelfde zal zijn, is die onwetendheid soms fijner.’

‘Hm, zo had ik het nog niet bekeken. Ik kan natuurlijk ook niet weten hoe verschrikkelijk het moet zijn als je kind vermist is.’ Saar houdt de deurklink in haar hand en maakt een uitnodigend gebaar naar Lauren. ‘Ga jij voorop?’

Samen vertrekken ze naar de keuken. Petit en Roux staken hun geijsbeer meteen. Roux durft geen oogcontact te maken en Petit staat overdreven rechtop met haar handen achter haar rug. Als ze Lauren aankijkt weet ze een moeizaam lachje te produceren.

'Mijn ouders komen eraan,' zegt ze terwijl ze probeert terug te lachen. 'Willen jullie misschien iets drinken?'

Zowel Petit als Roux schudt vastberaden van nee.

'Gaan jullie dan in elk geval even zitten.' Lauren wijst naar de stoelen. Roux gaat voorzichtig zitten, maar Petit blijft staan. De sfeer in de keuken wordt steeds ongemakkelijker.

'Ik ga even kijken waar ze blijven,' zegt Saar, waarna ze de keuken uit vlucht. Aan het gestamp te horen neemt ze de trap met twee treden tegelijk. Lauren was het liefst achter haar nicht aan gegaan om even uit de beladen sfeer te ontsnappen. Ze heeft het niet meer van de zenuwen. Roux zit inmiddels zenuwachtig op zijn stoel te schuiven. Petit schraapt haar keel en blijft nog altijd staan. Lauren kan de inspecteur wel door elkaar schudden om de informatie uit haar te halen. Maar ze wil het ook niet horen zonder haar ouders, die er aan het gestommel te horen godzijdank aan komen.

Lauren is verbaasd over de metamorfose die met name haar moeder heeft ondergaan. Haar haren, die al dagen alle kanten uit pieken, zijn nu weer in een keurige bob gekamd. De vlekken op haar huid en rond haar ogen zijn met behulp van foundation weggewerkt. Aan mascara heeft haar moeder zich niet gewaagd. Haar vader heeft de gekreukelde kleren waar hij al dagen in liep verwisseld voor iets schoons. Zijn haren lijken een stuk donkerder doordat hij er een natte kam doorheen heeft gehaald. Haar ouders blijven stokstijf hand in hand midden in de keuken staan en kijken beiden met een blik waar zowel verdriet als hoop uit spreekt naar Petit. De hoofdinspecteur schraapt nogmaals haar keel en kijkt hen aan. 'Ik vrees dat we geen goed nieuws hebben.'

Als ze die eerste zin heeft uitgesproken, ziet Lauren haar moeder al instorten. Haar kin, die ze net nog hoog probeerde te houden, zakt op haar borst terwijl ze wankelt op haar benen. Lauren schiet haar vader te hulp om haar moeder op te vangen.

'Vanochtend is in de rivier de Ardèche het lichaam van een jonge vrouw aangetroffen. De forensische recherche uit Avignon is daar momenteel hard aan het werk. We vermoeden dat het uw dochter Celeste is. Ze is gevonden door een kajakker,' voegt ze er nog voor de volledigheid aan toe, maar die laatste zin valt weg door een ijselijke schreeuw van haar moeder. Lauren heeft moeite om zelf overeind te blijven en probeert de woorden van Petit tot zich door te laten dringen. Lichaam gevonden, rivier, vermoedelijk Celeste. Haar zusje. Haar prachtige, lieve, kleine zusje. Ze vangt iets op over identificeren, misdrijf, ingeslagen schedel, en dan wordt het haar te veel. Ze hoort nog net hoe iemand haar naam noemt en dan valt ze flauw.

Deel 3
Heden

27

Ergens in Frankrijk

Ze komt mijn kamer binnen en blijft me bij de deur staan aankijken met die ijzige blauwe ogen die een glas water spontaan zouden kunnen bevriezen. Ik wil weg. Weg van haar, weg van hier. Ik zie al aan haar verkrampte kaken dat ze een rotdag heeft gehad. Dat betekent dat ik het ook niet fijn ga krijgen. Ze reageert alles af op mij. Altijd maar dat zwartgallige, er blijft nooit ruimte over voor iets positiefs. In mijn afgesloten kamer komt geen streepje zonlicht meer binnen, maar zij lijkt het licht zelf eenvoudigweg niet toe te laten.

Vanochtend voor ze wegging zette ze een kop thee naast mijn bed. 'Zelfs slechte mensen moeten soms wat drinken.' Met zulke opmerkingen herinnert ze me eraan wat er is gebeurd. Alsof ik nog niet weet dat mijn lot volledig in haar handen ligt. Zij kan me elke dag weer maken of breken. En ik ben te zwak om er ook maar iets aan te veranderen.

Maar als ik een slecht mens ben, wat maakt dat haar dan? Had ik het allemaal maar geweten. Was ik destijds maar niet zo van haar in de ban geweest. Ze was echt een mooie vrouw. Misschien wel te hoog gegrepen voor mij. Achteraf gezien was met haar trouwen misschien wel het stomste wat ik ooit heb gedaan. Nou ja, het een-na-stomste natuurlijk.

Ik stop even met ademhalen als ze op me afkomt en met een ruk de lakens van me af trekt. Mijn lichtblauwe pyjama vertoont een gele vlek bij het kruis. Ze haalt haar neus minachtend op. 'Nou, die thee heeft je zo te zien goed gesmaakt. Je hebt er weer een lekkere bende van gemaakt. En wie kan het weer opruimen?' Ze komt dichterbij met haar gezicht. 'Je kunt niks zonder mij. Moet je nou kijken hoe je erbij ligt. Weet je nog wat voor plannen we vroeger allemaal hadden? Hoe ons leven eruit zou gaan zien? Heb je enig idee wat je mij allemaal ontnomen hebt?' Op zulke momenten trekt ze het bovenste laatje van het nachtkastje open en dwingt ze me die ene foto te bekijken. Ze weet dat ze me daarmee diep vanbinnen raakt, maar volgens haar herinnert ze mij er op die manier aan wat zij allemaal voor mij over heeft gehad.

Zowel boos als verslagen draait ze zich om. De deur slaat ze zo hard dicht dat mijn hele lichaam reageert. Zoals altijd heb ik geen idee wanneer ze weer terugkomt.

28

Groningen

Hulpofficier van justitie Lauren Martens komt met een rood hoofd de rechtszaal uit. Het vlammende pleidooi dat ze zojuist heeft gehouden is niet alleen bij de rechter, maar ook bij haarzelf binnengekomen. Ze maakt de knellende boord van haar toga los om diep adem te kunnen halen. Het is haar eindelijk gelukt om verdachte Ronnie D. een tijdje achter slot en grendel te krijgen. Na vijf brute mishandelingen van zijn vrouw, waarbij de laatste haar bijna fataal werd, vond ook de rechter dat de maat vol was. Het smekende gezicht van Ronnie D. en zijn eindeloze beloftes dat hij zijn leven nu echt ging beteren, bleken deze keer niet genoeg om er een taakstraf uit te slepen. Na de uitspraak van het vonnis had hij Lauren de ergste dingen toegewenst, en er waren vier bewakers nodig geweest om hem in bedwang te houden en af te voeren.

Ze hoeft niet op de klok te kijken om eraan herinnerd te worden dat het lunchtijd is. Haar maag rommelt luid.

'Samen een broodje eten?' lacht haar collega Ruben terwijl hij over zijn eigen buik wrijft.

'Volgende keer heel graag, maar ik moet nog wat stukken voor morgen doornemen.' Een onschuldig leugentje moet kunnen. Ze gaat helemaal niets doornemen. Ze snakt ernaar om in alle rust een broodje carpaccio in die studentikoze zaak om de hoek te eten. De week is nog niet eens halverwege en ze is al bekaf. Veel te veel lopende zaken en ze heeft ook nog piketdienst. Vannacht is ze twee keer haar bed uit gebeld; over een woningoverval en een schietpartij.

'Ik hou je aan die andere keer, hoor,' laat collega Ruben haar weten.

'Je doet maar,' antwoordt ze lachend terwijl ze een geeuw onderdrukt en haar ogen vochtig voelt worden.

'Werk ze,' zegt hij knipogend terwijl hij met zijn handen een slaapgebaar maakt en ervandoor gaat.

Volop in gedachten loopt ze even later in haar normale kleding naar buiten.

'Bonjour, Lauren,' klinkt een stem. Tegen de muur van het gebouw staat een vrouw geleund. Haar donkerblonde haren zijn in een eigenwijze paardenstaart samengebonden. Er trekt een kramp door Laurens buik en ze hapt even naar adem. De vrouw geeft haar niet de kans om iets te zeggen en steekt haar hand naar haar uit. 'Nadine Dubois. Ik probeer je al een tijdje te bereiken, maar je reageert niet op mijn contactpogingen. Ik wil je heel graag ergens over spreken.'

Lauren ergert zich eraan dat Nadine haar meteen tutoyeert en doet alsof het de normaalste zaak van de wereld is dat ze vanuit Frankrijk hierheen is gekomen en nu voor Laurens neus staat.

'Waarom denk je dat ik niet heb gereageerd op al je berichtjes? Ik heb geen behoefte aan contact. Ik wens je een goede reis terug.' Lauren draait zich om en loopt in hoog tempo bij Nadine vandaan terwijl ze wordt overvallen door emoties waarvan ze dacht dat ze die heel ver weg had gestopt. Ze spreekt niet meer zo vaak Frans als vroeger en ook die taal roept te veel herinneringen op. Er klinken snelle voetstappen achter haar en in een mum van tijd loopt Nadine naast haar. 'Ik dacht dat je journaliste was, maar blijkbaar heb je je roeping gevonden in stalken?' Lauren kijkt geïrriteerd naar haar.

'Ik heb wel een roeping, ja,' lacht Nadine, 'maar die is anders dan jij je voorstelt. Geef me een halfuur van je tijd om wat dingen aan je voor te leggen en als je dan nog steeds niks met me te maken wilt hebben, beloof ik dat ik je met rust laat.'

'En wat als ik je helemaal geen tijd wil geven?'

'Dan moet ik helaas blijven drammen totdat je dat wel doet.'

'Ik heb de moord op mijn zusje verwerkt en afgesloten. De dader zit in de bak en ik hoop dat hij daar wegrot. Ik heb er geen behoefte aan om alles weer op te rakelen omdat jij zo nodig een stukje wilt schrijven voor *Le Figaro*.'

'Goed om te horen dat je wat informatie over me hebt opgezocht. Dat geeft aan dat het je niet helemaal koud laat. Maar voor de duidelijkheid, ik ben hier niet namens *Le Figaro*, ik ben hier voor mijn podcast. Ik wil de zaak van je zusje gaan oppakken voor mijn coldcaseserie *Crème de la Crime* en...'

'Er valt niks op te pakken. Mijn zusje is dood, de dader zit achter de tralies, klaar.'

'Is dat zo, Lauren? Door jouw reactie vraag ik me af of je het echt hebt afgesloten. Kun je verdergaan met je leven? Ik vraag me dat oprecht af. Ik denk niet dat ik het zou kunnen.'

'Hoe kan ik je duidelijk maken dat het mij niet interesseert wat jij denkt? Ik wil dat je mij en mijn familie met rust laat. We hebben genoeg geleden.'

'Ik ben het helemaal met je eens dat jullie genoeg hebben geleden, maar er is nog iemand die al twaalf jaar dagelijks lijdt. Zijn naam is Julien Fournier en ik heb sterke aanwijzingen dat hij onschuldig is.'

Lauren blijft abrupt staan en gaat dreigend voor Nadine staan. 'Nu ga je te ver.' Ze kan het niet meer opbrengen om beleefd te blijven. 'Val me niet lastig met die fucking onzin. Fournier heeft mijn zusje vermoord. Hij is op basis van voldoende bewijs schuldig verklaard.'

'Ik hoef jou als voormalig advocaat de term "gerechtelijke

dwaling" niet uit te leggen, toch? Rechtspraak is mensenwerk en mensen maken fouten.' Nadine wordt nu ook fel en lijkt totaal niet onder de indruk van Laurens agressieve houding. Ze kruist haar armen vastberaden voor haar borst. 'Heb je het dossier weleens goed bestudeerd, al het bewijs doorgenomen? Ik wel namelijk. Er mankeert heel wat aan het onderzoek dat destijds is gedaan. Zo is er mogelijk fraude gepleegd met een deskundigenrapport, en daar blijft het niet bij. Of het je nou aanstaat of niet, ik help Fourniers advocaat om de waarheid boven tafel te krijgen. Het leek me alleen wel zo netjes om je eerst op de hoogte te brengen voordat ik mijn eerste podcast online zet. Het kan best wat reuring en publiciteit opleveren en ik ben waarschijnlijk niet de enige journalist die jou wil spreken.'

'Wat wil je nou precies van me?'

'Dertig minuten van je tijd zodat ik je beknopt kan uitleggen waarom ik Fournier het voordeel van de twijfel geef. En verder zou ik ook graag jouw kant van het verhaal horen. Ik dénk dat Fournier onschuldig is, maar ik staar me er niet blind op. De komende maand ga ik proberen zo veel mogelijk feiten boven tafel te krijgen en van mijn onderzoek doe ik eerlijk verslag in mijn podcast, ook als het in het nadeel van Fournier uitpakt.'

'En een interview met de zus van het slachtoffer is natuurlijk goed voor de publiciteit en de populariteit van je podcast. Sensatie!' concludeert Lauren cynisch. 'Ik weiger me te laten gebruiken en al zeker niet in het voordeel van dat monster. Waarom zou ik in godsnaam willen aanhoren waarom jij denkt dat hij mogelijk onschuldig is?'

'Omdat ik ervan overtuigd ben dat je net als ik gelooft in het recht. Ook als dat zeer nadelig voor je uitpakt. Wij kunnen beiden niet tegen onrecht en komen op voor de mensen die dat het hardst nodig hebben. Heb ik gelijk of niet?'

Lauren staart over Nadines schouder heen de verte in en

geeft geen antwoord. Welk antwoord ze ook geeft, het brengt haar in een positie waar ze niet in wil zitten.

'Kom, ik trakteer je op een lunch. Een halfuur is alles wat ik van je vraag.'

'Je hebt wel lef.' Lauren begint weer te lopen en Nadine vat dat op als een aanmoediging en volgt haar.

29

Zwijgend loopt Nadine achter Lauren aan naar restaurant De Uurwerker en ze kijkt blij verrast als Lauren de deur voor haar openhoudt. Het gros van de donkerbruine chesterfieldbanken aan het begin van de zaak is bezet, dus Lauren loopt langs Nadine heen naar de bar en vraagt een rustig tafeltje voor twee. 'Jij ook vast een koffie?' vraagt ze aan Nadine. Als Nadine bevestigend knikt bestelt ze twee koffie en een kannetje water met twee glazen. Met twee menukaarten onder haar arm gaat ze Nadine voor naar een tafeltje achterin. Ze krijgen hun koffie al voordat Nadine iets van de menukaart heeft kunnen kiezen. 'Wat raad je me aan?' vraagt ze aan Lauren.

'Alles is hier lekker, maar als je echt Hollands wilt lunchen dan raad ik je de Holtkamp-kroketten met brood en mosterd aan.' Nadine knikt en Lauren geeft de bestelling door. Zelf kiest ze voor het broodje carpaccio waar ze zich zo op heeft verheugd. Terwijl de ober wegloopt om hun bestelling door te geven aan de keuken, trekt Lauren haar luchtige zomerjas uit en hangt hem over de leuning van haar stoel. Als ze gaat zitten verbergt ze haar gezicht even kort in haar handen terwijl ze luistert naar het rustgevende geroezemoes om haar heen. Soms zou ze wel even willen verdwijnen. Als ze haar handen weghaalt voor haar ogen ziet ze dat de journaliste haar aanstaart met iets wat op medelijden lijkt.

'Ik snap dat ik heel wat van je vraag en allerlei dingen oprakel waar je niet op zit te wachten.'

'Fijn dat je zo meeleeft,' zegt Lauren sarcastisch. 'Je had me ook gewoon met rust kunnen laten, maar dat is nu te laat. Ik wil met je praten onder één voorwaarde: je laat mijn ouders volledig met rust. Ze kunnen dit er echt niet bij hebben.'

'Dat beloof ik.' Nadine doet wat suiker in haar koffie en begint bijna dwangmatig in haar kopje te roeren. Lauren ergert zich aan het schrapende geluid van het lepeltje en begint dus maar met praten.

'Nu moet je me toch eens vertellen, waarom heb je uit alle moordzaken nou juist de zaak van mijn zusje uitgekozen voor je podcast? Er zijn in de afgelopen twaalf jaar vast een hoop moorden gepleegd waar niemand voor is veroordeeld en die nog steeds niet echt zijn afgesloten.'

'Ik heb de zaak van je zusje niet zelf uitgekozen. Julien Fourniers advocaat Gabriel Baptiste heeft me benaderd en mijn interesse voor het dossier weten te wekken. Ik wilde er vooraf niks van weten, maar na het bestuderen van het beschikbare materiaal kon ik niet meer wegkijken. Julien Fournier beweert nog steeds onschuldig te zijn en na het grondig doornemen van het dossier acht ik het niet onwaarschijnlijk dat hij de waarheid spreekt.'

'En de argumenten? Ik wil argumenten horen. Tuurlijk zegt hij onschuldig te zijn, maar voordat hij mijn zusje verkrachtte en vermoordde was hij al eens aangeklaagd. Hij werd ervan beschuldigd een twaalfjarig meisje te hebben aangerand.'

'Beschuldigd, niet veroordeeld. De aanklacht is later zelfs ingetrokken. Hij stond voor de klas op een basisschool in Parijs en het meisje dat hem van de misstanden beschuldigde had al een aantal pogingen gedaan om hem te verleiden. Ze was ondanks haar jonge leeftijd smoorverliefd op hem. Omdat hij niet inging op haar ongepaste avances wilde ze wraak op hem nemen en verzon ze dat verhaal over die aanranding. Toen ze uiteindelijk bekende dat ze alles had verzonnen was het kwaad al geschied. Julien werd ontslagen wegens een verstoorde arbeidsverhouding en kon zijn biezen pakken. De vader van het meisje heeft daar overigens ook een kwalijke rol in gespeeld. Hij was een machtige zakenman, die het kapotmaken van Julien tot zijn persoonlijke missie had gemaakt. Hij bleef geloven dat Julien met zijn poten aan zijn kleine meisje had gezeten en wuifde haar beweringen dat ze had gelogen weg, omdat ze onder druk zou zijn gezet om haar verhaal in te trekken. Hij dwarsboomde elke sollicitatiepoging die Julien deed. Geen school durfde het aan om hem in dienst te nemen. De dorpsschool in Aubenas wilde hem wél een eerlijke kans geven en hij vertrok naar de Ardèche om alle ellende achter zich te laten en een nieuw leven te beginnen. Dat lukte heel aardig, totdat de politie hem oppakte in verband met de moord op je zusje en net zo lang rommelde met het bewijs tot ze genoeg hadden om hem te laten veroordelen.'

Lauren luistert naar Nadines betoog, nipt af en toe wat aan haar koffie en reageert pas als zij is uitgesproken. 'Allemaal leuk en aardig, maar er is wel kinderporno op zijn computer gevonden, die is aangeschaft met zíjn creditcard.'

'De vraag is alleen wanneer die kinderporno precies op Juliens computer is gezet. Ik ben bezig om dat uit te zoeken. Het kán geframed zijn. Hij beweert zelf dat hij nog nooit in zijn leven naar kinderporno heeft gekeken omdat hij het idee al misselijkmakend vindt. Tijdens de huiszoeking heeft de politie zijn computer meegenomen. In theorie hebben ze er alles mee kunnen doen wat ze wilden om Julien verdacht te maken. Bovendien was die hele huiszoeking gebaseerd op een anonieme tip. De creditcard die op Juliens bureau lag toen ze zijn huis overhoop kwamen gooien, was ineens verdwenen. Hij kwam erachter omdat hij die dag een betaling wilde doen. De politie had er nogal een bende van gemaakt en hij was wel meer spullen kwijt, die hij later op een heel andere plek in huis terugvond. Maar zijn creditcard heeft hij niet teruggevonden. Toen ze klaar waren met zijn computer en die kinderporno erop hadden gevonden is hij opgepakt.'

'Zeg, je bent toch niet zo'n complotgekkie, hè? Ik vind het allemaal nogal vergezocht. Wil je nou echt suggereren dat de politie zijn creditcard gejat heeft, er porno mee heeft gekocht en die op zijn computer heeft gezet? Waarom zouden ze al die moeite doen om hem erin te luizen? Gewoon een simpele leraar.'

Nadine trekt haar wenkbrauwen op.

'Ik bedoel het niet zo denigrerend als het klonk. Ik bedoel dat hij geen grote crimineel was of zo voordat hij werd opgepakt voor de moord op mijn zusje.'

'Er zijn verschillende antwoorden mogelijk, maar ik vermoed dat ze met de jacht op Julien de echte dader uit de wind hebben gehouden, om wat voor reden dan ook. Julien was een makkelijke prooi na dat gedoe in Parijs. Hij had de schijn al tegen zich en was ook nog eens "import". De gemeenschap van Aubenas is erg hecht en het is moeilijk om daar als buitenstaander tussen te komen. Nadat Julien was opgepakt kon iedereen weer ademhalen en doorgaan alsof er niks was gebeurd.'

Lauren heeft zo aandachtig zitten luisteren dat ze schrikt als de ober hun eten op tafel zet. 'Slecht geweten?' vraagt hij geamuseerd. Ze antwoordt met een zuinig glimlachje. Nadine bestelt nog twee koffie en Lauren neemt een klein hapje van haar broodje. Nadines verhaal heeft haar eetlust flink geremd, maar ze merkt ook dat ze zich tegelijkertijd slap van de trek voelt.

'Waar was ik gebleven?' vraagt Nadine als ze haar kroketten met haar vork op het brood plet.

'Bij hechte gemeenschappen en hoe moeilijk die voor een buitenstaander zijn. Maar hoe zit het met de data en tijdstippen waarop de kinderporno op Fourniers computer is gezet? Ik kan me namelijk van de rechtszaak herinneren dat het ruim voor de moord op mijn zusje was.' Lauren weigert de man net als Nadine bij zijn voornaam te noemen.

'Als je een beetje handig bent met computers kun je dat soort data makkelijk manipuleren.'

'Stel dat daarmee is geknoeid. Dan zal er toch ook wel voor gezorgd zijn dat dat nooit meer te achterhalen is. Hoe wil je hierachter gaan komen?'

'Dat is inderdaad moeilijk, maar misschien niet geheel onmogelijk. Ik zie twee lichtpuntjes. Het eerste is dat de politie Juliens computer heeft vrijgegeven en dat deze in de opslag staat waar hij al zijn spullen bewaart, voor als hij ooit nog vrijkomt. Ik heb een ethische hacker bereid gevonden om een onderzoekje op die computer los te laten. Als het hem niet lukt om dingen terug te halen, dan lukt het niemand.'

'Toe maar... En je tweede lichtpuntje?'

'Achterhalen wie destijds Juliens computer heeft onderzocht en hem of haar te spreken zien te krijgen.'

'Nou, succes...' Lauren kauwt op de automatische piloot op een stuk brood en slikt het door zonder iets te proeven. Nadines kroketten zijn inmiddels lauw geworden. 'Vergeet niet af en toe te eten. Koud zijn ze niet lekker,' wijst Lauren de journaliste op haar nog volledig gevulde bord.

'Het leek me beter om mijn dertig minuten aan praten te besteden. Eten doe ik daarna wel.'

'Eet nou maar, je mag je verhaal ook daarna nog afmaken.'

'Je bent te goed voor deze wereld.'

'Ha, ik durf te wedden dat de man die ik net achter de tralies heb gekregen het daar grondig mee oneens is.'

Nadine glimlacht, snijdt een stukje brood met kroket af en stopt het in haar mond. Ze mompelt goedkeurend.

'Maar nog even over die computer, waarom is daar niet al eerder naar gekeken? Een advocaat zou dat toch zeker aangrijpen?'

'Fournier heeft pas sinds een jaar een echt goede advocaat. Daarvoor werd hij slecht bijgestaan. Gabriel Baptiste heeft echt hart voor zijn zaak, maar tot nu toe is hij vooral druk geweest om het dossier compleet te krijgen en de anonieme psychiater te achterhalen die mogelijk gefraudeerd heeft met Juliens psychiatrisch rapport. Hij heeft tot nu toe veel tegenwerking ervaren. Met mijn hulp zou de druk moeten worden opgevoerd. We hopen op publieke verontwaardiging als duidelijk wordt dat het onderzoek naar Julien destijds van bedenkelijk niveau was en dat de politie overduidelijk handelde naar het vooroordeel dat ze al hadden: Julien was de dader. Alle dingen die niet in dat plaatje pasten, werden genegeerd of weggemoffeld en vervangen door bewijs dat beter in het plaatje paste.'

'Gecreëerd bewijs?'

'Dat staat bijna vast, maar ik moet het eerst echt zwart-op-wit hebben voordat ik met zo'n grote beschuldiging naar buiten kan treden. Maar met mijn podcast wil ik vooral vragen oproepen, die zich zullen verspreiden. Het gaat ook zeker niet om mijn mening.'

'Heb je de inspecteurs die destijds bij de zaak betrokken waren al gesproken?'

'Nee, het is allemaal nog heel vers. Gabriel Baptiste heeft me een week geleden benaderd. Julien heb ik wel ontmoet. Ik moest hem in de ogen kijken voor ik eventueel hiermee aan de slag zou gaan. Eigenlijk behandel ik geen zaken waarin al iemand is veroordeeld.'

'Waarom trek je dan deze beerput open? Zoek een spannende coldcasezaak en bespaar een hoop mensen deze ellende.'

'Ik kan niet anders, Lauren. En trouwens, deze zaak is voor mij ook persoonlijk. Het zal ook mijn leven overhoopgooien.'

'Dat lijkt me sterk. Jij bent als journalist toch objectief en roept alleen vragen op?'

'De psychiater die mogelijk heeft gefraudeerd met Juliens karakterschets en het psychologisch onderzoek is mijn geliefde. Ik woon met hem samen.'

Lauren kijkt Nadine met grote ogen aan en neemt een flinke slok water.

'Je moet me geloven als ik zeg dat ik ten volle besef wat ik jou en je familie aandoe door de zaak weer onder de aandacht te brengen. Maar ik hoop ook dat je begrijpt dat ik dit niet kan negeren.'

'Neem een goede relatietherapeut en puzzel het daar allemaal mee uit, zou ik zeggen. Laat mijn zusje erbuiten en misbruik haar zaak niet om je relatie te redden.' Lauren smijt haar servet op tafel en is zelf verbaasd door haar plotse woede. 'Ooit gehoord van zakelijk en privé gescheiden houden?'

'Zakelijk en privé lopen in dit geval nogal door elkaar. Wat wil je dan? Dat ik wegkijk? Julien laten wegrotten in een cel terwijl hij daar misschien helemaal niet thuishoort? Het spijt me voor jou en je familie, maar dat kan ik niet. Ooit gehoord van ethiek?' Nadine verheft nu ook haar stem. 'Je bent nota bene hulpofficier van justitie. Als Julien daadwerkelijk onschuldig is, betekent dat dat de echte moordenaar van je zusje al twaalf jaar vrij rondloopt. Wil je niet dat de juiste persoon achter de tralies komt?'

Lauren kijkt weg van de felle blik in Nadines ogen.

'Ik moet dit doen, Lauren, ik hoop dat je dat begrijpt. Ik realiseer me echt hoe zwaar het voor jou en je familie is als alles weer wordt opgerakeld, maar verdient Celeste niet dat de waarheid boven tafel komt?'

Lauren zou de klok het liefst terugdraaien naar het moment voordat Nadine haar bij de rechtbank aansprak. Het gesprek tussen haar en de journaliste uitwissen alsof het nooit heeft plaatsgevonden. Maar net als Nadine weet ze dat ze dat niet kan en diep vanbinnen ook niet wil. Het zaadje is nu eenmaal geplant. De gaten in het dossier roepen inderdaad vragen op en ze wordt gedwongen om terug te denken aan het onderzoek destijds, en hoe weinig vertrouwen ze daarin had. Ze had te weinig vertrouwen gehad in de inzet en beweegredenen van het team dat haar zusjes verdwijning onderzocht. Er kwam weinig uit en toen was er plots die verdachte. Vervolgens lag de focus volledig op hem en volgde er vrij snel een veroordeling. Niemand had geprotesteerd. Haar familie wilde het hele proces zo snel mogelijk achter zich laten en in Aubenas wilde men dit vreselijke voorval en alle bijkomende negatieve publiciteit ook snel vergeten.

Als Lauren opkijkt ziet ze dat Nadine haar bezorgd aankijkt.

'Gaat het een beetje met je?'

Nadines stem en het geroezemoes om hen heen dringen weer langzaam tot Lauren door.

'Ik besef dat ik je hier vreselijk mee heb overvallen en dat het nogal veel is. Ik begrijp ook dat je helemaal niet op mij en mijn podcast zit te wachten. Misschien is het goed als ik je nu met rust laat zodat je alles even kunt laten bezinken? Dat ik je later nog eens bel om erover door te praten?' Nadine schuift haar stoel naar achteren en wil opstaan.

Lauren schudt haar hoofd. 'Blijf alsjeblieft nog even zitten. Ik geloof dat ik op dit moment liever niet alleen wil zijn. Mijn hoofd slaat een beetje op hol. Vertel me anders meer over hoe je het gaat aanpakken in je podcast en wat de volgende stappen zijn.'

'Natuurlijk wil ik dat.' Nadine schuift haar stoel weer naar voren en drinkt eerst een half glas water leeg voordat ze verder vertelt. 'Ik vertrek morgenvroeg weer met de Thalys naar Parijs, om 's avonds samen met Gabriel Baptiste door te reizen naar Aubenas. Zo ga ik altijd te werk. Ik wil de locatie en de omgeving met eigen ogen zien. Proberen om belangrijke betrokkenen te spreken om tot een reconstructie te kunnen komen.'

'Ik ben nooit meer terug geweest naar Aubenas en naar de plek waar Celeste is gevonden,' zegt Lauren zachtjes. 'Ik durfde het niet.'

'Zou je het willen?'

'Ik heb me altijd voorgenomen dat ik het op een dag zou doen, maar die dag kwam nooit. Er was altijd wel iets, altijd wel een excuus om het uit de weg te gaan. Misschien is dit wel het moment om dat te doorbreken.' Het verdriet overvalt Lauren en ze voelt een traan over haar wang rollen. Geërgerd veegt ze hem weg met de rug van haar hand. Nadine kijkt haar met zoveel oprecht medeleven aan dat ze zich moet bedwingen om niet in een hysterische huilbui uit te barsten. Ze wil nu niet breken en leidt zichzelf af met een flinke slok water. 'Wat zou je ervan vinden als ik met jou en Gabriel meega naar Aubenas?' flapt ze er in een opwelling uit.

'Als je denkt dat je dat aankunt, dan lijkt me dat een heel goed idee. Buiten het feit dat het wellicht goed is voor je eigen verwerking, kun je mij en Gabriel stap voor stap meenemen in de gebeurtenissen van die avond. Wie weet komen er wel belangrijke herinneringen naar boven als je weer in die omgeving bent.'

'Dat betekent niet per definitie dat ik meewerk aan je podcast,' brengt Lauren ertegen in als ze de twinkeling in Nadines ogen ziet. 'Ik doe het niet voor jou of Gabriel Baptiste. Ik doe het voor mezelf en voor Celeste, en misschien zelfs een beetje voor Fournier. Natuurlijk wil ik dat hij de dader is, maar als hij onschuldig blijkt te zijn en erin is geluisd, moet hij vrijkomen. En net zo belangrijk: dan moet de werkelijke moordenaar gevonden en bestraft worden.'

'Helemaal mee eens.'

'Oké, dan even concreet. Ik moet een treinkaartje regelen naar Parijs, me in elk geval voor de komende week afmelden op mijn werk en mijn dossiers overdragen aan een collega. Heb je al een hotel in Aubenas geboekt? En...'

'Wow, jij schakelt snel. Laat het regelen van het treinkaartje en het hotel maar aan mij over. Focus jij je maar op het overdragen van je werk, als het je tenminste lukt om op zo'n korte termijn vrij te krijgen. En vergeet vooral ook niet om je ouders en eventuele andere familie in te lichten.'

'Het contact met mijn ouders is eerlijk gezegd behoorlijk moeizaam. Celestes dood heeft ons behoorlijk uit elkaar gedreven. Ze lijken er niet overheen te kunnen komen dat ik als oudste zus bepaalde verantwoordelijkheden had. Ik moet dus even goed nadenken hoe ik dit ga aanpakken.'

'Vind je het fijn als ik je ouders op de hoogte stel van de twijfels die naar boven zijn gekomen rondom Juliens schuld? Dan laat ik jou erbuiten en vertel ik ze over de podcast waar ik mee bezig ben. Dat ik ben benaderd door zijn advocaat, die ervan overtuigd is dat Julien erin is geluisd en dat de echte moordenaar nog vrij rondloopt. Dan kun je altijd nog beslissen om te vertellen dat je met ons bent meegegaan naar Aubenas.'

'Misschien is het beter om sowieso nog even te wachten. Ik denk dat ze dit heel slecht zullen opvatten. Het scheelt dat ze na alles wat er is gebeurd zo min mogelijk het nieuws volgen, en ik verwacht niet dat zij er snel achter zullen komen dat jij met deze podcast bezig bent. Dus tot het moment dat het onderzoek echt nieuwe inzichten oplevert, wil ik hen er liever niet mee belasten. Maar eigenlijk wil ik dit eerst allemaal even voorleggen aan mijn nicht Saar, die er destijds ook bij was. Kijken hoe zij erop reageert en haar vragen of ze mijn ouders een beetje in de gaten kan houden. Ze is nogal close met mijn ouders sinds ze weer in Nederland woont.'

'Weer?'

'Ja, ze heeft een tijd bij mijn oma in Vallont-Pont-d'Arc gewoond. Mijn opa ging na Celestes dood vreselijk snel achteruit en stierf drie maanden later. Die klap kon mijn oma er echt niet bij hebben. Saar is toen bij haar gebleven en ze hebben twee jaar samengewoond, toen is mijn oma ook overleden. Fysiek was zij nog oké, maar ik denk dat al het verdriet haar te veel is geworden. '

'Jeetje, wat ongelooflijk verdrietig. En wat lief en nobel van jouw nicht om bij jullie oma in te trekken. Dat moet ze enorm gewaardeerd hebben.'

'Jazeker, en niet alleen mijn oma.' In Laurens stem is een zekere verbittering te horen. 'Mijn ouders leken nauwelijks nog met mij over al ons verdriet te kunnen praten. Met Saar lukte dat des te beter. Door alles wat ze voor mijn oma en dus ook mijn ouders heeft gedaan, zijn zij nogal naar elkaar toe getrokken.'

'Dat moet voor jou echt niet makkelijk geweest zijn.' Nadine kijkt haar begripvol aan.

'Nee, zeker niet. Maar het is nu eenmaal niet anders. En Saar heeft mij altijd gesteund. Weet je wat? Ik bel haar even of ze vanavond tijd heeft. Dan kunnen we samen even bij haar langsgaan. Zo is zij in elk geval op de hoogte en kun jij haar ook ontmoeten. Als je tenminste geen andere plannen hebt?'

'Nee hoor, heb ik niet, en dat klinkt als een goed plan.' Nadine knikt instemmend.

Terwijl Lauren wegloopt om rustig haar nicht te kunnen bellen, loopt Nadine naar de bar om af te rekenen. Als ze daarna buitenkomt, is Lauren al uitgebeld.

'Oké, Saar verwacht ons om zes uur bij haar thuis. Ik heb alleen gezegd dat ik een kennis die even in Groningen is meeneem, zodat we het vanavond allemaal rustig kunnen uitleggen. Delfzijl is nog geen uur rijden, maar ik pik jou voor de zekerheid om vijf uur op. Slaap je in een hotel?'

'Ja, het Bastion. In het centrum zat alles vol.'

Ze nemen vluchtig afscheid. Door alles wat ze in de komende uren moet regelen heeft Lauren niet eens de tijd om te beseffen waar ze aan is begonnen en wat haar allemaal te wachten staat.

30

'Wat heb ik je gemist!' Lauren omhelst haar nicht stevig en geeft haar een zoen op haar wang. 'Het is echt te lang geleden, Saar.'

Nadine staat bescheiden in Saars voortuintje te wachten tot de nichten zijn uitgeknuffeld. Als Lauren en Saar elkaar loslaten zet ze een stap naar voren en schraapt haar keel.

'Saar, mag ik je voorstellen aan Nadine? Een kennis uit Frankrijk die even hier is.'

De vrouwen stellen zich in het Frans aan elkaar voor en dan stapt Saar opzij om hen binnen te laten. 'Maak het jezelf gemakkelijk aan tafel,' zegt ze als ze hun jas hebben opgehangen. 'Ik heb zelf al behoorlijke trek. Dus als jullie het niet erg vinden haal ik de lasagne uit de oven en eten we een beetje vroeg.' Ze knikken instemmend.

Lauren loopt met Nadine mee naar de kleine, knusse woonkamer, waar de kaarsen op tafel al branden naast een grote kom sla waar dressing, tomaat, komkommer, schijfjes hardgekookt ei en een handje croutons overheen zijn gestrooid. Terwijl Nadine gaat zitten schenkt Lauren hun alle drie een glas water in uit een grote kristallen kan die nog van haar grootouders is geweest. Om niet beïnvloed te worden door emoties drukt ze de herinnering aan de gezellige familie-etentjes van vroeger weer weg. Saar komt binnen met een grote, dampende ovenschaal die de geur van lasagne door de kamer verspreidt. Ondanks de spanning die Lauren voelt, geeft haar maag toch een teken van leven bij de heerlijke etensluchten.

‘Wijntje?’ Saar loopt naar de brocante servieskast en haalt er een flesje rood uit. Het lijkt Lauren verstandiger om even geen alcohol te drinken, maar Nadine heeft juist wel zin in een glas wijn.

Saar schenkt voor zichzelf en voor Nadine een flinke bel in. Ze schept hun borden vol met een flink stuk lasagne. Als ze zit pakt ze haar glas en steekt het in de lucht. ‘Waar toosten we op?’

Lauren weet even niet wat ze moet zeggen en Nadine schiet haar te hulp. ‘Op jou, Saar, dank voor je gastvrijheid.’

Ze tikken hun glazen tegen elkaar en Saar en Nadine beginnen meteen te eten. Lauren speelt wat met haar bestek en prikt uiteindelijk een klein stukje lasagne aan haar vork. Voordat ze het naar haar mond kan brengen vraagt Saar met volle mond: ‘Lau, wat is er aan de hand? Je kijkt zo zorgelijk.’

Lauren haalt diep adem en besluit dat het geen zin heeft om eromheen te draaien. ‘Nadine is eigenlijk geen kennis. Ze is een Franse misdaadjournalist die een podcastserie over de moord op Celeste wil maken.’

Saars malende kaken staan abrupt stil en ze legt haar bestek met een hoop kabaal op de rand van haar bord. Haar vrolijke blik is in één klap verdwenen. ‘Heel slecht idee. Waarom zou je alles weer oprakelen? De dader is veroordeeld, alles is al gezegd en uitgebreid in de media geweest destijds. Het was al pijnlijk genoeg allemaal, vind je niet?’ Saar kijkt Lauren verbeten en vol ongeloof aan.

‘Nou, dat is nu juist het punt. Alles is misschien nog niet gezegd. Er zijn niet te negeren aanwijzingen dat Julien Fournier misschien de dader niet is. Hij heeft een nieuwe advocaat die heel serieus probeert de zaak te laten heropenen.’

‘Lauren, dit ga je niet menen. Er was destijds voldoende bewijs tegen die klootzak van een Fournier. Ga jij hier nou echt aan meewerken? Dat kan ik gewoon niet geloven.’ Saar staat op en begint gefrustreerd door de kamer te lopen terwijl ze haar hoofd schudt. Nadine heeft zich tot nu toe stilgehouden maar maakt aanstalten zich in het gesprek te voegen. Lauren gebaart dat ze beter nog even kan wachten.

'Luister, Saar, ik zit hier ook niet op te wachten, maar Nadine heeft me een aantal dingen verteld waarvan ik vind dat ze écht verder onderzocht moeten worden. Ik kan er echt niet omheen. Zo is er bijvoorbeeld...'

'Ik wil het niet horen! Julien Fournier is de moordenaar, klaar!'

'Maar wat als hij het niet is, Saar?' gaat Lauren met stemverheffing verder. 'Dat zou betekenen dat Celestes moordenaar al twaalf jaar vrij rondloopt en een onschuldige man achter de tralies zit wiens leven onterecht is verwoest. Ik kan dat niet naast me neerleggen. Ook niet tegenover Celeste. Daarom heb ik besloten om samen met Nadine en Fourniers advocaat naar Aubenas te gaan om onder andere de plek te bezoeken waar Celeste is gevonden. Het dossier en alle bewijsstukken door te nemen en de betrokkenen van toen te spreken.'

'Je gaat... wát?!' Saar laat zich op haar bank vallen en kijkt Lauren wanhopig aan. 'Ga je echt terug naar die plek? We hadden toch gezworen, elkaar beloofd, dat we nooit meer naar Aubenas zouden gaan na alles wat er is gebeurd?'

'Soms word je ingehaald door de realiteit en moet je ergens van afstappen,' antwoordt Lauren nu zachtjes. 'Dit is zo'n moment. De dingen die Nadine me heeft verteld hebben me aan het twijfelen gebracht en ik heb geen rust voor ik weet wat er echt gebeurd is. Ik kan niet anders, dat begrijp je toch wel?' Ze loopt naar haar nicht toe en gaat naast haar op de bank zitten. Als ze Saars hand pakt rukt haar nicht zich ruw los. 'Of ik het begrijp, Lauren? Nee, ik begrijp er helemaal niets van. Waarom zou je willen wroeten in een afgeronde zaak die al genoeg levens kapot heeft gemaakt?'

'Heb je dan helemaal niet geluisterd naar wat ik zeg? Het ís voor mij geen afgeronde zaak meer.'

‘Laat het rusten, Lauren. Als je het niet voor jezelf doet, doe het dan voor je ouders. Je mag ze niet nog een keer door die hel laten gaan.’ Dan draait ze zich naar Nadine. ‘Er komt geen podcast. Zoek maar een andere zaak om je luistercijfers omhoog te krijgen. Niet over de rug van mijn familie.’

‘Dat is niet aan jou om te bepalen, Saar,’ antwoordt Lauren voordat Nadine dat kan doen. ‘Nadine mag een podcast maken en over de moord op Celeste schrijven als ze dat wil, ongeacht wat wij daarvan vinden.’

Saar schakelt over naar het Nederlands om Nadine erbuiten te houden. ‘Je bent altijd al een drammer geweest, hè Lauren? Als jij iets in je kop had, moest alles daarvoor wijken, ongeacht de gevolgen voor anderen. Dat hadden jij en Celeste maar mooi met elkaar gemeen.’

‘Hoe durf je zoiets over haar te zeggen? Of heeft dit soms te maken met het feit dat ze toen met die jongen heeft gezoend? Serieus, Saar. *Grow the fuck up*. Als je daar nog steeds mee zit...’

‘Je kunt nu maar beter je mond houden, Lauren. Ik wil het hier niet over hebben.’

‘Dan heb je pech. Ik ga dit doen en de waarheid boven water krijgen, met of zonder jouw instemming.’

‘Celeste is met haar sletterige en roekeloze gedrag de verkeerde man tegengekomen, en dat is haar fataal geworden. En dat is verschrikkelijk. Dát is de waarheid.’

‘O, dus het is haar eigen schuld? Bedoel je dat soms?’

‘Dat zijn jouw woorden.’

‘Wat ben jij hypocriet. Al dat meehuilen en meeleven met mij en mijn ouders, en nu komt naar boven hoe je echt over haar dacht. Als we zo eerlijk zijn, dan weet ik ook nog wel iets. Weet je wat mij al die jaren dwars heeft gezeten? Hoe jij die avond doordraaide en schreeuwde dat je haar zou vermoorden. Weet je dat nog?’

‘Mijn huis uit,’ sist Saar terwijl ze haar arm omhoogbeweegt, klaar om uit te halen. Nadine staat abrupt op en wil tussenbeide komen.

'Kom, Nadine. We gaan.' Lauren draait zich om, grist haar tas onder de tafel vandaan en Nadine volgt haar voorbeeld. In flink tempo lopen ze Saars huis uit. Als Lauren hijgend haar auto start en met een ruk wegrijdt, merkt ze pas hoe erg ze over haar hele lichaam trilt.

Nadine zit met een bleek gezicht naast haar en houdt zich krampachtig vast aan de handgreep. 'Misschien moet je de auto even aan de kant zetten tot je weer rustig bent?'

'Het komt wel goed. Rijden kalmeert me juist.'

'Wat was er nou allemaal aan de hand net? Ik was even bang dat jullie elkaar zouden aanvliegen.'

'Oud zeer dat naar boven kwam. Ik wil het je best vertellen, maar off the record. Je mag dit echt niet gebruiken voor je podcast.'

'Ik doe er niks mee. Dat beloof ik je.'

Als Lauren heeft verteld over Celestes gedrag die vakantie, haar vroeg verstoorde relatie met seks en hoe dit tot uiting kwam, de ruzie met Saar in Le Village die avond en hoe heftig Saar op Celeste reageerde, is Nadine even sprakeloos.

'Wow... Wat vreselijk triest. En Saar en Celeste hebben dus knallende ruzie gehad vlak voordat ze verdween. Denk je dat zij elkaar buiten weer zijn tegengekomen? Bedoel je dat soms te zeggen?'

'Heel soms betrap ik mezelf op die gedachte. Maar ik heb het hier nooit met iemand over gehad. Saar heeft zoveel voor ons gedaan, en ze heeft altijd gezegd dat ze direct een taxi heeft genomen die avond. Alleen soms zie ik weer voor me hoe boos ze was en wat ze allemaal zei. Wat als ze Celeste buiten tegen is gekomen en de ruzie daar verder is gegaan? Wat als Saar mijn zusje in een opwelling een klap heeft verkocht die haar fataal is geworden?'

'In theorie kan het,' beaamt Nadine. 'Er is nooit onderzocht wanneer Saar precies die taxi heeft genomen, toch? Ik ben er in elk geval niets over tegengekomen in het dossier.'

'Nee, dat is nooit gebeurd. Zoals ik al zei heb ik dit nooit aan iemand verteld. Ik wilde Saar niet in de problemen brengen. En bovendien zijn het slechts gedachten en ben ik het grootste deel van de tijd ervan overtuigd dat Saar zoiets nooit zou doen.'

'En hoe zit dat dan met die band met je ouders? Waarom groeide Saar wel dichter naar je ouders toe, maar had jij het gevoel dat ze het jou kwalijk namen dat je niet de verantwoordelijke oudere zus bent geweest? Kon Saar hier niet verder bij helpen?'

'Klopt. Maar Saar was degene die Celeste terug naar het vakantiehuis had willen brengen die avond. Ik wilde niet heen en weer blijven rijden. Wat me wel dwarszit is dat Saar mijn ouders en mij zeker gesteund heeft, maar ons niet terug bij elkaar probeerde te krijgen. Ik vermoed eigenlijk dat ze de aandacht van mijn ouders wel prettig vindt. Zij geven haar wat ze thuis altijd heeft gemist. Enig kind, moeder jong overleden, vader altijd aan het werk. Saar moest het altijd zelf maar een beetje uitzoeken.'

'Maar dat praat haar gedrag nog niet goed. Wat erg dat jij zoveel hebt moeten doorstaan en alles in je eentje moest verwerken. Dat lijkt me zwaar.'

'Na Celestes dood heb ik me sowieso erg eenzaam gevoeld. Voor mijn gevoel verloor ik niet alleen mijn zusje, maar ook mijn ouders. Het lukte me ook niet meer om vriendschappen te onderhouden of nieuwe vriendschappen op te bouwen. Om niet in te storten heb ik me als een idioot op mijn studie en later op mijn werk gestort. Alles om die pijn maar niet te voelen en mezelf te verdoven. Zoveel dossiers op mijn nek nemen dat er geen tijd overbleef om na te denken. 's Ochtends vroeg meteen aan de slag, om pas rond middernacht weer naar bed te gaan. Tijdens de weken dat ik piketdienst heb slaap ik meestal helemaal niet.'

'Maar dat is toch niet vol te houden? Je put jezelf al twaalf jaar volledig uit. Ben je nooit in een burn-out terechtgekomen?'

'Ik denk dat ik al een tijdlang op het randje zit. Met jullie meegaan naar Aubenas is dus ook wel spannend, maar ik voel gewoon dat ik dit moet doen. Ik moet het ooit doorbreken en geconfronteerd worden met alles waar ik al die jaren voor ben gevlucht. Anders kan ik nooit écht door.' Lauren lijkt opeens te beseffen wat ze allemaal gezegd heeft. 'Jeetje, sorry hoor. Ik praat hier echt nooit over. Ik weet niet waarom ik alles er nu opeens uit gooi. We kennen elkaar nog geen dag.'

'Misschien vertel je me juist daarom makkelijker al die dingen. Omdat ik een relatief vreemde voor je ben. Iemand die niet emotioneel bij alles betrokken is en die je niet kunt kwetsen of afschrikken.'

'Maar toch, je bent naast een vreemde ook nog eens een journalist die een podcast wil maken over dit alles. Voor ik het weet ligt mijn hele leven en dat van mijn familie op straat.'

'We zijn wat mij betreft nog steeds off the record. Daarin kun je me echt vertrouwen. Hoewel ik niet zal ontkennen dat alles wat je me nu vertelt wel heel goed is voor mijn beeldvorming. Maar ik zal hier niks over zeggen.'

'Daar moet ik inderdaad maar op vertrouwen. Ik heb in mijn werk op dat gebied niet altijd goede ervaringen met journalisten. Maar voor nu heb je het absolute voordeel van de twijfel.'

De rest van de rit tot aan Nadines hotel laten ze elkaars woorden zwijgend op zich inwerken. Als Nadine het portier opendoet en wil uitstappen, vraagt Lauren haar nog even te wachten. 'Ik moet weten wat er die zomeravond precies met mijn zusje is gebeurd.'

Nadine kijkt Lauren vastberaden aan. 'En Gabriel en ik

gaan je daarbij helpen. Je kunt op ons rekenen. Pak nu vooral nog wat slaap, het wordt een lange dag morgen.' Nadine lacht geruststellend naar Lauren voor ze uitstapt. Als ze het hotel is binnengegaan, rijdt Lauren rustig terug naar huis. Er is geen noodzaak om te zorgen dat ze zo snel mogelijk in bed ligt, want ze weet nu al dat ze toch geen oog dichtdoet.

31

Aubenas

Het is zaterdagavond en Lauren is met haar mascara in de weer als er op de deur van haar hotelkamer wordt geklopt. 'Momentje, kom eraan!' schreeuwt ze richting de deur. Samen met Nadine en Gabriel Baptiste is ze amper een halfuur geleden ingecheckt in het Ibis-hotel in Aubenas. Het hotel ligt iets meer dan een kilometer van het centrum, met zijn kenmerkende plein en kasteel. Het is omringd met prachtige licht- en donkerroze oleanders en olijfbomen. Ook is er een bescheiden buitenzwembad waar aanlokkelijk uitziende ligbedden omheen staan. *Alsof ik er even lekker tussenuit ben om mijn hoofd leeg te maken*, heeft ze al een paar keer cynisch gedacht.

Tijdens de autorit van Parijs naar Aubenas had ze op de achterbank het dossier van de moord op Celeste doorgespit. Met haar noisecancellingkoptelefoon op was ze geconcentreerd weggezonken in het drama dat haar leven voorgoed had veranderd. Daardoor had ze het moment waarop ze Aubenas binnenreden helemaal gemist en bleven dus ook de verwachte bijkomende emoties uit. Misschien maar goed ook. Het lezen van de gruwelijkheden die haar zus waren aangedaan was al erg genoeg. Op voorhand had ze getwijfeld of ze dit zichzelf wel moest aandoen, maar die twijfel had ze snel terzijde geschoven. Als ze echt wilde weten wat er destijds was gebeurd, dan moest ze alle details tot zich nemen en het dossier uiteindelijk kunnen dromen. Zo bereidt ze zich op haar werk ook voor om tot een gegronde aanklacht te komen en een goed doorwrocht requisitoir te kunnen schrijven. Ze had geprobeerd dit dossier als een van de vele te zien, in de hoop dat het wat minder hard binnen zou komen en haar emoties haar gedachtegang niet zouden vertroebelen. Maar wie hield ze nou eigenlijk voor de gek? Het ging om haar bloedeigen zusje, het wás emotioneel. Met haar haastig ingepakte sporttas en een brok in haar keel had ze zich na het inchecken – ze hadden alle drie een eigen kamer genomen – dan ook meteen verontschuldigd bij Nadine en Gabriel en zich teruggetrokken op haar hotelkamer. Na een lange douche en een flinke huilpartij had ze zichzelf weer enigszins in de hand.

Er wordt opnieuw aangeklopt en Lauren loopt naar de deur met haar lippenstift in de hand. 'Bijna klaar,' laat ze Nadine weten terwijl ze uitnodigend wenkt dat ze binnen kan komen.

'Gabriel heeft een leuk restaurantje gevonden waar we nog terechtkunnen. Hij staat beneden met de auto op ons te wachten.'

'Is dat niet wat overdreven, met de auto? Het centrum ligt hier iets meer dan een kilometer vandaan.'

'Het ligt net iets voorbij het centrum, en ik ben eerlijk gezegd behoorlijk gaar van al het gereis de afgelopen dagen. We zullen de komende dagen nog genoeg moeten lopen.' Nadine kijkt met een schuin oog naar het dossier op Laurens bed. 'Was het een beetje te doen voor je? Het is heftig en confronterend materiaal.'

'Bij de foto's heb ik wat sneller doorgebladerd. Dat was voor nu net even te veel van het goede. Misschien dat ik er op een later tijdstip aan toe ben om ze goed te bekijken.'

'Forceer jezelf niet. Het moet allemaal wel een beetje behapbaar blijven voor je. Beloof me dat je het aangeeft als het je allemaal te veel wordt. Gabriel en ik redden ons dan wel.'

Lauren knikt. 'Ik kan totaal niet inschatten hoe ik me de komende dagen zal voelen, dus ik laat het maar een beetje gebeuren. Als ik even een break nodig heb, hoor je het.' Lauren pakt het dossier en stopt het in de tas onder haar bed voordat ze samen met Nadine de kamer verlaat.

'Ik heb zojuist mijn eerste podcast online gezet, dan weet je dat,' laat Nadine haar weten.

Lauren slikt iets weg. 'Ik merk dat ik het allemaal behoorlijk spannend vind. We hebben geen idee wat dit allemaal in gang zal zetten.'

'Geloof me, je bent niet de enige. Dit is voor mij ook totaal anders dan mijn normale werk en ik heb geen idee hoe de reacties zullen zijn.'

'Deze zaak kan ons beiden op verschillende manieren breken.'

'Dat kun je inderdaad wel zo zeggen. En voor Gabriel en Julien staat er natuurlijk ook flink wat op het spel...'

'Weet François al dat je met de moord op Celeste bezig bent?' vraagt Lauren. Toen ze vanmiddag in Parijs even met Nadine in hun appartement was, was de psychiater tot haar opluchting niet thuis geweest. 'Hele week congres in het buitenland,' had Nadine summier toegelicht. Lauren wil de confrontatie met de man liever niet aangaan totdat ze precies weet wat zijn aandeel was geweest in de veroordeling van Fournier. Nadine had het ook niet meer over François gehad.

'Ik heb hem kort gesproken aan de telefoon nadat ik mijn podcast online had gezet.'

'Had je hem niet beter vooraf al kunnen spreken?'

'Nee. De boel eerst online zetten was een garantie voor mezelf dat ik door zou zetten, ongeacht wat François ervan zou vinden. Hij heeft behoorlijk veel overtuigingskracht. Ik wilde voorkomen dat hij me zou overtuigen om het niet te doen, zodat ik de handdoek al in de ring zou gooien voordat ik überhaupt begonnen was.'

‘Hoe was zijn reactie?’

‘Hij zei me dat ik de zaak moest laten rusten en dat het om iets afgeronds uit het verleden ging. Hij maakt zich zorgen om mijn veiligheid en reputatie. Een veroordeelde moordenaar en pedofiel proberen vrij te krijgen maakt je doorgaans niet zo geliefd bij het publiek.’

‘En heeft hij iets losgelaten over zijn eigen betrokkenheid bij de zaak?’

‘Nee, helaas niet. Hij had het alleen over wat het met mij zou kunnen doen, terwijl dit dé kans was om open kaart met me te spelen. Hij zal er wel van uitgaan dat zijn psychiatrisch rapport over Julien van destijds nog steeds geheim is. Zijn zwijgen zit me uiteraard niet lekker. Als ik íéts belangrijk vind in een relatie is het wel openheid en vertrouwen. Maar ik wil me hier nu niet door laten afleiden.’

‘Helemaal mee eens. Ik weet hoe vreselijk zo’n vertrouwensbreuk is, dus weet dat je er met me over kunt praten, mocht je daar wel behoefte aan hebben.’ De herinnering aan haar ex Raf drukt ze snel weer weg. Die relatiebreuk verdween naar de achtergrond door een allesoverheersend verdriet dat die zomer volgde, maar toch weet ze dat het haar kijk op relaties heeft aangetast.

Nadine knikt dankbaar terwijl ze de deur voor Lauren openhoudt. Als ze naar Baptistes auto lopen worden ze overvallen door de broeierige warmte van die avond. De atmosfeer heeft iets onheilspellends, en bezorgt Lauren een zwaar gevoel. Ze hoopt dat het geen voorbode is voor de komende dagen.

32

'Jij was advocaat voordat je hulpofficier van justitie werd, toch?' Gabriel Baptiste kijkt Lauren belangstellend aan terwijl hij zijn mes zet in de royale entrecote bordelaise die omringd met haricots verts met spek en pommes duchesse op zijn bord ligt. Lauren slikt net een hapje *steak tartare* door. Ze speelt wat met de frietjes op haar bord voordat ze Gabriel aankijkt en antwoord geeft. 'Klopt. Al van kinds af aan wilde ik advocaat worden. Het leek me als klein meisje fantastisch om in zo'n toga het woord te voeren. Uiteraard realiseerde ik me toen nog niet dat er veel meer bij kwam kijken. Ook dingen waar ik later steeds meer moeite mee had.'

'Zoals?'

'Het verdedigen van mensen van wie je zeker weet dat ze schuldig zijn, bijvoorbeeld. Veel advocaten die ik ken kicken er juist op om met woordspelletjes en vlammende betogen toch een zaak te winnen terwijl ze weten dat het niet terecht is. Winnen is alles wat telt en het maakt niet uit wat ze ervoor moeten doen. Desnoods zoeken ze maar door tot ze op een procedurefout stuiten. Alles om een veroordeling te voorkomen. Dat ze daarmee een misdadiger weer de maatschappij in sturen laat ze volledig koud.' Lauren haalt minachtend haar neus op.

'Niet alle advocaten zijn zo,' brengt Gabriel daartegen in. 'Er zijn er ook nog een paar met nobele motieven. Vergeef me mijn onbescheidenheid, maar ik schaar mezelf daar ook onder.'

'Natuurlijk zijn er altijd uitzonderingen,' reageert Lauren een beetje gepikeerd. 'Na de moord op mijn zusje ben ik een paar jaar advocaat geweest, maar het ging me steeds meer tegenstaan dat ik voornamelijk uitschot stond te verdedigen. Ik wilde dat uitschot niet beschermen. Het maatschappelijk belang vond ik veel belangrijker. Het idee dat ik ooit misschien iemand als de moordenaar van Celeste zou moeten verdedigen... Als advocaat moet je iedereen kunnen vertegenwoordigen en ik realiseerde me dat ik dat niet kon. Ik wilde bijna iets totaal anders gaan doen, totdat ik op een feestje een officier van justitie sprak die me vertelde dat ze zaten te springen om nieuwe officieren en dat het zeker iets voor mij zou zijn. Na een paar gesprekken heb ik uiteindelijk de overstap naar "de vijand" gemaakt.'

'Ik deel je gewetensbezwaren, maar toch kan het ook anders,' antwoordt Gabriel. 'Ik had het geluk dat ik bij een kantoor kon gaan werken dat zich richt op het vrij krijgen van mensen die zijn veroordeeld op grond van een gerechtelijke dwaling. Het verdedigen van mensen die verdacht worden van moord, verkrachting, mishandeling, et cetera laten we aan ons voorbijgaan. Wij komen pas in beeld als er na een veroordeling voldoende vraagtekens naar boven komen over de schuld. Toen we net begonnen met het kantoor was dit echt nog een niche in het vak en werden we door veel collega's met de nek aangekeken.'

'Ja, als je niet gaat voor het grote geld, tel je niet mee,' beaamt Lauren.

'Inmiddels gaat dat voor mijn kantoor niet meer helemaal op. Langzaam komen we wat meer in de spotlights. We hebben een paar interessante overwinningen geboekt en we worden steeds vaker benaderd door familieleden of vrienden van veroordeelden met de vraag of we niet eens naar hun zaak kunnen kijken. Dat begint ook onder de collega's op te vallen. De samenwerking met Nadine zou ons doel zomaar extra op de kaart kunnen zetten en ook wat landelijke bekendheid kunnen opleveren. Het gaat me allereerst natuurlijk om deze zaak zelf, maar het zou zeker een beloning zijn voor al ons harde werken.' Gabriel werpt Nadine een blik toe waar ze het zichtbaar warm van krijgt. De aantrekkingskracht tussen de advocaat en de journaliste hangt duidelijk in de lucht.

'Als ik het zo inschat, heb je de afgelopen jaren dag en nacht moeten werken om op het punt te komen waar je nu bent. En uit ervaring weet ik hoe moeilijk het is om dan ook een sociaal leven te hebben. Zit er bij je thuis niemand te balen? Of vindt diegene het wel best?' probeert Lauren Gabriel iets te ontlokken over zijn privéleven.

'Dat eerste eigenlijk. Hoewel mijn kat Louis het daar absoluut mee oneens zal zijn.'

'Hij is vrijgezel. Net als jij,' vult Nadine ten overvloede aan terwijl ze even vluchtig naar Gabriel gluurt.

Maar jij niet, gaat er even door Lauren heen. Maar ze weet ook dat het haar allemaal niets aangaat en snijdt een ander onderwerp aan. 'Zo te horen heb jij een behoorlijk rechtvaardigheidsgevoel. Mag ik vragen waar dat vandaan komt?' vraagt Lauren aan Gabriel.

'Mijn broer is ooit onterecht veroordeeld voor een misdaad die hij niet had begaan.'

'En is hij uiteindelijk vrijgekomen?'

'Het is maar hoe je het bekijkt. Hij heeft zichzelf verhangen in zijn cel.'

'O, wat vreselijk,' reageert Lauren oprecht meelevend. 'Heel erg om te horen. Ik denk dat ik je goed begrijp. Volgens mij proberen wij beiden in ons werk iemand te redden en te beschermen voor wie dat al te laat is.'

'Ik denk dat je dat heel scherp ziet. Ook al weten we dat we ze nooit meer terugkrijgen, het blijft elke keer weer een teleurstelling,' vult Gabriel aan.

'Masochisten zijn we,' grinnikt Lauren.

Nadine legt haar bestek neer en heft haar glas. 'Daar drinken we op. Leve de masochist.'

Ze klinken hun glazen tegen elkaar aan en nemen alle drie een bescheiden slok.

'Bedankt dat je me over je broer hebt verteld, Gabriel. Dat had je niet hoeven doen. Ik kan me voorstellen dat je dat niet aan de grote klok hangt, omdat het je kwetsbaar maakt als het bij de verkeerde mensen terechtkomt. Dank je wel voor het vertrouwen.'

'En jij bedankt dat je hier bent. Je hebt vast nogal wat drempels moeten overwinnen voordat je besloot met Nadine mee naar Frankrijk te reizen. Het siert je dat je bereid bent om Julien het voordeel van de twijfel te geven. Hij is schuldig bevonden en veroordeeld, dus je had het er ook bij kunnen laten zitten. Het was je goed recht geweest om je leven niet overhoop te gooien en toch wil je erachter komen wat er niet klopte aan het onderzoek destijds. Dat geeft aan dat je deugt als mens, Lauren.'

'"Julien het voordeel van de twijfel geven" is misschien net iets te sterk uitgedrukt, maar het lezen van het dossier en de gesprekken met Nadine hebben me er wel van overtuigd dat er dingen zijn die vragen oproepen of niet kloppen. Ik wil gewoon weten wat er twaalf jaar geleden écht gebeurd is. Ik denk dat ik dat ook nodig heb voor mijn eigen rust. Het idee dat de moordenaar van mijn zusje mogelijk nog vrij rondloopt maakt me ziek. Hij kan in die twaalf jaar nog wel talloze andere meisjes hebben verkracht of vermoord. En ook als Celeste de enige was en hij sindsdien een rustig leventje leidt, is dat eenvoudigweg niet te verkroppen.'

'We gaan erachter komen wat er is gebeurd. Dat verdient Celeste,' verzekert Gabriel haar. Lauren ziet dat Nadine met gebogen hoofd naar haar bord staart. 'Ik besef dat het voor jou ook niet makkelijk is, Nadine, het raakt ook jouw privéleven.' Lauren kan dit niet onbenoemd laten.

Nadine kijkt haar met een scheef lachje aan. Op haar gezicht is zowel verdriet als boosheid te zien. 'Ik red me wel. Maak je over mij maar geen zorgen.' Het klinkt minder overtuigend dan Nadine het ongetwijfeld wil laten overkomen.

'Laten we afspreken dat we de komende dagen goed voor elkaar zorgen,' benadrukt Gabriel met een ernstig gezicht. 'En dat begint ermee dat we elkaar moeten kunnen vertrouwen. Geen verrassingen en geheime agenda's, maar open en eerlijke communicatie. We moeten van elkaar op aan kunnen.' Gabriel kijkt Lauren en Nadine vragend aan en pas als ze allebei hun woord hebben gegeven, snijdt hij nog een paar stukjes van zijn vlees af. Hij neemt een paar happen en knikt goedkeurend. 'Dan begint nu het echte werk.'

33

'Ik heb wat dingen voor de komende dagen opgeschreven die ik graag aan jullie wil voorleggen.' Gabriel neemt een slok wijn en haalt een briefje uit de binnenzak van zijn jasje. 'Een paar personen zullen we hoe dan ook moeten zien te spreken. De hoofdinspecteur die destijds het onderzoek leidde, Brigitte Petit, en haar collega's Girard Roux en Luc Dupont, die er nauw bij betrokken waren. Natuurlijk de eigenaar van de discotheek waar Celeste voor het laatst is gezien en waar Julien is gesignaleerd.

En dan is er een voormalige collega van Julien die hem heeft gesteund, als hij tenminste eindelijk haar naam eens gaat noemen. Tijdens de rechtszaak is ze helemaal niet ter sprake gekomen en zelfs toen hij in het nauw werd gedreven en een veroordeling steeds dichterbij kwam, heeft hij haar niet als getuige laten oproepen. Tegenover dat psychiatrisch rapport had zij kunnen vertellen hoe hij in het dagelijks leven was. Maar nee hoor, hij heeft het idiote idee dat hij haar niet bij zijn zaak wil betrekken en haar moet beschermen. Ik weet niet waarom en ik word er gek van. Hij schrijft haar nog steeds en ze schrijft hem soms ook terug, anoniem helaas.

We moeten de getuige spreken die beweert Juliens groene Peugeot 205 te hebben gezien in de buurt van de plek waar Celestes lichaam is gevonden. Ook lijkt het me noodzakelijk om snel een bezoekje te brengen aan de opslag waar Juliens spullen staan. Hoe eerder we die computer kunnen laten onderzoeken door Nadines mannetje, hoe beter. Ik heb de notaris die de sleutel in bewaring heeft al gebeld en ik kan morgenochtend vroeg bij hem terecht. Nog aanvullingen of andere ideeën?'

'Mooi lijstje,' antwoordt Nadine. 'Misschien moeten we de patholoog-anatoom die destijds de autopsie heeft uitgevoerd ook een bezoekje brengen. Het is natuurlijk al lang geleden, maar als we hem zijn rapport onder de neus duwen komen er misschien wel herinneringen naar boven. De rechter die de zaak destijds heeft behandeld is al jaren met pensioen, sterker nog, Celestes zaak was zijn laatste. Wellicht is hij bereid om te praten nu hij al zo lang uit het vak is. Ik ben namelijk heel benieuwd waarom hij in zijn uitspraak niet heeft meegenomen dat er geen DNA van Celeste is gevonden op het geruite jasje of de andere kledingstukken die Julien die bewuste avond droeg. Op Celeste is ook geen DNA van Julien aangetroffen.'

'Het antwoord op die laatste vraag kan ik je wel geven,' zegt Gabriel. 'Omdat Celeste in het water heeft gelegen kunnen eventuele DNA-sporen verloren zijn gegaan. Zo werd er niet uitgesloten dat ze voor haar dood seks heeft gehad, maar zijn er geen sporen van sperma gevonden. Maar ik ben het met je eens dat het vreemd is dat er geen sporen van Celeste op Juliens kleren zijn gevonden. Vaak reinigen daders die kleren grondig of gooien ze ze weg, maar dat was hier niet het geval. Je zou toch minstens verwachten dat er bloedsporen, haren en huidcellen op zaten, gezien Celestes verwondingen. Als ze zich verzet heeft en Julien bijvoorbeeld heeft gekrabd, dan zijn de huidcellen die onder haar nagels zouden moeten zitten weggespoeld door het water. Dat komt overeen met het autopsieverslag, waarin staat dat er geen vreemd DNA onder haar nagels is aangetroffen.'

'Voor mij staat overigens niet vast dat Celeste zich heeft verzet,' vult Nadine aan. 'Haar schedel is aan de achterkant ingeslagen en daardoor ben ik geneigd te denken dat ze van achteren is aangevallen en niet eens de tijd kreeg om zich te verzetten. De verwondingen die ze verder op haar lichaam had kunnen heel goed zijn ontstaan toen de rivier haar meesleurde langs scherpe rotspunten en andere obstakels.'

'Dat is een optie,' geeft Lauren toe en ook Gabriel beaamt dat.

'Maar wie zou Celeste van achter willen aanvallen?' vraagt Lauren zich hardop af.

'Iemand die heel boos op haar was en in een opwelling heeft gehandeld?' antwoordt Nadine.

Laurens gezicht betrekt. 'Iemand zoals Saar bijvoorbeeld.' Ze ziet aan Gabriels gezicht dat de naam van haar nicht bij hem bekend is.

'Ik denk dat we dat niet moeten uitsluiten, hoe pijnlijk dat ook is,' bevestigt Nadine.

'Over pijnlijk gesproken, nog een puntje voor de lijst. We zullen op een of ander moment in de nabije toekomst ook met François moeten praten om zijn exacte rol in het geheel helder te krijgen.' Gabriel kijkt Nadine voorzichtig aan.

'Ja, ik weet het,' verzucht ze.

'Wil je het zelf doen of wil je dat ik eerst met hem praat? Misschien kan een vreemde eerder iets uit hem krijgen?'

'O, nee, zo werkt dat niet bij François. Als iemand hem kan laten praten, ben ik het. Ik zeg er wel eerlijk bij dat ik er ontzettend tegen opzie. Ik heb hem gisteravond laten weten dat ik een podcast over de moord op Celeste ga maken, waarin ik ook de veroordeling van Julien onder de loep zal nemen. François stond niet bepaald te juichen en raadde me sterk af ermee door te gaan.'

'Heeft hij niks losgelaten over zijn eigen betrokkenheid bij de zaak?' vraagt Gabriel, die in tegenstelling tot Lauren nog niet op de hoogte is.

'Nee, met geen woord. Dus hij moet het idee hebben dat

zijn geheim nog veilig is. Misschien denkt hij zelfs dat hem twaalf jaar later niks meer kan overkomen.'

'Nou, dat zullen we nog weleens zien dan,' zegt Gabriel grimmig.

'Moeten we ook niet gaan praten met die vader van dat meisje dat Julien vals beschuldigde van aanranding? Hij heeft misschien wel een belangrijke rol achter de schermen gehad in de beïnvloeding van het onderzoek. Met macht en geld krijgen mensen heel veel, zo niet alles, voor elkaar. Mensen zijn tot veel bereid als ze onder tafel een envelopje krijgen toegestopt. Dat heb ik in mijn werk helaas vaak genoeg meegemaakt.' Lauren kijkt Gabriel vragend aan.

'In eerste instantie wil ik hem nog even niet benaderen, maar dat betekent niet dat we hem buiten beschouwing laten. Ik hoop erachter te komen of er lijntjes van hem lopen naar de betrokkenen van destijds, zoals de rechter, de politie of François. Pas als daar duidelijkheid over is wil ik met de vader van het meisje gaan praten.'

'Oké, dat klinkt logisch,' antwoordt Lauren.

Nadine knikt. 'Eens. Goed, even concreet, waar beginnen we morgen?'

'Ik zou een onaangekondigd bezoekje aan het politiebureau willen voorstellen. Die Girard Roux werkt daar in elk geval nog. Luc Dupont en Brigitte Petit niet meer, maar Roux weet vast waar zijn ex-collega's zich bevinden. Kan hij ons mooi helpen met het maken van een afspraak.'

'Ik zou morgen ook graag naar de plek gaan waar Celeste is gevonden. Anders blijf ik er maar tegenaan hikken.'

'Natuurlijk. Vind je het goed als we dat 's middags doen? Ik wil Girard Roux graag vroeg op de dag spreken, voordat hij de hort op is.'

'Ja, dat is voor mij prima.'

'*Bon*.' Gabriel wrijft genoeglijk over zijn buik, waar ongemerkt het grote stuk vlees in is verdwenen. Nadine legt haar bestek op haar bord. Ze heeft op een paar blaadjes sla na haar salade geitenkaas helemaal opgegeten. Lauren kauwt op haar laatste hap steak tartare.

'Iemand nog een toetje en koffie?' vraagt Gabriel.

'Een crêpe met honing en ijs gaat er nog wel in,' lacht Nadine.

Gabriel knipoogt. 'Maak er maar twee van. Jij ook, Lauren?'

'Nou, vooruit, maar ik hoef geen koffie meer. Ik zou liever niet te laat terug zijn in het hotel om in elk geval te kunnen proberen om genoeg slaap te krijgen.'

Gabriel wenkt de ober en bestelt drie desserts. Voor hem en Nadine bestelt hij er een koffie bij, met de wens om deze tegelijk met de crêpes geserveerd te krijgen.

Lauren zegt niet wat de echte reden is dat ze zo snel mogelijk terug in het hotel wil zijn: ze is vreselijk benieuwd naar de eerste aflevering van Nadines podcast. Voor het slapen wil ze deze graag in alle rust op haar hotelkamer beluisteren.

34

Terug in het hotel ploft Lauren op bed, zoekt Nadines podcast op en zet haar koptelefoon op. De spanning in haar lijf is enorm en wordt alleen maar verder aangewakkerd als ze een inleidend muziekje hoort, waarna Nadine begint te vertellen.

Dag luisteraars! Welkom bij Crème de la Crime. *En een extra welkom voor de nieuwe luisteraars die mij nog niet kennen. Ik ben Nadine Dubois, misdaadjournalist in hart en nieren. Wie al langer naar mijn podcast luistert weet dat ik op zoek ga naar antwoorden in cold cases. Zaken waar de politie om wat voor reden dan ook niet verder mee komt. Kinderen die nog steeds vermist zijn, moorden waarvoor de dader nog niet is gepakt, et cetera.*

Vanaf vandaag gaan we het anders doen. De komende weken staan in het teken van de moord op Celeste Martens. Een Nederlands meisje dat twaalf jaar geleden op een hete zomeravond bruut om het leven werd gebracht in het plaatsje Aubenas in de Ardèche. Vlak na haar moord is een verdachte opgepakt die niet lang daarna ook veroordeeld is. Uitgemaakte zaak dus, zullen jullie denken. Maar is dat wel zo?

Julien Fournier, de man die levenslang heeft gekregen voor de moord op Celeste, beweert al vanaf de dag van zijn arrestatie onschuldig te zijn. Ja, dat beweren al die criminelen, hoor ik jullie denken. En dat klopt ook. Meestal spreken ze niet de waarheid en willen ze alleen hun naam beschermen, maar in het geval van Julien is het maar de vraag of hij liegt. Zijn advo-

caat Gabriel Baptiste heeft me zijn dossier voorgelegd en me op bevindingen en conclusies gewezen die op zijn minst vraagtekens oproepen. Voor een journalist zijn vraagtekens de vijand. Een journalist wil antwoorden hebben, alles tot op de bodem uitzoeken, en dat is precies wat ik de komende weken in mijn podcast ga doen. Ik ga mensen spreken die destijds op een of andere manier betrokken zijn geweest bij de zaak. Ik ga de plek bezoeken waar Celeste twaalf jaar geleden is gevonden en ik ga proberen een goede reconstructie te maken van de avond dat ze verdween. Ik hoop aan het einde van dit seizoen antwoorden te vinden op de vragen die ik heb en zo de twijfel weg te nemen.

Uiteraard kan ik niet garanderen dat dat ook lukt. Het is niet mijn ambitie om mijn eigen mening over deze zaak voor het voetlicht te brengen. Ik wil een onafhankelijk verslag maken van de gebeurtenissen. Ik pretendeer niet dat ik de wijsheid in pacht heb. Het is aan jullie om op basis van het materiaal dat ik presenteer tot een eigen, afgewogen oordeel te komen. Is Julien Fournier schuldig aan de moord op Celeste of niet? Het forum staat weer open voor discussie en het achterlaten van reacties. Denk je op de een of andere manier informatie over deze zaak te hebben die van nut kan zijn, stuur me dan een privébericht op Nadine@cremedelacrime.fr.

Deze eerste aflevering trap ik gelijk af met een primeur, dus ik hoop dat jullie je aandacht er volledig bij hebben. Ik sprak de man die vastzit voor de moord op Celeste. Julien Fournier heeft nog nooit een interview gegeven aan de pers, maar voor Crème de la Crime *maakte hij een uitzondering, wat resulteerde in een openhartig gesprek.*

Als Lauren de stem van Julien Fournier hoort klikt ze de podcast instinctief weg. De stem van de man horen van wie ze altijd heeft gedacht dat hij de moordenaar van haar zusje is, kan ze nu nog niet aan. Misschien dat ze er op een later moment aan toe is, als inderdaad blijkt dat de man onschuldig is.

Ze is opgelucht dat Nadine met geen woord over haar heeft gerept. Dat was ook de afspraak, maar toch. Hoe makkelijk was het geweest om even te vermelden dat de zus van het slachtoffer Nadine vergezelt tijdens haar onderzoek? Het zou haar wellicht meer luisteraars opleveren vanwege het sensatie-effect. Bovendien luisteren mensen graag mee met het verdriet en de ellende van een ander om aan hun eigen leven te ontsnappen.

Lauren ontspant een beetje nu blijkt dat ze Nadine echt kan vertrouwen. De journalist heeft haar grenzen en haar gevoelens gerespecteerd. Ze voelt gelijk een enorme vermoeidheid opkomen. Met haar laatste beetje energie drinkt ze nog wat water en zet ze haar koptelefoon af. Ze sluit haar ogen en voelt hoe de uitputting het van haar overneemt. Wonder boven wonder valt ze in een droomloze slaap.

35

De zon schijnt al veelbelovend als Gabriel zijn auto parkeert in de buurt van het politiebureau van Aubenas. Ze hebben nog tien minuten om stipt om negen uur op de stoep te staan. Lauren stapt de auto uit en neemt de straat in zich op. Het is overal een stuk drukker dan twaalf jaar geleden. De toeristen pik je er zo tussenuit. Ze snuift de geuren op die de zachte wind door de straat blaast. Vleugjes benzine en dieseldampen, sigarettenrook en vers deeg uit de afzuiginstallatie van het bakkertje verderop. Gabriel loopt met grote passen voorop. Als hij aankomt bij het bureau wordt de deur net van binnenuit van het slot gehaald door een nors kijkende agent die meteen weer wegloopt en weigert de deur voor hen open te houden.

'Duidelijk nog geen koffie gehad,' fluistert Nadine Lauren in haar oor. Lauren giechelt zenuwachtig. De agent neemt plaats achter de balie. Gabriel trekt de deur met een uitgestreken gezicht open en laat Lauren en Nadine voorgaan, waarna hij zelf naar binnen stapt. Hij ziet er weer tot in de puntjes verzorgd uit en Lauren kan niet ontkennen dat hij een knappe man is. Ze begrijpt wel dat Nadine zich stiekem tot hem aangetrokken voelt. Wat Gabriel van Nadine vindt is door de blikken die hij haar af en toe toewerpt ook wel duidelijk, maar hij houdt zich duidelijk in omdat ze een relatie heeft. Lauren kan dat erg waarderen, zeker aangezien hij ook doorheeft dat die relatie momenteel behoorlijk onder druk staat en Nadine misschien makkelijker zou zwichten.

Gabriel loopt vastberaden naar de met plexiglas afgesloten balie en vraagt of Girard Roux aanwezig is.

'En wat is uw naam?'

'Gabriel Baptiste, advocaat.'

De agent krabbelt iets op een papiertje. 'En die dames horen bij u?'

'Jazeker.'

'Namen?'

'Nadine Dubois en Lauren Martens.' Voor de zekerheid spelt hij Laurens naam. Daarna pakt de agent zijn telefoon, voert een kort gesprek en knikt. Hij wijst naar een paar stoelen aan de overkant van de balie. Lauren voelt te veel onrust om te gaan zitten en loopt wat heen en weer. Ze kan nu elk moment oog in oog staan met de man die twaalf jaar geleden het slechte nieuws over Celeste kwam brengen. De mengeling van verdriet, onmacht en woede overvalt haar nu weer. Ze had niet verwacht dat ze die emoties zo hevig zou herleven. Ze wankelt en Nadine springt op. 'Gaat het?'

Lauren steekt haar hand op in een afwerend gebaar. 'Laat me maar even. Komt goed.'

Nadine accepteert haar wens en gaat met tegenzin weer zitten. Ze schuift naar het puntje van haar stoel, klaar om meteen weer op te springen als het nodig is. Ergens in het gebouw wordt een deur dichtgeslagen en het duurt niet lang voordat de deur opengaat die de rest van het gebouw verbindt met de wachtruimte. Voor hun neus staat Girard Roux. Hij staart Lauren aan met enige verwarring op zijn gezicht. Hij lijkt haar niet meteen te herkennen, maar wel iets bekends te zien in haar gezicht, dat hij zo snel niet kan plaatsen. Gabriel loopt met uitgestoken hand naar Roux toe en verbreekt het ongemakkelijke moment. 'Gabriel Baptiste, advocaat. Ik zou u graag willen spreken over een moordzaak waar u twaalf jaar geleden bij betrokken bent geweest. Misschien herinnert u zich het slachtoffer nog wel. Het gaat om de Nederlandse Celeste Martens. Dit is haar zus Lauren.'

Roux trekt in eerste instantie bleek weg als hij zich realiseert wie Lauren is, maar al snel krijgt zijn gezicht een vragende uitdrukking. 'Waar wilt u mij over spreken? Het is een flinke tijd geleden en die zaak is destijds helemaal afgehandeld.' Zijn ogen schieten van Gabriel naar Lauren en weer terug.

'Ik ben de nieuwe advocaat van Julien Fournier, de man die u destijds samen met uw collega's hebt opgepakt. Ik heb wat vragen over het bewijsmateriaal dat is gebruikt en dat uiteindelijk tot de veroordeling van de heer Fournier heeft geleid. Kunnen we ergens even rustig praten?'

'Ik zou niet weten waarover, maar als u er echt op staat...'

'Ja, dat doe ik.'

Nadine stapt naar voren. 'Ik zal me ook even voorstellen. Nadine Dubois, misdaadjournalist van *Le Figaro*. Ik maak een podcast over de moord op Celeste Martens. Vandaag zal ik slechts meeluisteren, maar op een later tijdstip zou ik u graag interviewen.'

Roux schudt Nadines uitgestoken hand maar blijft Gabriel aankijken. 'U zet me wel even flink voor het blok, meneer Baptiste. Meteen een journalist erbij. Wat bent u allemaal van plan?'

'Als u een rustig plekje regelt, dan zal ik u dat allemaal uitleggen.'

Hoewel het duidelijk is dat Roux nerveus is, ziet Lauren dat hij heel wat heeft bijgeleerd in de loop der jaren. Hij is niet meer het onderdanige groentje van toen en zijn jongensachtige uitstraling is vervangen door een mannelijke. De acné van destijds is verdwenen en hij draagt zijn zwarte haar in een vlot kort kapsel dat niet meer druipt van de gel. Zijn ogen zijn nog steeds zulke donkere poelen als Lauren zich herinnert. Hoewel haar dat bij andere mannen schrik aan zou jagen is ze bij Roux juist benieuwd wat er verborgen ligt achter die bijna zwarte ogen.

'Lauren, ga je mee?' De agent en Nadine zijn de wachtruimte al uit gelopen, maar Lauren is nog in gedachten verzonken. Ze glimlacht onzeker naar Gabriel en loopt langs hem heen de gang in. Roux staat net met zijn sleutelset in zijn hand om een van de deuren die aan de gang liggen open te maken. Er staan drie stoelen in het kamertje dat ze binnengaan. 'We zijn niet berekend op grote gezelschappen,' zegt Roux terwijl hij Nadine aankijkt, in de hoop dat ze zegt dat ze op de gang wacht tot Gabriel en Lauren klaar zijn. Met haar neus in de lucht loopt ze langs Roux heen en gaat pontificaal op een van de stoelen zitten. Lauren en Gabriel volgen haar voorbeeld.

'Ik ga even een stoel halen,' zegt Roux gelaten. Terwijl hij de ruimte verlaat legt Gabriel een map met de belangrijkste punten uit het dossier op tafel. Hij trommelt even met zijn vingers op tafel en legt zijn hand dan op de map. Roux komt binnen met een stoel en voegt zich bij hen. Hij biedt hun niets te drinken aan. 'Ik heb niet veel tijd.'

'Als we er niet aan toekomen om alles te bespreken, kunnen we een nieuwe afspraak maken. We zijn nog zeker een week in Aubenas,' zegt Gabriel kalm. 'Laat ik beginnen met de vraag of u zich de moord op Celeste nog kunt herinneren.'

'Natuurlijk. Het was mijn eerste moordzaak,' zegt Roux verontwaardigd. 'Bovendien maakt het extra veel indruk als het slachtoffer nog zo jong is.' Zijn ogen gaan even richting Lauren en dan weer terug naar Gabriel. Nadine probeert zo onzichtbaar mogelijk te zijn en is muisstil. Lauren is op de een of andere manier teleurgesteld in Roux. Ze weet niet wat ze precies had verwacht van de agent, maar niet dat hij zo koel en afstandelijk zou zijn. Twaalf jaar geleden had hij meer empathie uitgestraald. Hij had haar toch op zijn minst even kunnen vragen hoe het met haar gaat? Het is net of hij zich niet realiseert dat hij betrokken is geweest bij een traumatische gebeurtenis in haar leven.

'Zoals ik al eerder zei ben ik de nieuwe advocaat van Julien

Fournier en ik wil zijn onschuld bewijzen. Ik heb het onderzoek dat u en uw collega's destijds hebben uitgevoerd eens flink onder de loep genomen en er valt mijns inziens nogal wat op af te dingen.' Gabriel slaat de map die voor zijn neus ligt open en terwijl hij dat doet richt Roux zich met een verward gezicht tot Lauren. 'Ik snap waarom meneer Baptiste en mevrouw Dubois hier zijn, hun belangen als advocaat en journalist zijn duidelijk, maar het verbaast me nogal dat ú hier samen met de advocaat van de moordenaar van uw zus bent.'

'Omdat ik net als de heer Baptiste twijfels heb over de schuld van Julien Fournier. Ook ik heb het dossier bestudeerd en er zijn een aantal dingen die ik eenvoudigweg niet kan negeren. Hoe graag ik dat ook zou willen. Ik ben hier omdat ik wil, nee, móét weten wat er twaalf jaar geleden precies met mijn zusje is gebeurd. Als de verkeerde man daarvoor is opgepakt, dan moet dat rechtgetrokken worden en zal de echte moordenaar gevonden en bestraft moeten worden. Dus ik zit hier júíst omdat het mijn zusje betreft.' Ze laat haar blik strak op Roux gericht.

'U zult met heel goede argumenten moeten komen om dat dossier heropend te krijgen.'

'Reken maar dat die er zullen komen,' oppert Gabriel meteen. 'Kunt u beginnen met me te vertellen hoe u zo snel na de moord bij Julien Fournier terecht bent gekomen?'

'Mijn chef had een anonieme tip gekregen dat we eens in het verleden van Fournier moesten duiken en toen kwam al snel de aanklacht uit Parijs boven tafel.'

'Een aanklacht die weer is ingetrokken omdat het meisje toegaf dat ze gelogen had.'

'Dat is nog maar de vraag. Het vermoeden is dat ze zodanig onder druk is gezet door Fournier dat ze uit angst haar beschuldigingen heeft ingetrokken. Het betreffende meisje viel in de categorie waar Celeste ook in viel. Uitzonderlijk mooi, blond en vroegrijp. We zagen een patroon.'

‘Ik zou dat een suggestieve denkwijze willen noemen. En was het ook niet zo dat uw team de druk voelde om deze zaak zo snel mogelijk op te lossen? Zou het kunnen zijn dat u en uw collega’s van hogerhand onder druk zijn gezet om iemand op te pakken zodat de rust weer terug zou keren en het toerisme in de streek er niet onder zou lijden? Is het niet zo dat Julien Fournier perfect in jullie plaatje paste omdat hij de schijn tegen zich had door die valse aangifte van een meisje met een heel rijke vader die veel invloed had? Kan het zijn dat die rijke vader zich ermee bemoeid heeft door zijn invloed te gebruiken, eventueel aangevuld met wat goedgevulde envelopjes?’ Gabriel gaat er zonder pauze met gestrekt been in.

Nadine tikt hem zachtjes aan. ‘Misschien moet je hem ook even de kans geven om te antwoorden?’

‘Wacht even, hoor. Wekt u nou de suggestie dat ik corrupt ben en me heb laten omkopen om Julien Fournier achter de tralies te krijgen? Wie denkt u wel niet dat u bent?!’ Girard Roux is zichtbaar beledigd en wordt nu echt boos. ‘Mijn kantoor uit! Ik beëindig nu dit gesprek. Ik heb, zoals altijd in mijn carrière, in die zaak juist gehandeld.’ Roux snuift woest als hij opstaat en de deur opensmijt.

36

Lauren staat op en geeft Nadine en Gabriel een teken dat ze haar even haar gang moeten laten gaan. 'Meneer Roux, luistert u alstublieft naar me,' zegt ze met een geruststellende stem terwijl ze naar hem toe loopt. 'De heer Baptiste bedoelt het minder rot dan hij het er nu uit gooit. We zitten alleen met zoveel vragen. U bent op mij altijd heel integer overgekomen, daarom zitten we hier ook. Als iemand ons eventueel kan helpen, dan bent u het. Laten we opnieuw beginnen en rustig met elkaar in gesprek gaan.' Ze steekt Roux haar hand toe in een verzoenend gebaar. Hij aarzelt even en pakt hem dan aan terwijl hij de deur dicht schopt. Zijn gezicht heeft een heel andere uitdrukking gekregen, opener en zachter.

'Oké dan. Maar ik doe dit alleen omdat u hier nu bent.' Dit gezegd hebbende gaat hij weer zitten en richt zich tot Baptiste. 'Stel uw vragen maar en bij voorkeur niet allemaal tegelijk. Geen garanties van mijn kant dat ik ook antwoorden voor u heb. Ik had in die tijd niet bepaald veel te zeggen over de gang van zaken. Ik was officieel nog geen inspecteur en voerde als agent vooral bevelen uit. Voormalig hoofdinspecteur Brigitte Petit was behoorlijk autoritair. Naar mijn mening werd niet gevraagd. Sterker nog, het werd niet echt gewaardeerd als ik de baas tegensprak of andere ideeën had. Ik mocht een paar keer het woord voeren bij bezoekjes aan de familie, maar dat was ook alleen maar omdat mijn kop dan zou blijven hangen en eventuele missers in mijn schoenen geschoven konden worden. Zo werkte het in die tijd.'

'Was u bij die huiszoeking die al plaatsvond voordat Julien Fournier officieel was aangeklaagd?' wil Gabriel eerst weten. Hij benadrukt het illegale karakter van de huiszoeking niet, om Roux niet weer op de kast te jagen.

'Ik was erbij, maar daar is alles ook mee gezegd. De hoofdinspecteur en brigadier Luc Dupont zijn binnen aan de slag gegaan terwijl ik de deur bewaakte. Ze hebben toen onder andere een geruit jasje, een telefoon en Fourniers computer meegenomen.'

'De computer waar later kinderporno op werd gevonden?'

'Ja, die.'

'Hebt u ook gezien of ze een creditcard van Fournier bij zich hadden?'

'Nee, geen creditcard, alleen dat jasje en de computer zijn meegenomen voor nader onderzoek. Er is bij mijn weten ook geen melding gemaakt van een creditcard op de inbeslagnamelijst. Maar om dat zeker te weten zou ik het dossier erbij moeten pakken om het te checken. Het is al een tijdje geleden, zoals u weet, en de details zijn weggezakt.'

'Dat begrijp ik. Ik zou het zeer waarderen als u het dossier er nog eens op na zou willen slaan. Ik heb het hier in hoofdlijnen wel voor me liggen...' Gabriel geeft een klap op de map. '... maar het lijkt me beter als u uw eigen dossier doorneemt. Als u opmerkelijke dingen tegenkomt, hoor ik dat heel graag.' Gabriel schuift Roux zijn visitekaartje toe. De inspecteur laat het onaangeraakt op het bureau liggen.

'Dan zou ik u ook graag wat willen vragen over de DNA-sporen, oftewel het gebrek daaraan. Ik vind het nogal opmerkelijk dat op de kleren van Julien Fournier geen enkel spoor van Celeste Martens is gevonden, zelfs geen spatje bloed. Ook niet op het geruite jasje dat hij die bewuste zomeravond zou hebben gedragen tijdens zijn bezoekje aan discotheek Le Village. Dat op Celeste geen sporen van Julien zijn gevonden, zou je met een beetje fantasie nog kunnen toeschrijven aan het feit dat ze een paar dagen in het water heeft gelegen, maar dat de dader zonder sporen weg is gekomen, is eigenlijk onmogelijk. Hoe kijkt u daartegen aan?'

'Ik kan uw gedachtegang wel volgen,' moet Roux toegeven. 'De heer Fournier is ook niet veroordeeld op basis van DNA-sporen. De met zijn creditcard aangeschafte kinderporno op zijn computer, de aanklacht van onzedelijk gedrag op zijn voormalige werkplek, zijn bezoekje aan de discotheek waar Celeste voor het laatst gezien is, het verlaten van de discotheek rond dezelfde tijd als Celeste en een getuigenverklaring dat zijn auto op de plek is gezien waar Celeste is gevonden zijn doorslaggevend geweest. O, en dan vergeet ik nog het psychiatrisch rapport, dat duidelijke pedofiele neigingen en een antisociale persoonlijkheid liet zien. Kans op herhaling werd niet uitgesloten.'

'Goed dat u begint over dat psychiatrisch rapport. Dat is gedaan door een psychiater wiens naam niet bekend is gemaakt. Hij heeft Julien één keer kort gesproken en op basis daarvan zijn rapport geschreven. Kunt u voor mij uitzoeken wie die psychiater was? Ik zou graag van hem horen hoe hij op basis van een kort gesprek tot zulke heftige conclusies heeft kunnen komen.'

'Daar kan ik kort op antwoorden: nee. Daarvoor moet u niet bij mij zijn. Mij is die naam nooit verteld en deze staat ook niet in het dossier. Voor zover ik weet waren alleen mijn chef en de brigadier die bij het onderzoek betrokken was op de hoogte. Ik geef toe dat het allemaal niet volgens de gebruikelijke wegen is gelopen en dat het zeker raar te noemen is, maar het was niet anders. Ik was toen niet in de positie om daar een punt van te maken.'

'Uw voormalige chef heet Brigitte Petit als ik het me goed herinner. Hebt u haar contactgegevens?'

'Ik kan u haar privénummer geven, maar ik vrees dat dat weinig zal opleveren. Zij werd een paar jaar geleden gevraagd voor een hoge functie in een specialistisch team waar ze verder niks over kon zeggen. Ik weet dat ze grotendeels voor missies in het buitenland is. Ik heb nog weleens geprobeerd contact met haar op te nemen toen ik behoefte had aan haar advies bij een lopende zaak, maar tevergeefs. Ze heeft destijds ook haar huis hier verkocht en lijkt wel verdwenen te zijn.'

Baptiste moet deze tegenslag duidelijk even op zich laten inwerken, maar opgeven ligt niet in zijn aard. 'Geeft u mij straks toch maar haar nummer. En die andere collega die op de hoogte was, om wie gaat dat?'

'Dat is Luc Dupont, over wie ik het eerder ook had. Hij was als brigadier betrokken bij het onderzoek. Toen het lichaam van Celeste werd gevonden en het van een vermissingszaak een moordzaak werd, en er hulp van buiten het bureau aan te pas moest komen, werd hij de contactpersoon van de familie. Ik begreep dat hij hen goed op de hoogte hield van alle bevindingen. Een fijne collega, met een vlotte babbel en goede connecties. Iemand die gelijk vertrouwen opwekt.' Hij kijkt even naar Lauren, die bevestigend knikt.

'En werkt hij hier nog wel? Hebt u zijn adres of telefoonnummer voor me?'

'Daar kan ik vast wel aan komen. Hij werkt hier ook niet meer, en in zijn geval is dat behoorlijk tragisch. Voor u contact met hem opneemt is het goed om te weten dat hij zo'n tien jaar geleden een beroerte heeft gehad. Vreselijk, en dat op zo'n jonge leeftijd. In het begin ging ik nog weleens bij hem op bezoek, maar op een gegeven moment hield hij dat af. Hij was gedeeltelijk verlamd en ik denk dat hij niet wilde dat mensen zagen hoe hij eraan toe was.'

'Dat klinkt inderdaad vreselijk. Maar ik wil zeker proberen om hem te spreken. Uiteraard op een respectvolle manier, rekening houdend met zijn toestand. Wat ik me nog even afvraag, hoe zit dat met die connecties waar u het net over had?'

'Hij had veel contact met de toenmalige burgemeester en

invloedrijke ondernemers in de omgeving, vooral uit de toeristenbranche. Dat waren vrienden van hem. Volgens mij zelfs nog van vroeger.'

'Weet u of hij toevallig ook contact heeft gehad met de vader van het meisje dat Julien Fournier destijds in Parijs beschuldigde van aanranding?'

'Nee, dat zou ik echt niet weten. Ik weet alleen dat ík hem in elk geval niet heb gesproken. Dat had ik zeker wel gewild.' Roux begint steeds moeilijker te kijken en van zijn stugge houding aan het begin van het gesprek is niets meer over. Het is duidelijk dat de man ook vraagtekens heeft bij wat er net allemaal is besproken, en dat hij destijds weinig invloed had en lang niet overal bij betrokken werd.

Zijn ogen schieten even heen en weer door de ruimte alsof hij zichzelf ervan wil overtuigen dat er niemand anders in het kamertje is gekomen, en dan buigt hij zich voorover. 'Zal ik u eens wat zeggen? Ik heb altijd een rare bijsmaak overgehouden aan deze zaak, daarom staat-ie me ook nog zo helder voor de geest na al die jaren. De vragen die u stelt zijn de vragen die ik zelf destijds had en nog steeds heb. Maar ik ben altijd te laf geweest om naar antwoorden te zoeken. Een kwestie van misplaatste loyaliteit. Het beschermen van de reputatie van het team woog zwaarder dan mijn eigen integriteit. Daar moet ik nu verandering in brengen, wil ik mezelf nog serieus kunnen nemen als inspecteur. Ik help u graag met het onderzoek. Ik heb in de loop der jaren ook een behoorlijk eigen netwerk opgebouwd dat van pas zou kunnen komen.'

'Dat is heel fijn om te horen,' reageert Gabriel enthousiast.

'Maar,' Roux steekt zijn vinger op, 'in eerste instantie werk ik alleen achter de schermen mee.' Hij kijkt Nadine nu specifiek aan. 'Ik werk dus niet mee aan uw podcast, maar off the record mag u me alles vragen. Ik moet me gedeisd houden om ongestoord in het dossier en in het bewijsmateriaal te kunnen duiken. Als er destijds echt is gerommeld met het onderzoek, dan zijn er hier mensen die absoluut niet willen dat dit wordt opgerakeld. Imagoschade is het laatste wat men hier wil. Op het moment dat de reputatie van het korps in gevaar dreigt te komen, verwacht ik ondanks mijn populariteit onder het gros van de collega's zeker te worden tegengewerkt. Niet iedereen hier houdt er dezelfde normen en waarden op na, dat kan ik u wel vertellen. Kan ik bij jullie alle drie op jullie discretie rekenen?' De inspecteur kijkt hen nu een voor een kort aan.

'Absoluut,' antwoordt Gabriel gretig. Nadine kan haar teleurstelling dat hij niet wil meewerken aan haar podcast niet helemaal verbergen, maar stemt ook in, net als Lauren.

Na hun toezegging pakt Roux drie visitekaartjes en schrijft achterop een 06-nummer voordat hij ze aan hen geeft. 'Dit is mijn privénummer,' licht hij toe. 'Gebruik vooral dat nummer. En laten we communiceren via de berichtenapp Signal. Die is gemakkelijk te downloaden, mochten jullie die nog niet gebruiken. Alle contactgegevens die jullie nodig hebben kan ik jullie daar ook mee sturen.'

'Mag ik gelijk zo brutaal zijn om uw hulp concreet in te roepen?' vraagt Gabriel.

'Zegt u het maar.'

'We willen vanmiddag de plek bezoeken waar het lichaam van Celeste is gevonden. Zou het een idee zijn als u ons daarbij vergezelt? We kunnen natuurlijk informatie uit het dossier halen over de vindplaats, maar u weet wellicht nog dingen te vertellen die daar niet in staan?'

Roux pakt zijn telefoon en checkt zijn agenda. 'Vanmiddag rond een uur of drie zou kunnen. Zullen we elkaar daar ontmoeten?'

'Heel fijn.'

Roux steekt zijn hand uit naar Gabriel ten teken van afscheid. Ook Nadines hand wordt geschud en bij Lauren blijft hij iets langer stilstaan. 'Kan ik jou nog even onder vier ogen spreken?'

Lauren knikt en blijft alleen achter in de ruimte met Roux. Het valt haar op dat hij tegen haar geen 'u' meer zegt. 'Het spijt me dat ik in het begin zo stuurs en afstandelijk deed en net deed of ik niet wist wie je was. Natuurlijk wist ik dat wel, ik ben je nooit vergeten. Ik had alleen nooit verwacht dat ik je nog eens zou zien, laat staan dat je ineens voor mijn neus zou staan hier op het bureau. Ik voelde me in eerste instantie nogal overvallen en daarna wist ik mezelf geen houding te geven. Ik schaam me vreselijk over het feit dat ik er gewoon bij was en niet heb ingegrepen terwijl er vreemde dingen gebeurden tijdens het onderzoek. Ik heb jouw zusje zo geen recht gedaan. En als echt blijkt dat Julien Fournier onschuldig is, dan… Ik weet niet hoe ik dan nog met mezelf kan leven.' Roux kijkt zo oprecht verdrietig dat Lauren de behoefte voelt om hem te troosten.

'Maar je vertelde eerder dat je veelal buiten het onderzoek werd gehouden en dat jouw mening niet werd gewaardeerd. Ik weet hoe verlammend machtsverhoudingen kunnen werken en hoe sterk de pikorde is bij de politie. Hoewel ik uiteraard allerminst blij ben met hoe het is gelopen, vind ik zeker niet dat de schuld bij jou ligt. Ik reken het de mensen die met het onderzoek hebben gesjoemeld aan.'

'Toch neemt dat niet weg dat ik het allemaal wel heb laten gebeuren. Ik stond erbij en keek ernaar. Uit angst voor mijn baan. En ik denk dat ik niemand wilde teleurstellen. Ik vergeet nooit meer hoe trots mijn familie was omdat ik bij de politie zat. Alsof ik voor het eerst in mijn leven echt iets had bereikt.' Roux kijkt haar zo doordringend aan dat ze er verlegen van wordt. Het kost haar moeite om haar ogen niet neer te slaan.

'Ik kan me maar een fractie voorstellen van alle verdriet en ellende die jij en jouw familie hebben moeten doorstaan. Het spijt me oprecht als ik het erger heb gemaakt. Als er iets is wat ik kan doen...' Roux geeft een kneepje in haar hand. Zijn hand is warm en stevig. En ze voelt precies de veiligheid waar ze op dit moment zo'n behoefte aan heeft. Ze wil hem eigenlijk niet loslaten maar doet dat toch, al is het aarzelend. Ze hoopt dat Roux het niet merkt, maar ziet aan de blik in zijn ogen dat dat wel het geval is. Wat had ze ook anders kunnen verwachten van een inspecteur. Hij kijkt haar met een scheef jongensachtig lachje aan, alsof ze hem net mee uit heeft gevraagd. En bijna wil ze zeggen dat hij inderdaad iets voor haar kan doen. *Met me uit eten gaan.* Ze heeft ineens sterk de behoefte om op een rustige plek met hem door te praten. Over zijn gedachten en gevoelens van twaalf jaar geleden. Ze mag Gabriel en Nadine erg graag, maar zij waren er destijds niet bij.

Ze besluit om het zakelijk te houden. 'Jouw medewerking om te helpen met de waarheid naar boven halen waardeer ik enorm, dus daarmee help je me al,' antwoordt ze op zijn vraag. Ziet ze daar nou een flits van teleurstelling in zijn ogen of verbeeldt ze zich dat?

'Je kunt op me rekenen.' Hij zet een stap bij haar vandaan en geeft haar een onhandige hand. Daarna loopt hij met haar mee naar de wachtruimte, waar Gabriel en Nadine op haar staan te wachten.

'Wat was dat nou?' fluistert Nadine als ze het politiebureau verlaten.

'Ik kreeg een verontschuldiging voor de gang van zaken twaalf jaar geleden.' Ze wil haar onderonsje met Roux liever voor zich houden. Gabriel houdt de deur voor hen open en volgt Lauren en Nadine daarna naar buiten. De agent achter de balie kijkt hen met samengeknepen ogen na en pakt zijn telefoon.

37

'En nu?' Gabriel kijkt op zijn horloge. 'We hebben nog voldoende tijd om wat rond te kijken voordat we Girard Roux ontmoeten bij de plek waar Celeste werd gevonden.'

'We kunnen proberen om met Luc Dupont in contact te komen?' stelt Nadine voor.

'Hm, dat vind ik nog te vroeg. Ik wil eerst de plaats delict met eigen ogen hebben gezien en Roux' ideeën en ervaringen daar te weten komen. Daarna kunnen we Dupont gerichtere vragen stellen. Ik ga ervan uit dat hij niet op ons onderzoek zit te wachten, dus zoveel kansen zullen we niet krijgen. Ik wil ook proberen om Brigitte Petit te bereiken, ook al zegt Roux dat dat niet zal meevallen. Ik ben nu eenmaal eigenwijs.'

'Of Dupont het nou leuk vindt of niet, ik laat me niet wegsturen. Hij was bij het onderzoek betrokken en heeft ons op de hoogte gehouden nadat Celeste gevonden werd. We moesten daarna al die afschuwelijke dingen over hoe ze hoogstwaarschijnlijk aan haar einde is gekomen zien te verwerken. Hij is me dus wel wat uitleg verschuldigd,' reageert Lauren koppig. 'Ander voorstel, zullen we kijken of we de eigenaar van discotheek Le Village te spreken kunnen krijgen? Kijken wat hij zich nog herinnert van toen?'

Gabriel en Nadine knikken instemmend.

'Zal ik bellen?' biedt Lauren aan. 'Ik heb zijn broer die avond ontmoet, wie weet helpt dat.' Ze pakt haar telefoon en zoekt het nummer van de discotheek op. De telefoon gaat een keer over en dan hoort ze een klik. Het toestel wordt doorgeschakeld. ‘Le Village, met Olivier Joubert,’ klinkt het aan de andere kant van de lijn. Lauren had niet verwacht dat de man met wie ze een avond had staan zoenen zelf zou opnemen en valt even stil. Zijn stem klinkt nog hetzelfde als toen.

‘Hallo?’

‘Eh, ja, Olivier, dag. Je spreekt met Lauren Martens uit Nederland. Je zult je mij wel niet meer herinneren, maar…’

‘*Belle* Lauren! Dat is lang geleden! Hoe gaat het met jou?’ Olivier klinkt oprecht enthousiast.

‘Alles goed, ik hoop met jou ook.’ Ze wacht niet op een antwoord en gaat meteen verder. ‘Zeg, het lijkt me leuk om een keer bij te kletsen, maar voor nu ben ik eigenlijk op zoek naar je broer. Ik wil hem iets vragen over de nacht dat mijn zusje verdween.’

‘Ik vrees dat je het met mij zult moeten doen. Hij dobbert met zijn vrouw ergens op de oceaan en ik heb geen idee wanneer hij weer te bereiken is. Ik heb de tent drie jaar geleden van hem overgenomen. Wat wil je weten?’

‘O, oké,’ reageert Lauren teleurgesteld. Ze betwijfelt of Olivier hun vragen kan beantwoorden, aangezien hij die bewuste avond nogal druk met haar was.

‘Ik weet niet of je veel aan mij hebt, maar de barman is hier ook,’ antwoordt Olivier behulpzaam als hij de teleurstelling in haar stem hoort. ‘Hij werkte er destijds ook al. Kom anders even naar Le Village toe, het is nu lekker rustig. We zijn aan het schoonmaken en de boel aan het klaarmaken voor vanavond.’

‘Ja, dat is wel een goed idee.’ Lauren kijkt op haar horloge. ‘Ik ben er over een klein halfuurtje, is dat oké?’

‘Prima. Ik zie je wel verschijnen.’

Lauren groet hem en verbreekt de verbinding.

‘Was dat je crush van toen?’ vraagt Nadine met een glimlach op haar gezicht. ‘Je kreeg van die schattige blossen op je wangen.’

Lauren draait automatisch haar gezicht weg als ook Gabriel haar geamuseerd aankijkt. 'Eh, ja, dat was Olivier. Zijn broer is niet bereikbaar, maar hij is nu de eigenaar van de discotheek. De barman van destijds werkt er nog wel en die kunnen we zo ook spreken.'

'We of jij?' vraagt Gabriel. 'Volgens mij ben je vergeten te vertellen dat je niet alleen komt.' Hij knipoogt.

'Ja, het leek me dat hij dan eerder bereid was om...'

'Tuurlijk.'

'Jaja, nu kunnen jullie weer stoppen met dat gegrijns. Ik heb twaalf jaar geleden een keer met hem gezoend, meer niet. Niks bijzonders. Kom, laten we gaan.' Lauren beent bij hen vandaan naar Gabriels auto en wacht ongeduldig tot hij de deuren ontgrendelt. Als ze wegrijden langs het politiebureau staat de agent die ze eerder achter de balie aantroffen buiten een sigaret te roken. Hij steekt zijn hand slap op als ze hem passeren. Hij toetst iets in zijn telefoon en staart hen na totdat ze volledig uit het zicht zijn.

Terwijl Lauren Gabriel naar Le Village navigeert zit Nadine alweer met haar neus in het rechtbankdossier. 'Even iets checken wat me te binnen schoot,' mompelt ze. Ze bestudeert de screenshots van de veiligheidsbeelden waar Julien Fournier op zou staan en een bonnetje van de bar. 'Zo, meneer heeft zich lekker laten gaan en voor een godsvermogen dure whiskeys gezopen. Het kan niet anders dan dat hij op zijn minst behoorlijk aangeschoten is geweest, zo niet te zeggen stomdronken.'

'Zijn date had hem laten zitten en daar was hij nogal teleurgesteld over. Hij heeft nooit verteld om wie het ging. Het was een getrouwde vrouw met wie hij al een tijdje scharrelde en ze zouden elkaar voor het eerst in het openbaar zien. Op het laatst durfde ze het toch niet aan. Volgens Julien heeft ze hem de ochtend erna gebeld en hebben ze elkaar de dag erna alsnog ontmoet in een hotel langs de snelweg. Hij heeft hier altijd zijn mond over gehouden en het mij in strikt vertrouwen verteld. Hij wilde haar niet in de problemen brengen en houdt daar nog steeds aan vast,' vertelt Gabriel.

'Hoe nobel,' schampert Lauren.

'Ik vermoed dat hij nog steeds contact met haar heeft, want hij wordt erg zenuwachtig als ik ernaar vraag.'

'Gabriel, is het niet zo dat Julien al die tijd al beweert dat hij Le Village rond halftwee heeft verlaten en niet rond halfdrie zoals de politie op basis van de camerabeelden beweert?' vraagt Nadine.

'Ja. Hij beweert dat hij rond halftwee zijn rekening aan de bar heeft betaald en toen is vertrokken. Als bewijs daarvoor draagt hij het bonnetje van de bar aan, waarop inderdaad halftwee staat. En dat is ruim voordat Celeste het pand zou hebben verlaten. Een kopie van het bonnetje zit ergens in de map. Hij heeft bij het verlaten van de discotheek de tijd niet specifiek in de gaten gehouden. Wist hij veel dat hij amper achtenveertig uur later verdachte zou zijn in een moordonderzoek en dat hij zijn handelingen van die avond en nacht in een rechtszaak ineens tot op de minuut moest kunnen verklaren. De rechter is uitgegaan van de camerabeelden en de getuigenverklaring van de beveiliger van de discotheek, die Julien ook rond halfdrie het pand zag verlaten. Hij heeft de tijd op de bon van de bar daarom naast zich neergelegd en Julien ook nog eens voor meineed veroordeeld.'

'De rechter heeft zich dus niet afgevraagd hoe het kan dat de tijd op de drankbon een uur verschilt met de camerabeelden waarop hij te zien is, terwijl hij beweert dat hij na het afrekenen meteen is vertrokken?'

'Nee, helaas niet.'

'Nou, ik heb me dat wel afgevraagd. Het bleef maar in mijn hoofd spoken en ik denk dat ik eruit ben. Het kan wat mij betreft twee dingen betekenen. Óf Julien is niet meteen vertrokken en heeft nog een uur na het afrekenen binnen rondgehangen, in tegenstelling tot wat hij beweert. Dat is het scenario waar de rechter ook van uitging. Maar het kan ook zijn dat Julien inderdaad de waarheid spreekt en er iets anders aan de hand is.'

'En wat denk je dat er aan de hand kan zijn?' Gabriel kijkt Nadine verwachtingsvol aan.

'Ik denk dat ik misschien een verklaring heb. Zou het kunnen zijn dat de bon en de camerabeelden niet met elkaar corresponderen omdat het videosysteem op zomertijd stond en het kassasysteem nog op wintertijd? Dat zou namelijk kunnen verklaren waarom er een uur verschil zit tussen beide bewijsstukken en dat betekent meteen dat Julien inderdaad niet is blijven rondhangen, maar de disco na het betalen van zijn rekening heeft verlaten...'

'En dat zou betekenen dat er wat betreft de drankrekening uitgegaan is van een foutieve tijd en Julien toch de waarheid spreekt!' vult Gabriel haar enthousiast aan. 'Dat ik daar zelf niet eerder aan heb gedacht! Je bent briljant, Nadine, ik kan je wel zoenen. Dit zou in elk geval een herziening van de veroordeling voor meineed kunnen opleveren.'

'Eerlijk gezegd kun je Netflix bedanken,' antwoordt ze bescheiden. 'Ik keek gisteravond naar een stukje van een crimeserie waar iets soortgelijks in gebeurde. Door een verwarring tussen zomer- en wintertijd bleek een verdachte ineens geen alibi meer te hebben. Ik viel halverwege de aflevering in slaap, maar zojuist schoot het me weer te binnen. Tegenwoordig schakelen de meeste apparaten automatisch tussen zomer- en wintertijd, maar twaalf jaar geleden moest je dat vaak nog handmatig instellen. Het is wel vreemd dat de politie hier destijds nooit bij stil heeft gestaan.'

'Dat ben ik helemaal met je eens. Hopelijk kan Olivier of die barman ons meer vertellen.'

'In het rapport van de patholoog-anatoom staat dat hij vermoedt dat Celeste vlak nadat ze de discotheek verliet al om het leven is gebracht. Hij schat dat het tijdstip van overlijden tussen halfvier en halfzeven ligt. Dat zou nog steeds kunnen betekenen dat Julien het wel heeft gedaan,' brengt Lauren in. 'Ervan uitgaande dat hij om halfdrie inderdaad pas is vertrokken uit Le Village, dan heeft hij nog voldoende tijd gehad om van alles met Celeste uit te spoken.'

'Die tijden uit het onderzoek van de patholoog zijn te bediscussiëren. Celeste is enkele dagen na haar verdwijning gevonden in het water. Ze is blootgesteld aan de temperatuur van het water, maar ook aan die van de felle zon, blijkt uit de verbranding van de huid op haar rug. Om het tijdstip van overlijden te bepalen werd een model gebruikt dat uitging van de afkoeling van het lichaam na het overlijden. Op basis van Celestes temperatuur, haar lichaamsgewicht en de omgevingstemperatuur van de plek waar ze is gevonden werd het uiteindelijke tijdstip van overlijden geschat. Maar bij een lichaam dat in het water heeft gelegen, blijft het toch een beetje een wilde gok. Celeste kan net zo goed later vermoord zijn, bijvoorbeeld een dag voordat ze gevonden werd. In dat geval kan het Julien niet zijn, want de politie had hem al opgepakt voordat ze na een anonieme tip het lichaam van Celeste vonden.'

'Een anoniem psychiatrisch rapport, een anonieme getuige... Al dat geheimzinnige gedoe in dit dossier zit me echt niet lekker,' oppert Nadine.

'Al met al lijkt het me dus goed om de patholoog-anatoom van destijds te spreken te krijgen om zijn overwegingen en bevindingen samen met hem nog eens na te lopen. Wellicht kan Girard ons met hem in contact brengen, dat werkt vast beter dan dat we hem zelf direct benaderen. Help me herinneren dat ik hem dat vanmiddag meteen vraag,' zegt Lauren.

Gabriel knikt. 'En dan de volgende kwestie: ben ik paranoide als ik denk dat die donkerblauwe auto ons volgt?'

38

Gabriel kijkt bezorgd in zijn achteruitkijkspiegel. ‘Hij rijdt al zo’n beetje vanaf het politiebureau achter ons aan.’

Lauren en Nadine kijken allebei om.

‘Het was mij nog niet opgevallen,’ antwoordt Lauren.

‘Kan toeval zijn?’ is de reactie van Nadine.

Het parkeerterrein van Le Village komt in beeld en Gabriel zet zijn knipperlicht aan. De blauwe auto rijdt hun voorbij en de chauffeur keurt hun geen blik waardig.

‘Toeval,’ zeggen Nadine en Lauren tegelijk. ‘Je bent hartstikke paranoïde.’

Gabriel trekt de handrem aan en gooit zijn deur open.

‘Wacht even, ik check nog even snel de reacties op mijn podcast.’ Nadine kijkt geconcentreerd naar haar telefoon terwijl ze inlogt op haar account. Ze scrolt globaal door alle reacties heen en ziet los van wat zeikerds vooral enthousiaste reacties. In haar berichtenbox zit echter een heel vreemde boodschap, ondertekend door ‘Een vriend’.

Ik ben een vriend van Julien Fournier en ik weet wat er die avond echt gebeurd is. Ik heb er tot op de dag van vandaag nooit over gesproken omdat het te gevaarlijk is. Noem me laf, noem me niet loyaal aan Julien. Het zal allemaal wel. Jij had hetzelfde gedaan als je in mijn schoenen stond. Ik weet dat je vandaag met Girard Roux hebt gesproken en zie het als mijn plicht om je te waarschuwen. Girard Roux zit in het complot. Vertrouw hem niet! Hij zal je de indruk geven dat hij wil helpen, maar hij heeft een dubbele agenda. Hij zal er alles aan doen om zijn eigen straatje schoon te houden. Houd dat in gedachten bij alles wat hij je probeert wijs te maken. Ik zal je bevindingen via de podcast volgen en als ik het nodig vind, dan neem ik weer contact op. Doe geen poging mij te bereiken of te vinden, want dat is zinloos.

Een naam staat er verder niet bij, en als ze het bericht aan Lauren en Gabriel laat zien, zijn zij net zo verbaasd. En dan slaat de bezorgdheid toe. Hoe weet deze persoon dat ze met Roux hebben gesproken? Nadine heeft erover gezwegen in haar podcast en ze hebben er alle drie met niemand over gesproken. Was Gabriel toch niet paranoïde toen hij dacht dat ze vandaag achtervolgd werden door die donkerblauwe auto die hij vanaf het politiebureau tot aan de discotheek achter hen zag rijden? En als de auto hen inderdaad volgde, in wiens opdracht en hoe lang dan al? Het viel Gabriel pas op toen ze wegreden bij het politiebureau, maar wie weet hield de blauwe auto hen al langer in de gaten.

Lauren voelt de onrust toenemen. Is Roux echt niet te vertrouwen? Verklaart dat zijn abrupte en totale omslag van vijandig naar behulpzaam tijdens hun gesprek zojuist? Hij leek oprecht in zijn antwoorden en zijn bewering dat de zaak hem nooit los heeft gelaten omdat hij te veel gaten zag. Maar volgens de anonieme afzender van het bericht is hij onderdeel van een complot. Dat zou betekenen dat er meerdere mensen bij betrokken zijn en dat er bewust is gehandeld om Julien Fournier erin te luizen. Die bewering sluit naadloos aan op het denkspoor van Gabriel. Maar wat heeft haar zusje hier dan mee te maken? Ze was een zestienjarige Nederlandse toerist die toevallig een paar weken in Aubenas was. Verkeerde plaats, verkeerde tijd, domme pech? Lauren ziet aan Gabriel en Nadine dat hun gedachten ook niet stilstaan. 'Wat moeten we hier nou weer mee?' vraagt ze gefrustreerd. 'We ontmoeten Roux straks om drie uur bij de rivier. Hoe weten we of de dingen die hij ons gaat vertellen daadwerkelijk kloppen of dat hij ons op een vals spoor probeert te zetten?'

'Dat weten we niet,' antwoordt Gabriel nuchter. 'Maar net zomin als ik Roux helemaal vertrouw, vertrouw ik ook die zogenaamde vriend van Julien niet. Waarom zou hij nu na al die jaren ineens van zich laten horen?'

'Gewetensbezwaren?' oppert Nadine.

'Dat kan, maar het lijkt me sterk. Je laat een vriend niet twaalf jaar onschuldig wegrotten in een cel als je over informatie beschikt die zijn onschuld kan aantonen. Dan ben je geen vriend, dat staat vast. Als deze persoon Julien had willen helpen, waren er echt wel manieren geweest om die informatie naar buiten te brengen en zelf buiten schot te blijven.'

'Bijvoorbeeld door anoniem de pers te benaderen,' beaamt Nadine, 'met concrete aanwijzingen om te onderzoeken. Dat gebeurt vaak genoeg.'

'Wellicht overbodig, maar ik wil het toch nog een keer zeggen: we moeten echt logisch blijven nadenken en niet zomaar iets aannemen voordat we het tot op de bodem hebben uitgezocht. En verder denk ik dat we Roux het voordeel van de twijfel moeten geven en de afspraak van vanmiddag gewoon door moeten laten gaan. We hebben hem nodig, omdat hij toegang heeft tot dossiers en opgeslagen bewijsmateriaal. Laten we daar gebruik van maken zolang het ons goed uitkomt.'

'En omdat hij hier veel mensen kent en ons in contact kan brengen met mensen die we willen spreken,' vult Nadine nog aan.

'Maar we moeten niet vergeten dat hij júíst omdat hij zo dicht bij het vuur zit ook dingen makkelijk kan manipuleren op een manier die niet in ons voordeel werkt. Daar moeten we die anonieme vriend wel gelijk in geven. We moeten vooral blijven focussen op wat we hier echt te weten willen komen, en ons niet laten meeslepen op zijsporen die misschien worden aangedragen om ons af te leiden van de kern, precies wat Gabriel zegt. En op dit moment ligt een stukje van die kern daar.' Lauren wijst naar de discotheek. 'Laten we naar binnen gaan.'

Gabriel en Nadine stemmen volmondig in en volgen haar naar de ingang. Lauren drukt op de bel en vrij snel daarna wordt de deur met een zwaai opengedaan door een lachende Olivier. Hij is duidelijk ouder en volwassener geworden, maar hij heeft nog steeds hetzelfde springerige donkerblonde haar en zijn groene ogen staan nog even helder als destijds. Hij kust Lauren joviaal op haar beide wangen en drukt haar even hartelijk tegen zijn borst. 'Belle Lauren, zo goed je te zien!' Daarna steekt hij zijn hand uit naar Nadine en Gabriel om zich voor te stellen. Hij lijkt niet verbaasd dat ze niet alleen is.

'Dit zijn Gabriel en Nadine,' introduceert Lauren haar gezelschap in eerste instantie zonder verdere toelichting te geven. Oliviers blik blijft even op Nadine hangen. 'Ik ken jou! Jij bent die crimereporter.'

'Dat klopt helemaal,' lacht Nadine, die duidelijk gevleid is dat ze herkend wordt.

'Nadine maakt een podcast over de moord op mijn zusje en dit is de advocaat van de man die vastzit voor de moord,' vult Lauren haar introductie dan maar meteen aan. Olivier wenkt hen naar binnen en ze volgen hem. Lauren houdt haar adem even kort in als ze over de drempel stapt. Het is raar om hier na al die jaren weer te zijn. In gedachten ziet ze Celeste soepel vooropgaan in haar zomerjurkje. Het beeld is zo levensecht dat Lauren even het gevoel heeft dat ze haar hand maar hoeft uit te steken om Celeste aan te kunnen raken. Dat idee wordt direct gevolgd door een steek van verdriet. Ze zou er alles voor overhebben om haar zusje echt aan te kunnen raken. Dan zou ze ervoor zorgen dat die avond nooit zo desastreus zou eindigen.

Lauren schudt haar hoofd om de pijnlijke gedachten en de eeuwige onmacht uit te bannen. Ze slikt haar opkomende tranen weg en haalt diep adem. Gelukkig heeft niemand het in de gaten gehad. Ze lopen langs het gangetje naar de wc's waar Celeste met Felix had staan zoenen en ze denkt weer aan de boosheid van Saar en haar heftige reactie op het nieuws dat Lauren met Nadine mee naar Aubenas zou reizen om op zoek te gaan naar antwoorden. Zou het echt kunnen dat haar nicht iets te maken heeft met Celestes dood? Dat ze haar zusje in een opwelling iets heeft aangedaan? Dat kan toch niet? Saar is familie. *Maar je hebt in je werk vaak genoeg gezien dat familieleden elkaar de ergste dingen aandoen.*

Ze beseft ook dat mocht Saar schuldig zijn, ze er waarschijnlijk niet achter zal komen. De kans dat ze na al die jaren bewijs vinden dat richting Saar wijst, acht ze nihil. Alleen als Saar gaat praten zal ze meer te weten komen, maar waarom zou Saar dat doen? Het zou alles kapotmaken. Voor Saar zelf, maar ook voor haar ouders, die zich behoorlijk aan Saar zijn gaan hechten. Als Lauren één ding zeker weet, is het dat haar ouders zo'n klap niet nogmaals zouden overleven. Ze moet de gedachte aan Saar voor nu parkeren en zich focussen op de zorgwekkende vragen over de manier waarop het onderzoek destijds is uitgevoerd door de politie, en alle belangen die hierin meespeelden. Het goede gevoel dat ze heeft overgehouden aan haar privégesprekje met Roux, is sinds dat mailtje aan Nadine behoorlijk geslonken. Het maakt het lastig om op dit moment iemand volledig te vertrouwen, en ze merkt dat dat helaas ook voor Gabriel en Nadine geldt. Ook al hebben ze elkaar beloofd dat ze alle drie open zullen communiceren en niks achter elkaars rug zullen doen, ze beseft maar al te goed dat zij ook hun eigen beweegredenen hebben om hier te zijn.

Ze wordt uit haar gedachten gehaald door de stem van Olivier. 'Willen jullie iets drinken?' vraagt hij terwijl ze de ruimte met de bar en de dansvloer binnenstappen, die nu felverlicht is door ledspotjes in het plafond. Aan de indeling van de dansruimte is niets veranderd, maar het interieur heeft duidelijk recent nog een opknapbeurt gehad en ziet er moderner uit. De zitjes en de barkrukken zijn om en om van zwart en goud kunstleer, de tafels van een witte kunststof en het voorheen donkerbruine blad van de toog is nu van zwart marmer. De barman, die zich voorstelt als Jean-Pierre, haalt er net een doekje overheen en zwaait vriendelijk.

Aan een tafeltje zit een blonde vrouw van Laurens leeftijd met een baby op haar arm. 'Mijn vrouw Merle en mijn dochter Romée,' stelt Olivier hen zichtbaar trots voor. Merle kijkt met een liefdevolle blik naar Olivier. Ze heeft een mooi gezicht met lachrimpeltjes en een twinkeling in haar ogen. Lauren mag haar meteen. Uit de hartelijke blik die Merle haar toewerpt maakt ze op dat dat wederzijds is. Olivier vraagt nogmaals wat ze willen drinken en nodigt hen uit plaats te nemen aan de bar.

Als ze alle drie zitten legt Nadine haar opnameapparatuur opzichtig voor zich zonder er toelichting bij te geven. Zowel Olivier als Jean-Pierre lijkt het te negeren. Lauren verwachtte dat Nadine beide mannen expliciet om toestemming zou vragen om het gesprek op te nemen en voelt zich licht ongemakkelijk. Maar ze besluit om er maar niks over te zeggen. Ze heeft er zelf ook een hekel aan als anderen haar vertellen hoe ze haar werk moet doen en kan later altijd nog aan Nadine vragen of dit voor haar gebruikelijk is.

Jean-Pierre zet drie cola's op de bar en voor Olivier een flesje Orangina. Tot Laurens verbazing tapt hij voor zichzelf een biertje. Merle geeft aan dat ze even niets hoeft en concentreert zich op haar baby.

'Vertel me eens, Lauren, wat je met hém moet.' Olivier wijst lachend naar Gabriel. 'Dat je je inlaat met een crimereporter, daar kan ik me nog wel iets bij voorstellen, maar met de advocaat van de moordenaar van je zus? Dat moet je me toch even uitleggen, want dat gaat mijn logica te boven. Niks persoonlijks overigens, Gabriel,' voegt hij er nog aan toe.

Lauren vertelt zo beknopt mogelijk dat ze mede door het bekijken van het dossier is gaan twijfelen of Fournier wel de moordenaar is. Ze benadrukt duidelijk dat ze in eerste instantie zeker niet te springen stond om weer in het verleden te duiken, maar dat er te veel was dat ze niet kon negeren.

'Oké, helder,' antwoordt hij wanneer ze is uitgesproken. 'Dan is mijn volgende vraag natuurlijk waarom jullie hier voor mijn neus zitten. Wat kan ik voor jullie doen?'

Gabriel haalt een mapje uit zijn aktetas dat hij speciaal voor hun bezoekje aan de discotheek heeft samengesteld. Er zit een foto van Celeste in, een foto van Julien Fournier, de getuigenverklaring van de beveiliger die Celeste rond halfdrie 's nachts heeft zien vertrekken, een screenshot van het camerabeeld van Julien als hij de discotheek verlaat en de rekening van de bar die Julien vlak voor zijn vertrek heeft betaald met zijn creditcard. Hij spreidt alle stukken uit op de bar zodat Olivier en Jean-Pierre ze goed kunnen zien. 'Als je zo naar deze foto's kijkt, wat ontbreekt er dan?' vraagt Gabriel aan Olivier.

'Hé, ik ben maar een eenvoudige horecaman, geen rechercheur.'

'Kun je verklaren waarom er geen camerabeelden zijn van het moment dat Celeste het pand verliet? De politie is uitgegaan van halfdrie en dat is gebaseerd op een enkele getuigenverklaring van een beveiliger, ene Victor Michel. Hij beweert ook dat hij Celeste heeft zien praten met een man in een geruit jasje. En aangezien we wel beelden hebben van Julien Fournier, kan het niet zo zijn dat de camera kapot was.'

Olivier trekt een moeilijk gezicht. 'Poeh, geen idee. Mijn broer runde de tent in die tijd en eerlijk gezegd had ik die avond best wat gedronken. Ik was niet ladderzat of zo, maar ook niet nuchter. Zou het een tijdelijke storing geweest kunnen zijn?'

'Als ik zo vrij mag zijn,' bemoeit Jean-Pierre zich ermee. 'Ik denk dat het een bandwissel is geweest. We hadden in die tijd echt ouderwetse en eerlijk gezegd nogal amateuristische apparatuur. Als de opnameband vol was, hield hij er gewoon mee op. De beveiligers hadden de taak om op tijd een nieuwe band erin te doen, maar ik weet dat dat niet altijd even secuur werd gedaan. Victor was er bijvoorbeeld heel laks in en daardoor zaten we regelmatig met een gat van een paar uur. Didier, Oliviers broer, sprak hem en de andere beveiligers er weleens op aan maar maakte er nooit echt een punt van. Dat was destijds ook niet nodig. We waren voor die vreselijke moord een rustig stadje waar eigenlijk nooit zware criminaliteit plaatsvond.'

'Dus het zou volgens jou heel goed kunnen dat Victor ook die bewuste avond was vergeten om de opnameband te verwisselen?'

'Ik kan het natuurlijk niet met honderd procent zekerheid zeggen, maar dat zou heel goed mogelijk zijn, ja.'

Gabriel lijkt nog niet helemaal tevreden. 'Maar dan blijft er iets niet kloppen. Hoe kan het dat er wel beelden zijn van Julien Fournier rond halfdrie en niet van Celeste, die het pand rond diezelfde tijd heeft verlaten? Als er rond die tijd inderdaad een bandwissel heeft plaatsgevonden, dan zouden er ook geen beelden van Julien moeten zijn. Bovendien kan Victor niet op twee plekken tegelijk zijn. Hij kan niet om halfdrie bij de deur staan en op hetzelfde moment een band verwisselen.'

'Misschien had hij een collega gevraagd om de band te verwisselen?'

'Zou kunnen, maar dan blijft de vraag waarom er wel beelden zijn van Julien en niet van Celeste als ze het pand rond hetzelfde tijdstip hebben verlaten. Dat is onmogelijk als we uitgaan van jouw theorie van de bandwissel. Tenzij...'

'Victor zich vergist heeft in de tijd waarop hij Celeste naar buiten zag gaan,' vult Lauren aan. 'Toen jij hem er destijds naar vroeg, Olivier, kon hij geen concreet tijdstip noemen. Dat deed hij pas toen de politie hem vragen ging stellen en hij uiteindelijk optrad als getuige in de rechtszaak tegen Julien. Een andere mogelijkheid zou ook nog zijn dat hij mijn zusje heeft verward met een ander meisje.'

'Dat laatste lijkt me niet heel waarschijnlijk,' reageert Olivier. 'Celeste was nogal een bijzondere verschijning, niet iemand die je zou verwarren met een ander meisje.'

'Dan moeten we erachter zien te komen of Victor zich vergist kan hebben.'

'Bel Vic even en vraag het aan hem,' stelt Olivier voor aan Jean-Pierre. 'Jullie zijn toch nog steeds vrienden?'

'We spreken elkaar nog weleens, ja,' geeft Jean-Pierre aarzelend toe. 'Ik wil hem niet in de problemen brengen. Het is een toffe gast, weet je...'

'Je brengt hem niet in de problemen,' stelt Gabriel hem gerust. 'Maar je zult begrijpen dat ik hem graag een paar vragen wil stellen. Ik moet weten of het verhaal van die bandwissel een verklaring zou kunnen zijn voor het gebrek aan beelden van Celeste en ik wil ook graag van hem weten wat hij zich verder nog van die avond herinnert. Waarom kon hij eerst niet vertellen hoe laat Celeste was vertrokken en bleek hij het zich later ineens wel te herinneren? En hoe kan het dat Julien wel om halfdrie op de camerabeelden staat en Celeste, die volgens Victors bewering rond dezelfde tijd het pand heeft verlaten, niet?'

'Oké, dan bel ik hem wel even en dan geef ik de telefoon aan jou als hij met je wil praten.'

'Voordat je hem belt zou ik je graag nog iets vragen. Welk tijdstip geeft de kassa op dit moment aan?'

'Geen idee. Dan zou ik hem aan moeten zetten. Dat doe ik normaliter pas vlak voor we opengaan.'

'Zou je hem voor me aan willen zetten?'

Jean-Pierre kijkt even naar Olivier en als die knikt, zet hij duidelijk met tegenzin de kassa aan. 'De klok van de kassa staat op halftwaalf.'

Julien checkt zijn horloge. 'Dat klopt.'

'Is dit zo'n moderne kassa die automatisch schakelt tussen zomer- en wintertijd?'

'Ja…' antwoordt Jean-Pierre en aan zijn gezicht is te zien dat hij nog niet weet welke kant Gabriel op wil.

'Bevalt dat een beetje, zo'n modern ding dat van alles automatisch doet en waar je geen omkijken naar hebt?'

'Ja, nogal. Vroeger hadden we zo'n ouderwetse rammelbak waarbij je alles handmatig moest invoeren. Als er een stroomstoring was geweest of de stekker was er even uit getrokken, dan moest je alles weer opnieuw instellen.'

'Was je daar secuur in? Zorgen dat alle instellingen goed stonden?'

'Niet altijd, als ik heel eerlijk ben. Als het heel druk was, dan vergat ik het nog weleens. Hoezo?' Jean-Pierre begint steeds behoedzamer te kijken, alsof hij het gevoel heeft dat Gabriel hem erin probeert te luizen.

Gabriel antwoordt nog niet maar pakt de foto van Julien die de discotheek verlaat en de kopie van zijn drankbon. Hij omcirkelt de tijd van vertrek en de tijd van afrekenen en houdt ze Jean-Pierre voor. 'Julien Fournier beweert dat hij de discotheek in de nacht van de moord meteen heeft verlaten nadat hij zijn drankrekening heeft betaald. De tijden hierop spreken dat echter tegen. Volgens de camerabeelden is hij rond halfdrie naar buiten gegaan, maar op het bonnetje van de bar staat halftwee. Kun jij verklaren waarom jouw kassa een andere tijd aangaf dan de beveiligingscamera, als we ervan uitgaan dat Julien Fournier inderdaad meteen is vertrokken na het betalen van zijn rekening?'

'Omdat die moordenaar liegt en niet meteen is vertrokken?'

'We gaan er dus van uit dat hij de waarheid spreekt,' zegt Gabriel geduldig.

'Eh, dan heb ik geen idee.'

'Werkelijk niet? Ook niet nadat we het ouderwetse kassasysteem en zijn nadelen net hebben besproken?'

'Zeg nou maar wat je te zeggen hebt,' reageert Jean-Pierre korzelig.

'Ik heb wel een idee, dankzij Nadine, die met een zeer aannemelijke verklaring kwam,' gaat Gabriel verder. 'Is het mogelijk dat de kassa destijds nog stond ingesteld op wintertijd omdat je was vergeten de instellingen handmatig aan te passen, terwijl de bewakingscamera wel op zomertijd stond?'

Jean-Pierre neemt even de tijd om na te denken over wat Gabriel zegt. Als hij antwoordt klinkt zijn stem aarzelend. 'En stel dat het zo zou zijn, wat betekent dat dan voor mij?'

'Hooguit dat ik je in de toekomst een keer oproep voor een officiële verklaring en getuigenis.'

'Dat is het enige? Ik krijg geen straf of zo voor nalatigheid of, nou ja, weet ik veel?'

'Nee. Het zou gewoon fijn zijn als je mijn vraag zou kunnen beantwoorden.'

'Oké dan. Ja, het zou kunnen. Het zou zelfs heel goed kunnen. Want als ik dan echt heel eerlijk ben: ik heb de klok van die kassa één keer ingesteld toen we hem kregen en een paar keer na een stroomstoring, maar verder heb ik er tussendoor nooit aan gezeten. Dat zomer- en wintergedoe was niet iets waar ik aan dacht tijdens mijn drukke diensten tot vroeg in de ochtend.'

'Als je dan nu Victor voor me zou kunnen bellen, ben je de held van de dag,' zegt Gabriel met een tevreden lach op zijn gezicht.

39

Met de smaak van koffie en stokbrood nog in haar mond stapt Lauren in Gabriels auto. Olivier had snel wat broodjes laten komen en ze hebben samen geluncht. De sfeer was ontspannen en Oliviers dochter stal de show met haar schattige kirgeluidjes. Ze heeft dezelfde doordringende groene ogen als haar vader. Merle blijkt inderdaad net zo leuk en aardig als ze eruitziet en Lauren is blij voor Olivier dat hij zo'n leuke vrouw aan de haak heeft geslagen. Na de belofte dat ze nog eens langs zullen komen, hebben ze afscheid genomen en nu staan ze voor het appartementencomplex van Victor Michel.

De oud-beveiliger van Le Village was allesbehalve enthousiast over Gabriels verzoek om hem te spreken, maar uiteindelijk had hij er na flinke bemoeienis van Jean-Pierre en Olivier toch mee ingestemd. Victor is nog een uurtje thuis voordat hij een afspraak met zijn personal trainer heeft en Gabriel heeft hem laten weten dat ze er meteen aan komen.

Nadine heeft, met instemming van Gabriel en Lauren, voordat ze uit de auto stapt haar telefoon al in de vliegtuigmodus gezet en de opnamefunctie geactiveerd. Ze houdt het toestel nonchalant in haar hand met het scherm naar beneden. In overleg hebben ze besloten dat Lauren zal aanbellen bij het hoekappartement met het bescheiden tuintje en dat Gabriel en Nadine zich in eerste instantie wat terughoudend opstellen. Ze hopen dat Lauren als zus van het slachtoffer wat empathie bij hem op zal wekken. En wellicht herinnert hij zich haar nog.

'Oké jongens, daar gaan we.' Lauren drukt op de bel en zet spontaan een stap naar achteren vanwege het schelle geluid dat tot buiten doorklinkt.

De deur gaat vrij snel open en net als twaalf jaar geleden is Lauren onder de indruk van Victors postuur. De beveiliger draagt een strak aquablauw shirt waar zijn spieren goed in uitkomen. Door de felblauwe kleur van het shirt steken zijn donkere ogen bijna zwart af in zijn gebruinde gezicht. Laurens blik schiet automatisch even naar zijn korte sportbroekje, waarin zijn stevige benen goed te zien zijn. Zelfs de gestreepte badslippers, die ze normaal wat ordinair vindt, staan hem goed.

'Bonjour, Victor,' begroet Lauren hem met een glimlach. De beveiliger buigt voorover en geeft haar op elke wang een zoen. Het voelt meer als een poging beleefd te zijn dan als een oprechte begroeting. Gabriel en Nadine moeten het doen met een simpel hoofdknikje. 'Kom binnen.' Terwijl hij het zegt kijkt hij al op zijn horloge. Zijn slippers klappen tegen zijn voetzolen als hij zijn appartement in loopt. Door een smalle gang belanden ze in de woonkamer, die niet overdreven groot, maar wel heel luxe ingericht is. De televisie is zo groot dat het scherm de halve wand in beslag neemt en de speakers van zijn muziekinstallatie zijn ook allesbehalve bescheiden te noemen. Twee zwarte leren banken staan tegenover elkaar en recht voor de televisie staat een comfortabel uitziende massagestoel, eveneens van zwart leer. Het valt Lauren op dat er geen plant of bloem te bekennen is in de kamer. Op de houten eettafel ligt slechts een stapeltje fitnessbladen.

Victor neemt een plek midden in de kamer in, slaat zijn armen over elkaar en zet zijn benen iets uit elkaar, waardoor hij nog breder lijkt. Hij kijkt met een argwanende blik naar Gabriel, die ook maar blijft staan. Het ziet er ongemakkelijk uit. Nadine gaat op het puntje van een van de banken zitten en Lauren neemt naast haar plaats. Nadines telefoon ligt met de achterkant naar boven amper zichtbaar tussen hen in.

'Fijn dat je even tijd voor ons hebt, Victor,' begint Gabriel. Hij is iets langer dan de beveiliger, maar zeker de helft smaller. 'Lauren ken je al, en dat is Nadine.'

'Ik maak een podcast over de moord op Laurens zus.'

Victor neemt het ter kennisgeving aan en Lauren kan het niet helpen dat ze zich afvraagt of hij ooit weleens een podcast heeft geluisterd of überhaupt weet wat het is.

'We komen net bij Le Village vandaan, waar Jean-Pierre ons een paar interessante dingen heeft verteld over de nacht dat Laurens zusje Celeste verdween, waarna ze zoals je weet is vermoord. Jij had die avond en nacht dienst, nietwaar?'

'Volgens mij weten jullie dat al. Daarom zijn jullie hier toch?' antwoordt Victor stuurs. 'Ik heb de politie destijds alles verteld wat ik me kon herinneren. Ik heb daar in de rechtbank een getuigenis over afgelegd en de moordenaar zit in de gevangenis. Ik snap eigenlijk niet zo goed wat jullie hier nu opeens komen doen.'

'Ik snap dat je er zo tegenaan kijkt, maar voor Julien Fournier, die voor de moord veroordeeld is, is de zaak niet afgedaan. Verre van zelfs. Julien Fournier beweert al twaalf jaar dat hij onschuldig is. En voor Lauren gaat er nog steeds geen dag voorbij dat ze niet aan haar zusje denkt.'

Victor werpt een korte blik op Lauren en ze meent er even een glimp van medeleven in te zien voordat hij weer ongeduldig op zijn horloge kijkt.

Dit blijft bij Gabriel ook niet onopgemerkt. 'Luister, ik zal ter zake komen. Jij hebt destijds verklaard dat Celeste rond halfdrie de discotheek heeft verlaten, zo'n beetje op hetzelfde moment dat Julien Fournier vertrok. Dat klopt toch?'

'Ja.'

'Je hebt ook gezegd dat je Celeste vervolgens met Julien Fournier, die een geruit jasje droeg, hebt zien praten.'

Victor knikt afgemeten.

'Nou is er iets raars aan de hand en jij kunt me misschien helpen uitvogelen hoe het zit. Op de beveiligingsbeelden is inderdaad te zien dat Julien Fournier rond halfdrie naar buiten liep, maar van Celeste is geen enkel beeld beschikbaar, terwijl ze rond dezelfde tijd de discotheek heeft verlaten. Hoe kan het dat daar geen beelden van zijn?'

'Hoe moet ik dat nou weten?'

'De beveiligingscamera was die avond en nacht jouw verantwoordelijkheid, toch?'

'Als jij het zegt.'

'Jean-Pierre vertelde me iets interessants, namelijk dat de opnamebanden van het camerasysteem indertijd handmatig verwisseld moesten worden en dat daar niet altijd secuur mee werd omgegaan. Daardoor gebeurde het weleens dat er gedurende een bepaalde periode geen beelden werden gemaakt omdat de band vol was. Nou heb ik een idee, maar verbeter me gerust waar nodig. Zou het kunnen dat je je per ongeluk vergist hebt in de tijd dat Celeste Le Village heeft verlaten? Dat het bijvoorbeeld eerder was dan halfdrie. Een halfuur, een uur? En dat op het moment dat Celeste naar buiten liep de beveiligingscamera geen opname kon maken omdat de band vol was en jij hem niet op tijd had verwisseld? Zou dat kunnen?'

Victor lijkt nu voor het eerst zenuwachtig te worden. Hij wiebelt met zijn benen en bijt op de binnenkant van zijn wang. 'Het is te lang geleden, dat weet ik niet meer.'

'Maar zou het kunnen?' vraagt Gabriel nogmaals. 'Het is namelijk de enige verklaring die ik kan verzinnen voor het ontbreken van beelden van Celeste. Want een andere uitgang zonder camerabewaking was er niet, toch?'

'Er was maar één uitgang,' geeft Victor duidelijk met tegenzin toe.

'Dus ze moet langs de bewakingscamera zijn gekomen toen ze naar buiten liep? Dezelfde camera waar Julien rond halfdrie langs is gekomen?'

'Je moet niet zo naar de bekende weg vragen.'

'Gabriel wil gewoon dat er geen misverstanden over bestaan,' zegt Nadine nu. 'Het kan maar beter helder zijn, toch?'

Victor mompelt iets over 'er dom uitzien', waarna Gabriel het weer overneemt van Nadine.

'Maar je moet het toch met me eens zijn dat het gebrek aan beelden van Celeste alleen maar kan betekenen dat ze op een ander tijdstip dan halfdrie is vertrokken.'

'De politie zei dat het om halfdrie was, dus ik ging ervan uit dat dat klopte.'

'Aha, jij hebt dat tijdstip in eerste instantie niet zelf genoemd?'

'Nou ja, ik, eh...'

'En daarom heb je ook in de rechtbank halfdrie aangehouden, zonder dat je eigenlijk wist wanneer Celeste precies naar buiten is gegaan. Kan ik dat zo zeggen?'

'Blijkbaar, want je doet het al.'

'Victor, heb je Celeste überhaupt wel naar buiten zien gaan?' Lauren kan zich nu niet langer op de achtergrond houden.

De ogen van de beveiliger schieten zenuwachtig heen en weer in zijn oogkassen en hij kijkt Lauren niet aan.

'Misschien heb ik haar niet gezien. Maar ik dacht het wel,' zegt hij er snel achteraan. 'Misschien was ik even met iets anders bezig omdat het niet druk was bij de deur. Alle gasten waren wel zo'n beetje binnen. Het kan zijn dat ik even wat minder alert was.'

'Kom op, Victor! Je lult maar wat! Geef nou maar gewoon toe dat je Celeste die nacht helemaal niet naar buiten hebt zien gaan en dat je hebt verklaard van wel omdat de politie dat wilde!' Gabriel klinkt voor het eerst echt boos. 'En als dat daadwerkelijk zo is, dan betekent dat meteen dat je Celeste en Julien ook niet samen hebt gezien terwijl ze een praatje maakten. Waar overigens ook geen beelden van zijn, omdat het gewoon klinkklare onzin is.'

Lauren is minstens zo boos als Gabriel, maar houdt zich in omdat ze wil voorkomen dat Victor hen zijn huis uit gooit. 'Wat heb je te verbergen, Victor? Ik krijg sterk de indruk dat je nog niet alles hebt verteld.' Lauren kijkt de beveiliger doordringend aan.

Hij kijkt haar nu wel even aan, maar richt zijn ogen dan weer op de grond. 'Ik heb Celeste wel gezien, daar heb ik niet over gelogen.'

'Maar het was niet om halfdrie?'

'Ik weet echt niet hoe laat precies, maar zeker een uur tot anderhalf uur eerder. Ik vond Celeste heel aantrekkelijk en ze stond ontzettend met me te flirten. Ik wist dat ik er niet op in moest gaan omdat ik aan het werk was, maar toen ze me probeerde te zoenen kon ik me niet meer beheersen. Ik was er toen nog van overtuigd dat ze achttien was in plaats van zestien. Haar ID had ik moeten checken bij binnenkomst. Dat ik dat niet heb gedaan heeft me heel veel gezeik opgeleverd. Het kostte me verdomme bijna mijn baan.'

'Je hebt dus met mijn zusje staan zoenen.' Lauren stelt het als een feit en niet als een vraag.

'Het stelde echt niks voor.'

'Als het niks voorstelde, waarom heb je het dan nooit eerder verteld?' Nadine mengt zich weer in het gesprek.

'Wat denk je zelf? Ik was bang dat de politie achter mij aan zou gaan toen ik hoorde dat Celeste vermist en later vermoord was. Toen ook nog bleek dat ze minderjarig was... Ik kon het me in die tijd niet permitteren om mijn baan te verliezen of een zwart kruisje achter mijn naam te krijgen. Ik deed meerdere beveiligingsklussen en als je bekendstaat als onbetrouwbaar, kun je het wel schudden. Laat staan wat het met mijn reputatie zou doen als ik ook nog zou worden opgepakt als mogelijke verdachte. Jij zou je leven toch ook niet naar de kloten helpen omdat je een beetje hebt staan zoenen?' Nu kijkt Victor Gabriel aan, die van de gelegenheid gebruikmaakt om zich weer actief in het gesprek te mengen. Victors vraag negeert hij. 'Maar van jou en Celeste zijn ook geen beelden. Komt dat omdat je geen nieuwe band in de bewakingscamera had gedaan?'

'Toen Celeste naar me toe kwam stond ik net op het punt om de band te verwisselen. Dat had ik eigenlijk al om halfeen moeten doen, maar het was er nog niet van gekomen. Door de drukte rond middernacht tot een uur of een was ik het eerlijk gezegd een beetje vergeten.'

'En het kwam je wel goed uit dat je dat vergeten was, of niet? Daardoor kon je ongezien aan Celeste zitten zonder dat het werd vastgelegd.' De uitdrukking op Victors gezicht vertelt Gabriel dat hij midden in de roos heeft geschoten. 'Wie heeft je opgedragen om in je getuigenis te beweren dat je Celeste rond halfdrie hebt gezien en haar vlak daarna hebt zien praten met Julien Fournier?'

'Ik weet zijn naam niet meer, ik gok dat hij in de dertig was en hij zag er goed verzorgd uit.'

'Luc Dupont,' stelt Lauren vast.

'Was hij alleen of was er iemand bij?'

'De eerste keer dat ik hem sprak was hij alleen. Hij kwam bij me thuis langs. "Mannen onder elkaar," zei hij, dat weet ik nog. Het was eigenlijk best gezellig. We hebben gepraat over sport en pas veel later in het gesprek begon hij over Celeste. Hij liet doorschemeren dat ze een verdachte in het vizier hadden en dat hij hem op kon pakken als hij een getuige kon vinden die Celeste rond halfdrie naar buiten had zien gaan. En of ik iemand wist. Het was de uitgelezen kans om mezelf als verdachte uit te sluiten, dus ik heb gezegd dat ík haar had zien weggaan. "Dan heb je Celeste ook zien praten met een man in een geruit jasje," zei hij toen. Doordat hij het bracht als een feit en niet als een vraag had ik het gevoel dat ik niet anders kon dan dat te bevestigen. Anders zou ik door de mand vallen, omdat ik al had gezegd dat ik

Celeste om halfdrie had gezien. Door mee te gaan in zijn verhaal hielp ik mezelf en hem uit de brand.'

'En het maakte je niet uit dat je daarmee iemand anders nogal in de problemen bracht?'

'Daar stond ik op dat moment niet bij stil, dat kwam achteraf pas. Toen was het te laat om mijn getuigenis nog terug te draaien en kon ik niet anders dan dit consequent volhouden. Bovendien beloofde die politieman dat hij zou "vergeten" dat ik tegen de regels in een minderjarige had binnengelaten. Dat hij mijn baas er tussen de regels door op zou aanspreken, maar hem niet zou beboeten. En dat hij een goed woordje voor mij zou doen zodat ik mijn baan niet zou kwijtraken.'

'Fraai is dat,' roept Lauren verontwaardigd uit. 'Tegen mij en mijn familie is altijd gezegd dat de eigenaar van de discotheek flink op de bon is geslingerd.'

'Oké, even voor de duidelijkheid, je hebt Celeste dus niet om halfdrie Le Village zien verlaten en je hebt haar ook niet samen gezien met Julien Fournier, de man in het geruite jasje?' vraagt Gabriel.

Victor knikt bevestigend.

'Besef je wel wat je hiermee hebt veroorzaakt?' vraagt Gabriel met schrille stem. 'Je moet dit rechtzetten. Een onschuldige man rot momenteel weg in een cel. Ik ben bezig de zaak van Julien heropend te krijgen en daar heb ik jouw herziene verklaring zeker voor nodig.'

'Je denkt toch niet dat ik wat ik jullie net heb verteld in een rechtszaak ga herhalen? Dan heb ik geen leven meer.'

'Dat kun je niet maken, Victor!' roept Lauren emotioneel uit. 'Je moet na al die jaren alsnog de waarheid zeggen!'

'Ik moet helemaal niks. Ik heb niks te maken met de verdwijning en de moord op Celeste en ga mezelf niet in de problemen brengen. Straks proberen ze mij die moord nog in de schoenen te schuiven. Het is wel gebleken dat politie en justitie niet te vertrouwen zijn, dus daar pas ik wel voor op.'

‘Maar hier kun je toch niet mee leven?’

‘Lauren, wat maakt het uit? Jouw zusje kan ik er toch niet mee redden. Ze is dood en komt nooit meer terug. Dat vind ik oprecht heel erg, maar ik heb er niks mee te maken en kan er niks aan veranderen.’

‘Je kunt Celeste niet meer redden inderdaad, maar Julien Fournier wel. Help me om hem vrij te krijgen,’ zegt Gabriel met ingehouden woede.

‘Wat ik jullie vandaag verteld heb zal ik nooit meer herhalen. Sterker nog, ik zal alles ontkennen. Als je me oproept als getuige sta je voor lul.’

‘Meen je nou echt dat je voor de tweede keer meineed zou plegen en denk je nou werkelijk dat ik dat laat gebeuren?’

‘Wat wou je ertegen doen dan? Ik zal precies hetzelfde verhaal ophangen als twaalf jaar geleden. Ik ben er toen mee weggekomen, dus waarom zou me dat geen tweede keer lukken?’

Lauren ziet dat Nadine ongemerkt haar hand op haar telefoon legt en hoopt dat Victor het niet in de gaten heeft.

‘Laten we maar gaan, Gabriel. Dit heeft geen enkele zin. We hebben in elk geval een paar antwoorden gekregen op onze vragen.’ Lauren staat op van de bank en gaat voor Nadine staan zodat die de kans heeft om haar telefoon ongemerkt in haar tas te stoppen. Gabriel leidt Victors aandacht voor de zekerheid nog even af door een beroep op zijn geweten te doen. Het geeft Lauren vertrouwen dat ze hoewel ze elkaar nog maar zo kort kennen al behoorlijk op elkaar ingespeeld zijn. Zoals te verwachten gaat Victor niet in op Gabriels laatste halfzachte poging om hem alsnog over te halen om met het echte verhaal naar buiten te treden. Als Nadine opstaat en naar buiten loopt zonder Victor nog te groeten, lopen Gabriel en Lauren achter haar aan. ‘Doe geen moeite, we komen er zelf wel uit,’ sneert Lauren hem nog toe. Ze slaat de voordeur met een harde klap dicht.

Zwijgend gaan ze in de auto zitten en pas als het appartementencomplex volledig uit het zicht is haalt Nadine haar telefoon uit haar tas om de opname stop te zetten. 'Ik heb je, klootzak!' jubelt ze.

'Staat het hele gesprek erop?' vraagt Lauren hoopvol.

Nadine scrolt naar het laatste kwartier in het audiobestand en drukt op afspelen. Victors stem klinkt luid en duidelijk door de auto.

'Nu nog zien dat een rechter deze opname toelaat,' verzucht Gabriel. 'Hij is immers heimelijk verkregen.'

'Ik ga zorgen dat de rechter er niet meer omheen kan. Ik ga Victors bekentenis publiceren in mijn podcast. Er zullen vast mensen zijn die dat onethisch vinden, maar hoe ethisch is het als je iemand willens en wetens laat wegrotten in de gevangenis om je eigen hachje te redden? Mensen op de hoogte stellen van Victors leugens en de dubieuze rol die Luc Dupont daarbij heeft gespeeld, vind ik belangrijker dan zijn privacy. Dit moet openbaar gemaakt worden. Als Victor dat zelf niet wil doen, dan zal ik hem een handje helpen. Hier gaat de komende week over gesproken worden op mijn forum, reken daar maar op, en ik zal ook een stukje schrijven voor *Le Figaro*, zodat het breed wordt opgepakt. Maar nu ga ik eerst de opname veiligstellen.' Nadine pakt iets uit haar tas wat lijkt op een smal USB-stickje en steekt het in haar telefoon.

'Ga je mijn bijdrage aan het gesprek met Victor ook publiceren zonder toestemming?' vraagt Lauren.

'Shit. Op het moment dat hij cruciale antwoorden geeft ben jij inderdaad ook te horen. Dat vergat ik helemaal.' Nadine trekt een moeilijk gezicht. 'Ik zal proberen om jou er helemaal uit te knippen en alleen quotes van Victor te gebruiken, die ik dan zelf aan elkaar praat.'

'Doe geen moeite,' stelt Lauren haar gerust. 'Het is prima dat je me introduceert in je podcast en me laat horen. Vanaf nu doe ik mee en mag je wat ik zeg ook gebruiken. Ik was alleen benieuwd wat je zou antwoorden en of je ook zou publiceren zonder mijn toestemming. En voor die test ben je geslaagd.'

'Goddank!' Nadine veegt met de rug van haar hand denkbeeldig zweet van haar voorhoofd. 'Heel tof dat je nu officieel meewerkt aan mijn podcast. Betekent dat ook...'

'Ja, dat betekent ook dat je me mag interviewen.' Lauren moet lachen om Nadine, die haar handen in een dankbaar gebaar in de lucht steekt.

'Ik weet overigens niet hoe het met jullie zit,' zegt Lauren, 'maar ik krijg steeds meer zin om die Luc Dupont te spreken. De in mijn herinnering zeer betrokken en empathische brigadier lijkt nogal corrupt. Laten we kijken wat hij allemaal te vertellen heeft over zijn rol in het geheel. En moeten we hier straks ook niet verder over doorvragen bij Girard Roux? Zijn we er al uit of we hem vertrouwen?'

Nadine knikt bedachtzaam. 'Ik denk dat we dat moeten laten afhangen van hoe het vanmiddag allemaal loopt. Kijken hoe open en behulpzaam Roux echt is. Als we alle drie na vanmiddag het gevoel hebben dat hij te vertrouwen is, dan moeten we hem misschien toch maar inlichten over ons bezoekje aan Le Village, onze gesprekjes met Jean-Pierre en Victor en de dingen die we via hen te weten zijn gekomen. Het blijft een gok, maar we moeten wat om verder te komen.'

'Ik ben het met Nadine eens,' zegt Lauren. 'Wat vindt meneer de advocaat ervan?'

Ook Gabriel knikt instemmend. 'We zullen moeten wagen om te winnen.'

40

Girard Roux hangt tegen de motorkap van zijn auto aan als Gabriel, Nadine en Lauren aan komen rijden op de afgesproken plek. Hij heeft zijn armen over elkaar geslagen en kijkt met samengeknepen ogen tegen de felle zon in. In tegenstelling tot vanochtend is hij niet in vol politieornaat. Hij heeft zijn warme uniformjas verruild voor een lichtblauw overhemd met korte mouwen. Zijn armen zijn strakker en gespierder dan Lauren had verwacht. Er verschijnt een lachje rond Roux' mond als hij haar met een goedkeurende uitdrukking op haar gezicht ziet kijken. Hij begroet hen hartelijk en geeft hun alle drie een hand. 'Ik ben na ons gesprek meteen even het archief in gedoken en kwam daar voor een onaangename verrassing te staan,' komt hij meteen ter zake. 'De dozen waar alle informatie en bewijsstukken over Julien Fournier in zouden moeten zitten waren stuk voor stuk leeg.'

'Dat meen je niet!' Gabriel reageert als eerste.

'Iemand moet in het geheim die spullen hebben meegenomen, dat is de enige verklaring die ik heb.'

'Dat betekent dus dat iemand niet wilde dat die informatie beschikbaar bleef of in de toekomst nog eens werd ingezien.'

'Het is heel aannemelijk dat alles vernietigd is,' verzucht Roux. 'Ik heb de lijst doorgenomen van alle mensen die in de tijd dat de zaak speelde en tot een jaar na de veroordeling van Fournier in het archief zijn geweest. Zonder geautoriseerd toegangspasje kom je er namelijk niet in. Bovendien moet alles wat het archief in en uit gaat genoteerd worden. Ik heb gezocht op het dossier Fournier en wie het in de loop der jaren ingekeken heeft. Tot mijn verbazing kreeg ik nul zoekresultaten. Volgens de inventarislijst van het archief bestaat het dossier helemaal niet. Ik heb dit discreet gecheckt bij collega's uit die tijd, maar die kwamen allemaal met de verklaring dat er wel vaker iets kwijtraakt, doordat het verkeerd wordt gearchiveerd of zoekraakt als dossiers na vijf jaar naar een ander depot worden verhuisd. Kan allemaal waar zijn, maar dan had ik nog steeds een melding moeten krijgen dat het dossier bestaat en destijds in het systeem is geregistreerd. Dat het registratiesysteem het dossier niet kent, is heel merkwaardig.'

'Dus niet alleen het fysieke dossier is verdwenen, maar ook het digitale,' concludeert Gabriel bezorgd. 'Het enige wat we nu nog hebben is het dossier dat ik in mijn bezit heb en dat ik heb gekregen van Juliens vorige advocaat.'

'Daar zou ik dan maar heel voorzichtig mee zijn,' zegt Roux met een bezorgd gezicht.

Gabriel knikt bevestigend. 'Maar je kunt niet herleiden wie er met zijn poten aan de spullen in het politiearchief heeft gezeten?'

'Niet concreet, nee. Er is in de afgelopen jaren ook geen inbraak geweest die de verdwijning verklaart. Maar er is me wel iets opgevallen. Brigadier Luc Dupont, over wie we het eerder hadden, is in de periode na Julien Fourniers veroordeling verscheidene keren op ongebruikelijke tijdstippen in het archief geweest zonder dat ik kon terugvinden wat hij daar te zoeken had. Zoals ik jullie vanochtend al vertelde was hij betrokken bij het onderzoek en overwerken was toen zeker niet ongebruikelijk, maar toch vond ik het een beetje merkwaardig.'

'Wat versta je onder ongebruikelijke tijdstippen?' wil Gabriel weten.

'Laat in de avond en zelfs een keer 's nachts.'

'Misschien kon hij niet slapen omdat hij bleef piekeren over een zaak? Dat heb ik ook weleens en dan wil ik 's nachts nog weleens in de stukken duiken.' Hoewel Lauren inmiddels behoorlijk aan Luc Duponts intenties twijfelt, speelt ze toch even advocaat van de duivel, omdat ze de zaak van verschillende kanten wil bekijken.

'Het kan, maar mijn onderbuikgevoel zegt me dat dat niet het geval was,' antwoordt Roux.

'Ik denk dat we het hem zelf moeten gaan vragen,' bemoeit Nadine zich er nu ook mee. 'Er zijn namelijk nog wel meer dingen die niet helemaal volgens het boekje zijn gegaan...' Ze kijkt Gabriel en Lauren aan en vraagt hun duidelijk om toestemming om te vertellen wat ze vandaag allemaal ontdekt hebben. Het anonieme mailtje dat haar waarschuwde voor Roux heeft ze duidelijk naast zich neergelegd en ze vraagt Lauren en Gabriel stilzwijgend om dat ook te doen. Gabriel en Lauren wisselen even een korte blik van verstandhouding uit.

'Mis ik iets?' vraagt Roux.

'Vertel het maar, Nadine.'

Nadine vat de gesprekken die ze eerder die dag hebben gehad met Jean-Pierre en Victor Michel helder samen, en ze vertelt ook over de dubieuze rol die Luc Dupont heeft gespeeld bij de verklaring van Victor.

'Het begint er verdacht veel op te lijken dat Dupont een belangrijke spil in deze zaak is geweest en dan vooral op de punten waar dingen mis zijn gegaan. Zijn naam is nu meerdere malen naar boven gekomen. Daarom wil ik hem graag zo snel mogelijk te pakken zien te krijgen. Heb jij toevallig zijn gegevens nog kunnen achterhalen zodat we bij hem langs kunnen gaan?' vraagt Gabriel aan Roux, die zichtbaar alle informatie op zich in laat werken.

'Toevallig heb ik dat,' antwoordt Roux. 'Hij en zijn vrouw blijken nog op hetzelfde adres te wonen als twaalf jaar geleden.'

'Het lijkt me na deze overvolle dag wat veel van het goede om vandaag nog bij Dupont langs te gaan, maar misschien kunnen we dat voor morgenochtend inplannen? Ik neem aan dat jij meegaat naar je oud-collega, Girard? Mag ik je trouwens bij je voornaam noemen?'

'Ja, ik zal zeker meegaan. En ja, na deze turbulente dag lijkt het me wel op zijn plaats om elkaar bij de voornaam aan te spreken. Ik zal straks meteen even bellen om een afspraak te maken.'

'Zou een onverwachts bezoek niet beter zijn? Als je hem van tevoren op de hoogte stelt, heeft hij de tijd om zich voor te bereiden op het gesprek en stuurt hij ons wellicht het bos in met gewiekste antwoorden.'

'In principe ben ik het met je eens, maar in het geval van Dupont is het beter dat ik van tevoren even met zijn vrouw bel. Zoals ik vanochtend al vertelde is het zeer droevig gesteld met zijn gezondheid, en ik weet niet wat de huidige status is. Dus het lijkt me goed om te checken of hij momenteel überhaupt in staat is een gesprek te voeren. Ik zal niet vertellen dat jullie meekomen, maar zeggen dat ik als ex-collega benieuwd ben hoe het met Luc gaat en na al die jaren graag weer even zou willen bijpraten.'

'Oké, als jij denkt dat dat het beste is, dan gaan we daarin mee,' antwoordt Gabriel.

'Zullen we dan nu, eh...' Lauren aarzelt.

'Doen waarvoor we hier hebben afgesproken?' vult Roux haar aan.

'Ja. Ik zie er nogal tegen op en wil het graag achter de rug hebben.'

Nadine slaat even bemoedigend een arm om haar heen en Roux kijkt alsof hij dat liever zelf had gedaan. 'Volg mij maar en kijk goed uit waar je je voeten neerzet. Het is niet bepaald een egaal pad met al die keien en oneffenheden,' waarschuwt hij.

'Sorry, Lauren. Voordat we op pad gaan wil ik nog één ding vragen. Is dit de plek waar die getuige Juliens auto destijds heeft zien staan?'

'Ja, dat klopt,' beantwoordt Roux Gabriels vraag. Daarna gaat hij hun voor en ze lopen in een treintje achter hem aan totdat hij stil blijft staan. 'Hier is het.' Roux, Gabriel en Nadine gaan alsof ze het hebben afgesproken respectvol aan de kant om Lauren door te laten. Daarna keren ze zich van haar af en lopen ze een paar meter bij haar vandaan om haar een beetje privacy te gunnen.

Lauren loopt naar de waterkant en hurkt neer bij het water dat in golfjes tegen de oever van de Ardèche klotst. Ze steekt haar hand erin, beweegt hem zachtjes heen en weer en balt hem uiteindelijk gefrustreerd tot een vuist. Het stukje verbondenheid dat ze hoopte te voelen als ze het water zou aanraken op de plek waar haar zusje is gevonden blijft uit. Wanhopig gaat ze op zoek naar een ander teken dat haar vertelt dat Celeste op de een of andere manier in haar buurt is. Een vlinder die zijn vleugels spreidt, een vogeltje dat naast haar komt zitten, een windvlaag die haar kippenvel bezorgt of desnoods alleen een warm gevoel dat haar omhelst. Maar er gebeurt niets. Celeste is weg en het enige wat Lauren voelt is leegte. Een leegte die zo allesoverheersend is dat ze moet happen naar adem. Huilend knielt ze neer op de oever van keien en zand. Even is het alsof de wereld stilstaat. Er is alleen dat immense verdriet dat haar volledig in de greep houdt, tot ze een aarzelende hand op haar schouder voelt. De warmte van die hand brengt haar weer een beetje bij zinnen. Ze vermoedt Nadine of Gabriel te zullen zien als ze zich omdraait, maar tot haar verbazing hoort ze de stem van Girard Roux die haar vraagt of het wel gaat en of hij iets voor haar kan doen. Ze komt met moeite overeind en als ze eenmaal staat valt ze zonder er verder bij na te denken huilend in zijn armen.

41

Ergens in Frankrijk

Ik ben zo klaar met het eindeloos staren. Degene die ooit heeft beweerd dat je kapot kunt gaan van verveling kletste uit zijn nek. Als er ook maar enige waarheid in die uitspraak had gezeten, dan lag ik hier nu niet meer. Kwam er maar ooit een einde aan; ging ik maar stuk. De verveling, de naderende dood, en zij die alles voor mij bepaalt, allemaal houden ze me aan het lijntje. Wanneer is het genoeg?

Hoe maak je een einde aan iets waar geen einde aan komt? Kon iemand het me maar vertellen. Maar ik spreek of zie alleen maar haar. In de eerste jaren kwam er nog weleens bezoek langs. Men vond het vreselijk om te zien hoe ik in een andere man was veranderd. Uiteraard bleef ze altijd in de buurt zodat ze elk woord dat ik uitsprak kon horen. Altijd voorkwam ze dat iemand eens vroeg hoe het nou echt met mij ging. Dan stuurde ze het gesprek snel weer naar iets onbenulligs. Alles om dat allesvernietigende geheim te bewaren.

Ik ruik in de verte een zoete lucht. Die moet wel van buiten komen. Het herinnert me aan het bijkomende voordeel van toen er nog weleens iemand op bezoek kwam. Met koffie en zelfgebakken taart of koekjes probeerde ze een huiselijke sfeer na te bootsen. Van de geur van vers deeg sloeg mijn hongerige lijf van verlangen op tilt. Het speeksel dat spontaan uit mijn mond liep werd pas ruw weggeveegd vlak voor het bezoek kwam. En dan, als de eerste woorden waren gewisseld, lepeltjes in kopjes met koffie en suiker roerden en alleen het geluid van malende kaken nog te horen was, kreeg ook ik iets lekkers. Een vorkje waar een stukje taart aan was geprikt, steeds dichter bij mijn mond. Gevolgd door een explosie van smaken. Het is me nog steeds een raadsel hoe iemand die met de jaren zo verbitterd is geworden zoiets zoets kan bakken.

42

Aubenas

Gabriel veegt zijn mond, die vettig is van drie croissantjes, af met het servet naast zijn bord. Hij houdt zijn koffiekopje schuin en kijkt erin. Het koude restje laat hij staan. 'Ik rij even snel heen en weer naar de notaris, dames, en dan neem ik daarna vast een kijkje in Juliens opslag. Zijn computer zal ik meteen meenemen en op een ander moment moeten we daar samen nog maar eens rustig rondkijken. Girard heeft me trouwens vanochtend vroeg gebeld. Hij heeft pas voor eind van de middag een afspraak kunnen maken met Luc Dupont. Zijn vrouw wilde er per se bij zijn en zij moet eerst nog werken. Dat betekent dat we met een beetje mazzel de getuige die Juliens auto heeft gezien en de rechter die de zaak destijds heeft behandeld met een bezoekje kunnen vereren, voordat we naar Dupont gaan. Ik heb van Girard beide adressen doorgekregen.'

Nadine knikt goedkeurend. 'Het is een ambitieuze planning, maar laten we er zeker voor gaan. Als we hun verhalen ook hebben, zijn we nog beter voorbereid op onze afspraak met Dupont.'

'Gaat Girard met ons mee?' vraagt Lauren zo nonchalant mogelijk.

'Wel naar Dupont, maar verder zijn we vandaag met zijn drieën. Hij heeft vandaag andere verplichtingen op het bureau, waar hij echt niet onderuit kan.'

'Ah, oké.' Lauren probeert de teleurstelling in haar stem te verbergen. Ze blijft maar denken aan de troost die ze gisteren bij Girard voelde en hoe ze daarvan opknapte. Waarom hij zo vertrouwd voelde, snapt ze nog steeds niet. Maar fijn was het zeker.

'Start even rustig op, dan zie ik jullie over een uurtje of zo.' Gabriel gooit zijn servet op zijn bord en loopt de eetzaal van het hotel uit. Nadine kijkt hem na.

'Jullie hebben wel een klik, hè?' vraagt Lauren met een glimlach. 'Het is een leuke, aantrekkelijke man,' voegt ze er nog aan toe. 'Heel eigenwijs en slim. Echt iets voor jou dus, als ik het een beetje kan inschatten.'

Nadine mompelt in eerste instantie wat voordat ze uit haar woorden kan komen. 'Ik heb een relatie, dus het is niet de bedoeling dat ik op die manier naar mannen kijk.'

'Heb je eigenlijk nog wat van François gehoord?'

'Elke dag. Dat ik niet over hem praat, wil niet zeggen dat ik geen contact met hem heb.' Nadine klinkt ineens een stuk afstandelijker en Lauren twijfelt of ze door moet vragen of het onderwerp moet laten rusten. Als Nadine haar relatie privé wil houden, dan is dat natuurlijk haar goed recht.

Lauren laat even een stilte vallen terwijl ze kauwt op een stukje stokbrood, maar kan het dan toch niet laten om weer een vraag te stellen. Had die François zich maar niet moeten bemoeien met haar zusjes zaak. 'Probeert hij nog steeds om je over te halen om te stoppen met je podcast?'

'Jawel, maar hij klinkt steeds moedelozer. Hij weet dat het geen zin heeft en dat ik me niet laat stoppen als ik mijn tanden eenmaal ergens in heb gezet.'

'Heb je hem al gevraagd hoe het zit met dat rapport?'

'Nog niet zo direct, maar ik heb wel laten vallen dat ik het psychiatrisch rapport heb ingezien dat is gebruikt in Juliens zaak en dat ik het zo raar vind dat de psychiater anoniem wilde blijven. Ik heb hem gevraagd of dat vaker gebeurt bij rechtszaken en wat hij denkt dat de reden daarvoor zou kunnen zijn.'

'En? Wat was zijn reactie?'

'Hij reageerde heel zakelijk en zei dat het weleens voorkwam. Toen ik nogmaals specifiek vroeg wat de reden kon zijn geweest om de naam van de psychiater buiten de openbaarheid te houden mompelde hij iets van: "Kan van alles zijn." En toen switchte hij van onderwerp omdat we alweer veel te lang over ons werk hadden gepraat en we eigenlijk de afspraak hebben dat zo min mogelijk te doen. Hij mist me en wil dat ik naar huis kom,' voegt Nadine er somber aan toe.

'Hij lijkt dus duidelijk niet van plan om je ooit te vertellen dat híj dat rapport geschreven heeft.' Lauren kijkt peinzend voor zich uit.

'Nee, en dat zit me helemaal niet lekker. Ik heb nu toch wel genoeg voorzetten gegeven om hem open kaart te laten spelen. Zijn belang om zijn bemoeienis met Juliens zaak onder de pet te houden is blijkbaar groter dan zijn vertrouwen in mij. Hij is nota bene degene die het altijd heeft over het belang van eerlijk zijn in een relatie.'

Nadine begint steeds verdrietiger te kijken en Lauren heeft met haar te doen. Ze is zo met zichzelf en haar eigen verdriet bezig geweest dat ze bij dat van Nadine nauwelijks stil heeft gestaan. Terwijl zij zich ook vreselijk moet voelen en waarschijnlijk voor haar relatie vreest. 'Heb je al bedacht hoe het nu verder moet?'

'Als we hier klaar zijn met alle gesprekken en de benodigde informatie verzameld hebben, ga ik naar huis om met François te praten. Ik ga hem dan confronteren met wat ik allemaal weet en hem om uitleg vragen. Dat is iets wat ik niet over de telefoon wil doen. Ik wil hem in de ogen kunnen kijken en zien hoe hij reageert. Ik ken hem goed genoeg om vervolgens te merken of hij tegen me liegt.'

'Ik moet zeggen dat ik je niet benijd,' zegt Lauren.

'Dat heb ik sinds we hier zijn andersom ook wel een paar keer gedacht,' grinnikt Nadine.

'En weet je al of je zijn naam gaat noemen in je podcast nadat je met hem hebt gesproken?'

'Als daar aanleiding voor is wel. Hij moet met een heel goed verhaal komen om me daarvan te weerhouden. Enerzijds wil ik hem natuurlijk beschermen, want hij heeft een flinke reputatie opgebouwd en hem noemen in verband met deze zaak zal daar geen goed aan doen. Maar ik heb ook mijn journalistieke verantwoordelijkheid en die neem ik heel serieus. Ik ben met Gabriel in zee gegaan omdat er voldoende aanwijzingen zijn dat de zaak van Julien stinkt. Het is mijn taak als journalist om die misstanden boven tafel te krijgen, ook als er mensen bij betrokken zijn die ik ken.'

'Ik vind het knap van je dat je er zo in staat. Ik ga zelf al zo'n beetje kapot aan de gedachte dat Saar misschien meer weet dan ze tot nu toe verteld heeft. Of erger nog, dat...'

'Het kan heel goed zijn dat Saar de waarheid spreekt, hè? Nu we weten dat Victor heeft gelogen over het tijdstip waarop Celeste Le Village heeft verlaten, is het heel aannemelijk dat Saar Celeste niet meer heeft gezien na hun ruzie in de discotheek. Saar is naar eigen zeggen om drie uur pas vertrokken en was om halfvier in jullie vakantiehuis. Dat betekent dat Celeste zo'n anderhalf uur eerder naar buiten is gegaan dan Saar.'

Lauren knikt. 'Daar heb je misschien wel een punt. Celeste was veel te onrustig om anderhalf uur buiten rond te hangen bij Le Village. Het is veel aannemelijker dat ze daar allang was vertrokken. En dat zou betekenen dat ze Saar inderdaad niet tegen het lijf is gelopen. Pff, was ik maar een soort medium, dan zou ik contact met Celeste kunnen leggen en haar vragen wat er nou echt gebeurd is.'

'Geloof jij in die dingen?'

'Als het me uitkomt,' lacht Lauren. 'Maar niet genoeg om ook daadwerkelijk langs te gaan bij een medium.'

'Ik sluit niet honderd procent uit dat er meer is tussen hemel en aarde, maar een medium... Je kunt nooit controleren of het klopt wat zo'n medium beweert en dat vind ik als journalist heel lastig.'

'Ja, ik denk dat dat mij er ook van weerhoudt om eens bij zo iemand langs te gaan. De branche is een goudmijn voor oplichters die handig gebruikmaken van de kwetsbaarheid van de mensen die ze tegenover zich krijgen.'

Nadine knikt instemmend. 'Zeg, ik lust nog wel een koffie, jij ook?'

'Ja, graag. Ik heb nog veel cafeïne nodig om deze dag goed door te komen.' Lauren schuift haar kopje naar Nadine toe, die met beide kopjes naar de grote koffiekannen op het warmhoudplaatje bij het ontbijtbuffet loopt. Als Nadine weer voor haar neus zit en de twee koppen koffie tussen hen in staan te dampen, vraagt Lauren: 'Zeg, wat ik me afvroeg, heb je nog iets gehoord van die zogenaamde anonieme vriend van Julien?'

'Ja, rond middernacht kreeg ik weer een bericht met dezelfde strekking en dat hij het jammer vond dat we zijn waarschuwing over Roux hebben genegeerd. Dat we zoeken in de verkeerde hoek en onze pijlen op Girard moeten richten. Maar verder nul onderbouwing daarvoor of ook maar een hint in welke richting we dan wel moeten zoeken. Ik heb voor mezelf besloten om de berichten af te doen als onruststokerij. Zolang de bron anoniem blijft, weigert contactgegevens te verstrekken, eenzijdig communiceert en niks concreets te melden heeft, vind ik dat we de berichten niet serieus hoeven te nemen. Ik heb in de loop der jaren wel vaker te maken gehad met gekkies die erop kicken om verwarring te zaaien en mensen tegen elkaar op te zetten. Allemaal ontzettend contraproductief, dus ik blijf daar liever ver vandaan. Ik vertrouw liever op mijn journalistieke ervaring en intuïtie, en die zeggen me op dit moment dat we Girard kunnen vertrouwen.'

'Ik ben het helemaal met je eens. Mijn gevoel en Girards

gedrag zeggen me ook dat hij aan onze kant staat. Ik denk eerder dat hij een gevaar is voor anderen in plaats van voor ons. En dan denk ik aan zo iemand als Luc Dupont. Girard lijkt vastbesloten om een aantal dingen uit het verleden eens en voor altijd recht te zetten en lijkt daarbij niet bang om een aantal mensen binnen het korps tegen zich in het harnas te jagen. Dat vind ik een enorm teken van oprechtheid.'

'Het kan natuurlijk ook nog zo zijn dat degene die achter de berichten zit iets met de zaak te maken heeft en zand in de machine probeert te strooien door Girard in diskrediet te brengen,' werpt Nadine op.

'Dan zal hij toch beter zijn best moeten doen.' Lauren roert lachend door haar koffie en laat haar lepeltje bijna vallen als de openingstune van Nadines podcast ineens keihard door de eetzaal schalt. De paar mensen die zitten te ontbijten, kijken geërgerd op.

'Sorry, ik dacht dat ik hem op stil had staan.' Nadine pakt het toestel vlug van tafel. 'Het is Gabriel,' laat ze Lauren weten voordat ze opneemt. 'Hé, Gabriel, zeg het eens.' Nadine knikt een paar keer en begint steeds ernstiger te kijken.

'Wat is er aan de hand?' fluistert Lauren bezorgd.

Nadine steekt haar hand op om te laten weten dat ze even moet afwachten. 'Heb je Girard al gebeld?' hoort Lauren haar vragen. Na wat heen en weer gepraat sluit ze af met: 'Ja, is goed. Tot straks.'

'Wat was dat allemaal?' vraagt Lauren de seconde dat Nadine heeft opgehangen.

'Er is ingebroken in Juliens opslag.'

'Zijn er dingen verdwenen?'

'In elk geval de computer.'

'Shit, zeg. Dat meen je niet.'

'Dat kun je wel zeggen. Maar het is nu wel duidelijk dat we op het goede spoor zaten met die computer; ik acht de kans groot dat er inderdaad mee geknoeid is om Julien erin te luizen.'

‘En iemand wilde duidelijk voorkomen dat jouw hacker daar bewijs voor vindt,’ vult Lauren aan. ‘Iemand houdt ons dus in de gaten, maar wie?’

Nadine haalt vragend haar schouders op. ‘Wisten we dat maar.’

Dan trekt er een ijzig gevoel door Lauren heen als ze zich iets realiseert. ‘Alleen Girard wist dat we die computer vandaag gingen ophalen voor onderzoek…’

‘En half Frankrijk,’ brengt Nadine gelijk tegen Laurens verdenking in. ‘Ik heb het er gisteren over gehad in mijn podcast, die je duidelijk nog niet beluisterd hebt. En ik heb het ook tegen François verteld, om hem uit zijn tent te lokken.’

Lauren slaakt een hoorbare zucht van opluchting. ‘Ik was even bang dat die anonieme vriend toch gelijk ging krijgen.’

‘Gabriel is nog bij de opslag en Girard is naar hem onderweg om eventuele sporen veilig te stellen. Het slot is geforceerd en binnen in de opslag schijnt het een ravage te zijn. Iemand voelt zich duidelijk door ons op de hielen gezeten.’

Na enige twijfel voelt Lauren dat ze de vraag moet stellen die duidelijk in de lucht hangt. ‘Kan het zijn dat die iemand jouw François is?’

43

Nadine kijkt Lauren vol afschuw aan nadat ze haar vermoeden over François hardop heeft uitgesproken. 'Sorry, maar ik neem aan dat je die mogelijkheid zelf ook al in overweging hebt genomen.'

'Ja, natuurlijk wel, maar om jou het zo hardop te horen zeggen... Dat is nogal confronterend.'

'Als íémand veel te verliezen heeft, dan is het François wel, dat moet je toch met me eens zijn. De vraag is: hoe ver is hij bereid te gaan om zijn reputatie te beschermen? Hoort een inbraak daar ook bij?'

Nadine haalt wanhopig haar schouders op. 'Ik zou willen dat ik een antwoord had, maar eerlijk gezegd weet ik het ook allemaal niet meer. Ik dacht dat ik François door en door kende en volledig kon vertrouwen. Maar nu... De man met wie ik dacht ooit te zullen trouwen is opeens een ander mens. Ik weet niet meer waar hij toe in staat is.' De tranen schieten haar in de ogen, maar ze wil zich duidelijk sterk houden.

'Ik vind het zo ontzettend dapper dat je je in deze zaak hebt vastgebeten, ondanks wat dit voor jou privé betekent. En ik weet nog iemand die dat enorm gewaardeerd zou hebben. Celeste zou je een stoere chick hebben gevonden, en ik kan het alleen maar met haar eens zijn.'

Nadine neemt met een voorzichtige glimlach het compliment in ontvangst en kauwt met lange tanden op een laatste stukje brood met abrikozenjam. 'Maar het hóéft François niet te zijn. Er zijn meerdere kandidaten voor die inbraak. We hebben die anonieme vriend nog, Luc Dupont lijkt nogal onbetrouwbaar, maar kan het gezien zijn fysieke toestand niet zelf hebben gedaan.'

'Maar hij kan wel opdracht tot de inbraak hebben gegeven,' vult Lauren aan.

Nadine knikt instemmend. 'Dat is waar. Ik denk dat ik Girard trouwens bij nader inzien toch met potlood op mijn lijstje laat staan. En dat geldt ook voor François, want wat moet dat moet,' zegt Nadine koppig. 'Girard zit overigens wel het dichtst bij het vuur en kan de zaak makkelijk manipuleren.'

'Maar dat is toch bijna niet te rijmen met zijn behulpzaamheid?'

'Bijna, dat zeg je goed.'

'Hij heeft ons dingen verteld die hij niet met ons had hoeven delen.'

'Klopt, maar dat kan hij ook hebben gedaan om ons aan zijn kant te krijgen. Als we hem eenmaal vertrouwen kan hij ons de richting op sturen die hem het beste uitkomt.'

'Ik weet het niet, hoor. Dat zou betekenen dat die anonieme vriend gelijk heeft met zijn waarschuwingen over Girard en we hadden net besloten dat we hem in de categorie onruststoker zouden wegzetten.'

Nadine sluit haar ogen en wrijft over haar slapen. 'Ach, ik weet het allemaal ook even niet meer. Wie kan ik eigenlijk wel vertrouwen?'

'Mij en Gabriel. We zitten er alle drie met hetzelfde doel in; we willen weten wat er twaalf jaar geleden precies is gebeurd en zijn bereid om Juliens bewering dat hij onschuldig is te onderzoeken. Ik denk dat dat voor nu het belangrijkste is om ons aan vast te houden. We blijven ons eigen plan trekken en laten ons niet sturen of op andere wijze beïnvloeden door derden, ook niet als die derden ons na aan het hart liggen.'

Nadine knikt. 'Ik denk dat je gelijk hebt. Ik moet alleen even nieuwe moed verzamelen. Ik merk dat die inbraak en wat dat betekent me niet in de koude kleren gaat zitten. Wat als we zelf nu ook in gevaar zijn?'

'O, ogenblikje,' valt Lauren haar in de rede. 'Ik word gebeld.' Ze vist haar telefoon, die op het trilalarm staat, uit haar broekzak en kijkt op het scherm. 'Gabriel weer. Misschien heeft hij nieuws over de inbraak?' Ze neemt op, staat hem kort te woord en krabbelt wat op een servet. Ze sluit het gesprek af met: 'Oké, komt voor elkaar. Pas goed op jezelf.'

'En, wat had hij te melden?' vraagt Nadine zenuwachtig.

'Hij is gebeld door de patholoog-anatoom die destijds de sectie op Celestes lichaam heeft uitgevoerd. Hij heeft over een halfuurtje tijd voor ons omdat er onverwachts een gaatje in zijn agenda is vrijgekomen.'

'Dat is mooi. Ik vind het wel fijn om iets omhanden te hebben, dan heb ik geen tijd om te piekeren. Gabriel komt ons hier ophalen?'

'Nee, hij is voorlopig nog druk met het afhandelen van alle rompslomp rond de inbraak en heeft gevraagd of wij het gesprek met de patholoog-anatoom samen willen voeren. Ik heb als hulpofficier van justitie inmiddels meer ervaring met secties en sectieverslagen dan me lief is, dus dat scheelt.'

'Oké, dan bel ik een taxi.' Nadine trekt haar toestel direct onder haar servet vandaan en voert een bondig gesprek. 'Er is volgens de centrale toevallig een chauffeur in de buurt van het hotel. Hij staat over vijf minuten voor de ingang om ons op te pikken.'

Tegelijkertijd staan ze op om nog snel even langs hun kamers te gaan voordat ze vertrekken naar hun eerste bestemming van die dag.

44

Lauren schudt de hand van de patholoog-anatoom en kan de gedachte dat deze hand het dode lichaam van haar zusje heeft onderzocht niet van zich afzetten. Hoewel ze over het algemeen veel kan hebben, wordt ze nu toch een beetje misselijk. Het is toch heel anders als het zo persoonlijk is, en het lukt haar nu niet om haar emoties helemaal uit te schakelen zoals ze normaal tijdens haar werk doet. Ze voelt Nadines hand even op haar onderrug als teken van steun. De journaliste lijkt feilloos aan te voelen wat er op dit moment door haar heen gaat en dat geeft Lauren een geruststellend gevoel. De patholoog-anatoom – die zich heeft voorgesteld als Linus Luzac – loodst hen door een lange gang mee naar een krap kamertje met een tafel waar vier stoelen omheen staan. Er hangt een bedompte lucht. Lauren pakt een flesje water uit haar tas en neemt een slok in de hoop dat haar misselijkheid wat afzakt.

'Behoefte aan koffie?' vraagt Luzac. Lauren schudt van nee en houdt haar flesje water in de lucht. Nadine slaat het aanbod ook af. Luzac gaat tegenover hen zitten en vouwt zijn handen. Lauren kan haar ogen niet van die handen afhouden.

'Wat kan ik voor jullie doen?' Luzac kijkt hen van achter zijn ronde brillenglazen met priemende ogen aan. Zijn gitzwarte haar oogt vettig en onverzorgd en zijn huid heeft de bleekheid van iemand die te weinig daglicht ziet.

'In uw geheugen graven.' Lauren legt het sectierapport dat Luzac twaalf jaar geleden heeft opgesteld op tafel.

Luzac trekt het naar zich toe en bladert erdoorheen. Elke keer voor hij een pagina omslaat maakt hij tot Laurens afschuw de toppen van zijn duim en wijsvinger vochtig met speeksel. Hij neemt uitgebreid de tijd om al zijn bevindingen van destijds te bestuderen en na wat een eeuwigheid lijkt te duren slaat hij het rapport dicht en kijkt eindelijk op. In eerste instantie zegt hij niets en trommelt hij met zijn hand op het tafelblad. Het trommelen houdt even plotseling op als het begonnen was. 'Wat wilt u weten?'

'Kunt u zich deze zaak nog herinneren?'

'O, jawel. Zeker wel.' Weer een stilte. Lauren heeft het gevoel dat ze elk woord uit de man moet trekken en kiest voor een zakelijke benadering. Bij deze kille man hoef je duidelijk niet met een emotioneel verhaal aan te komen over je vermoorde zusje. 'Kunt u ons iets meer vertellen over uw bevindingen omtrent de wond op het achterhoofd van het slachtoffer?'

'Mag ik voordat u antwoordt geeft even onderbreken?' vraagt Nadine. Luzac kijkt haar geërgerd aan, maar dat weerhoudt haar er niet van om door te zetten. 'Ik ben journaliste en ik maak een podcast over deze moord. Gaat u ermee akkoord dat ik dit gesprek opneem zodat ik er wat quotes uit kan gebruiken voor mijn podcast? Mijn luisteraars vinden de expertise van een patholoog-anatoom heel interessant en aangezien u een van de beste in het vak bent...'

Lauren haalt haar wenkbrauwen op maar zegt niets. Nadine zit duidelijk te slijmen om haar zin te krijgen en tot haar verbazing is Luzac er nog gevoelig voor ook. Als het hemzelf betreft komt er bij deze man dus duidelijk wel gevoel naar boven. Luzac gaat rechter zitten en strijkt zijn haar glad alsof Nadine ter plekke een camera op hem heeft gericht. 'Mijn reputatie is inderdaad heel goed hier in de regio.'

'Als u meewerkt aan mijn podcast kunt u ook landelijk bekend worden,' gooit Nadine er nog eens een schepje bovenop, terwijl ze haar telefoon opzichtig op tafel legt. 'Ik hoef alleen maar op dit knopje te drukken om de opname te starten. Maar dat is aan u natuurlijk.'

'Landelijke bekendheid zei u?'

'Absoluut!'

'Drukt u maar op dat knopje.'

Nadine laat het zich geen twee keer zeggen en geeft Lauren onder tafel een kneepje in haar bovenbeen als teken dat ze verder kan gaan met het gesprek.

'Meneer Luzac, zou u mij en Nadine wat meer kunnen vertellen over uw bevindingen omtrent het letsel dat u tijdens de autopsie op Celeste Martens hebt gevonden? Met in het bijzonder de wond op het achterhoofd en wat u daarbij is opgevallen?'

Luzac schraapt zijn keel. 'Uiteraard, uiteraard kan ik dat.' Hij vouwt zijn handen weer en begint te vertellen: 'Hoewel ik de autopsie al twaalf jaar geleden heb uitgevoerd kan ik me de zaak nog goed herinneren. De lichamen die ik op mijn tafel krijg zijn meestal een stuk ouder. Zo'n jong meisje maakt toch indruk, zelfs op een oude man als ik.'

'Nou, zo oud bent u toch nog niet?' merkt Nadine op.

'Ik ben afgelopen week zestig geworden.'

'Echt waar? Dat zou je echt niet zeggen.'

Lauren schopt Nadine zachtjes onder de tafel. Dit soort smalltalk is misschien leuk voor de podcast, maar het leidt alleen maar af van de inhoudelijke zaak. 'Uw bevindingen?' vraagt ze voor de derde keer terwijl ze haar best doet om haar geduld te bewaren en niet bot over te komen.

'U was met name geïnteresseerd in de hoofdwond, nietwaar?'

'Inderdaad,' zegt ze nu hoorbaar ongeduldig.

Luzac slaat het rapport open op de pagina waar de hoofdwond wordt beschreven. 'Wat me meteen al opviel toen ik de wond zag, was dat-ie met veel geweld was toegebracht. Het was geen ongelukkige tik tegen het hoofd, veroorzaakt door een ongelukkige val, maar een slag van iemand die buiten zinnen van woede moet zijn geweest. Dergelijke verwondingen zien we vaak bij een crime passionnel. Er zat een behoorlijke deuk in de schedel en er zaten zelfs botsplinters op cruciale plekken in de hersenen. Dat heeft vrijwel onmiddellijk tot de dood van het slachtoffer geleid. Ter geruststelling: u kunt ervan uitgaan dat het meisje niet heeft geleden.' De patholoog-anatoom is in zijn woordkeuze en toon van spreken duidelijk bezig met zijn toekomstige luisteraars, die aan zijn lippen zullen hangen.

'Wat kunt u aan de hand van de verwonding vertellen over de dader?'

'Ik ben geen psychiater. De dader is destijds toch psychologisch onderzocht?'

'Dat doet er even niet toe. Ik wil dat u neutraal naar de verwonding kijkt en doet alsof u geen achtergrondkennis hebt.'

'Oké, maar dat zou mijn mening niet veranderen. Gezien het geweld en de kracht waarmee de deuk in de schedel is toegebracht zou ik nog steeds uitkomen bij een man. Ik kan me niet voorstellen dat een vrouw tot zoiets in staat is.'

'Wat kunt u op basis van uw ervaring aflezen aan de wond?'

'Wat ik u al eerder zei, dat er veel woede achter zit en dat ik een crime passionnel niet uitsluit. Ik denk dat de dader de moord niet gepland had en in een opwelling gehandeld heeft. Iemand die een moord plant gaat subtieler te werk, is mijn ervaring. Het slachtoffer moet hem op de een of andere manier heel erg boos hebben gemaakt of een andere heel heftige emotie hebben opgeroepen.'

'Kunt u nog eens vertellen hoe u denkt dat de wond is toegebracht?'

'Het staat voor mij buiten kijf dat de wond is veroorzaakt door aanraking met rotsachtig materiaal. Ik denk daarbij in eerste instantie aan een vuistgrote steen met een ruw oppervlak en scherpe uitstulpingen. De onregelmatigheid van de wond en de scheuren en sneeën in de huid maken dat aannemelijk. Dat zou betekenen dat de dader het slachtoffer van achteren heeft benaderd en met de steen een klap tegen het achterhoofd heeft gegeven. Dat kan gebeurd zijn toen het slachtoffer stond en bij bewustzijn was of toen ze op haar buik lag en buiten bewustzijn was. In het eerste geval betekent dat dat de dader groter is geweest dan het slachtoffer. De kracht waarmee de slag is toegebracht geeft aan dat de dader naar beneden heeft geslagen en daardoor nog wat extra hulp heeft gehad van de zwaartekracht.' Luzac gaat staan en doet in het luchtledige voor hoe dat er volgens hem uit zou hebben gezien. Hij is duidelijk niet bezig met het feit dat de zus van het slachtoffer zich voor zijn neus bevindt. Als hij zijn arm met gebalde vuist met kracht neer laat komen, krimpt Lauren automatisch in elkaar, alsof ze zelf de klap voelt die Celestes schedel heeft ingeslagen. Ze sluit haar ogen een paar seconden en probeert deze vreselijke gedachte uit haar hoofd te krijgen.

'In het tweede geval, waarbij het slachtoffer op haar buik lag en waarschijnlijk bewusteloos is geweest, moet het ongeveer zo gegaan zijn.' Luzac buigt en heft zijn arm.

'We kunnen ons zelf wel voorstellen hoe dat eruit heeft gezien, meneer Luzac,' grijpt Nadine in om Lauren deze tweede confrontatie te besparen. 'Het is een podcast en geen televisie, dus mijn luisteraars horen alleen maar een stilte en hebben geen flauw idee wat u doet, omdat ze de beelden niet zien.'

Luzac komt overeind en gaat met een geprikkelde uitdrukking op zijn gezicht zitten. 'Goed, wat u wilt. Ik heb destijds overigens ook nog een derde manier overwogen waarop de wond kan zijn toegebracht, maar uiteindelijk heb ik die mogelijkheid achterwege gelaten in mijn rapport omdat het een minder "nauwkeurige" wond zou geven.'

'Ondanks dat zouden we die derde mogelijkheid toch graag horen,' reageert Nadine meteen.

'Het zou een manier zijn waarbij de dader het slachtoffer

met veel geweld met haar hoofd tegen de grond heeft geslagen. Ik heb deze mogelijkheid uiteindelijk van de lijst geschrapt omdat er in dat geval sporen hadden moeten zijn die bewijzen dat het slachtoffer is vastgepakt en met geweld tegen de grond is gehouden.'

'Aan wat voor sporen denkt u dan?'

'Blauwe plekken in de hals van vingers die in de huid hebben gedrukt. Die waren er niet, en het tongbeen was ook nog intact, wat wil zeggen dat het slachtoffer niet bij de hals is gepakt in een poging tot verwurging. Ook op de schouders en andere delen van het bovenlichaam waren geen blauwe plekken van dien aard te vinden. Wel schrammen en blauwe plekken die we vaker zien bij slachtoffers die zijn meegevoerd door de stroming van bijvoorbeeld een rivier.'

'Zou het ook nog kunnen dat Celeste gewoon onhandig gestruikeld is en met haar hoofd op een steen of een stuk rots is gevallen?' vraagt Nadine.

'U bedoelt dat het een ongeluk is geweest?'

'Ja, en dat de persoon die op dat moment bij Celeste was daar zo van in paniek is geraakt dat hij haar lichaam in een opwelling in het water heeft gegooid en is gevlucht. U hebt in uw rapport destijds geconstateerd dat het lichaam na haar overlijden verplaatst is en dat ze al dood moest zijn geweest toen ze in het water terechtkwam. U onderbouwt dat met het feit dat er geen water in haar longen is gevonden.'

'Een ongeluk lijkt me zeer onwaarschijnlijk. Natuurlijk kan een slachtoffer struikelen en met haar achterhoofd ongelukkig terechtkomen op een uitstekende rots, maar in dit specifieke geval vind ik de wond te diep en te ernstig om dat scenario serieus te onderzoeken. Die botsplinters in de hersenen zijn voor mij echt het bewijs dat er een keiharde, genadeloze klap is toegediend door menselijk handelen met de dood als gevolg. Daar is wat mij betreft geen speld tussen te krijgen.'

'Dan heb ik nog een heel andere vraag. Bent u destijds benaderd om bepaalde bevindingen in uw rapport af te zwakken, aan te passen of zelfs weg te laten?' vraagt Nadine recht voor zijn raap.

'Wat is dit voor insinuerende, rare vraag?' Luzac veert op uit zijn stoel en zijn bleke wangen krijgen een rode kleur.

'Ik stel u deze vraag omdat we sterke aanwijzingen hebben dat mensen die op een of andere manier met deze zaak te maken hebben gehad onder druk zijn gezet om dingen te verklaren die de politie op dat moment erg goed uitkwamen.'

'U bedoelt dat de politie sturend en suggestief bezig is geweest en of ik me daartoe ook heb laten verleiden? U moest zich schamen dat u mij deze vraag überhaupt durft te stellen. Ik maak mijn rapporten al ruim dertig jaar lang op basis van mijn deskundigheid en daar verander ik geen komma in, voor niemand.'

'Dat is goed om te horen, maar dat beantwoordt mijn oorspronkelijke vraag niet. De oorspronkelijke vraag was of u benáderd bent om dingen aan te passen en of iemand heeft geprobeerd uw bevindingen een bepaalde richting in te duwen.'

'Nee, dat is niet gebeurd,' zegt Luzac stellig. 'Dat was ook niet verstandig geweest, want dat had ik niet gepikt. Mijn reputatie luidt dat ik behoorlijk eigenzinnig ben en daar ben ik trots op.' Luzacs ogen vlammen en hij slaat met zijn vlakke hand op de tafel om zijn woorden kracht bij te zetten. Daarna verandert hij al snel weer in de kleurloze man die hen binnen heeft gelaten.

'Maakt u weleens fouten, meneer Luzac?' vraagt Lauren.

'Nooit.' De patholoog-anatoom kijkt opzichtig op zijn horloge. 'Uw tijd is om, vrees ik. Er liggen nog twee lichamen op me te wachten.' Hij staat op en begeleidt hen richting de uitgang van het gebouw. Lauren is er niet rouwig om dat hij hun geen hand meer geeft en dat hij zich zonder nog iets te zeggen omdraait en wegbeent.

‘Het is ons toch gelukt om hem op zijn kleine pik te trappen,’ fluistert Nadine. Lauren reageert met een ingehouden proest. Als ze naar buiten lopen gaat Nadines telefoon. ‘Gabriel, hoe is het daar?’ vraagt ze hoopvol.

‘Ik vrees dat we nog een tegenslag te verwerken hebben vandaag,’ klinkt het zuchtend aan de andere kant van de lijn.

‘Wat nou weer?’ kreunt Nadine terwijl ze haar telefoon op de speaker zet zodat Lauren ook mee kan luisteren.

‘De rechter die Juliens zaak destijds heeft behandeld en hem heeft veroordeeld, is vorige week overleden aan een hartaanval.’

‘Dat meen je niet! Hoe weet je dat?’

‘Girard heeft wat rondgebeld en uiteindelijk zijn kersverse weduwe gesproken. Ze waren amper een jaar getrouwd. Dat betekent dat we al onze hoop moeten vestigen op Luc Dupont om erachter te komen wat er precies is gebeurd. We zullen hem hoe dan ook aan het praten moeten zien te krijgen. Dus ook als hij niet bereid blijkt om met ons mee te werken. We zien Girard om kwart voor drie in een straatje vlak bij Duponts huis. Ik stel voor dat we elkaar zo dadelijk zien in het restaurant van ons hotel om even te lunchen en dat we daarna alle stukken nog eens doornemen zodat we straks goed beslagen ten ijs komen. Jullie nog iets wijzer geworden?’

‘Ja, dat die patholoog-anatoom een enorm zelfvoldane zak is en dat hij nog steeds achter het sectierapport staat dat hij destijds heeft opgesteld. Hij beweerde zeer stellig dat niemand hem beïnvloed heeft of een poging daartoe heeft gedaan en omdat zijn belediging bij deze vraag zo oprecht voelde, geloof ik hem. Jij, Lauren?’

‘Ja, ik ook. We zullen je later helemaal bijpraten en je kunt het gesprek ook naluisteren. In elk geval gaat hij nog steeds helemaal uit van een impulsieve moord, gepleegd door een man, met een zware steen of ander rotsachtig voorwerp. De term “crime passionnel” viel meermaals.’ Ze doet haar best de details van de moord niet opnieuw te visualiseren en het kort en zakelijk te houden. Dat lijkt te lukken, totdat Nadine zich in het gesprek mengt.

'Het allerbelangrijkste was dat hij vertelde dat Celeste vrijwel op slag dood was en dat ze niet heeft geleden,' vult Nadine zachtjes aan. Lauren slaat haar hand voor haar mond om een ingehouden snik te onderdrukken. Nadine slaat troostend een arm om haar heen en leidt haar naar de taxi, die met draaiende motor op hen staat te wachten. Volledig in beslag genomen door Laurens verdriet hebben ze niet door dat een donkere auto op gepaste afstand achter hun taxi aan rijdt en hen volgt richting het hotel.

45

'Goed jullie weer te zien.' Girard Roux spreekt in meervoud, maar het is duidelijk dat hij het voornamelijk tegen Lauren heeft. Hij stapt met uitgestoken hand op hen af om hen te begroeten en als Lauren zijn hand schudt, wrijft hij met zijn vingers even over de rug van haar hand. 'Beetje bijgekomen van gisteren?' vraagt hij bezorgd. Ze knikt, terwijl ze eigenlijk niet weet of ze het meent. De afgelopen dagen zijn in een roes aan haar voorbijgegaan en haar emoties zijn heftig en verschillen nogal per moment. Ze verlangt nu al enorm naar rust. Misschien gunt ze zichzelf als dit allemaal achter de rug is wel een weekje cocktails aan zee in een warm land, ver van Frankrijk en Nederland vandaan.

Voor nu moet Lauren de moed erin houden voor het ongetwijfeld pittige gesprek dat ze met Dupont gaan voeren. Ze recht haar schouders en haalt een keer diep adem voordat ze Roux een aarzelend glimlachje schenkt. Hij lijkt er genoegen mee te nemen en ze is hem dankbaar dat hij geen verdere vragen stelt. Gezamenlijk lopen ze naar het huis van Dupont. Het is een vrijstaand maar niet overdreven groot huis, waar een bescheiden tuintje omheen ligt dat duidelijk niet intensief onderhouden wordt. Het geheel is afgezet met een eenvoudige afrastering van gaas. Via een heuphoog houten hekje waar de eens witte verf van afbladdert kom je op het paadje naar de deur.

Het huis zelf is ook ooit wit geweest, maar met de jaren lichtgrijs geworden. Het geheel is eenvoudig samen te vatten als vergane glorie. Het huis straalt zoiets sombers uit dat Lauren ertegen opziet om er naar binnen te gaan. Ze kijkt omhoog naar de bovenverdieping. Voor alle ramen hangen donkerbruine gordijnen die hermetisch zijn gesloten. Lauren denkt met verlangen aan haar eigen lichte huis met opgewekte kleuren. Girard doet het hekje voor hen open, dat is afgesloten met een gammel schuifje. Over een kronkelend paadje van grind lopen ze naar de voordeur. Girard belt aan en deelt nog even snel mee dat hij niet heeft laten weten dat ze met zijn vieren zijn. 'Ze verwachten alleen mij.'

'Dat verrast me nou,' merkt Nadine cynisch op.

Lauren probeert over de roede met zelf gehaakte gordijntjes heen te kijken om een glimp op te vangen van de woonkamer, maar de zon die weerkaatst in het glas maakt dat onmogelijk. Er klinkt wat gestommel, gevolgd door het gerammel van sloten, en de deur zwaait open. Een grote, struise vrouw zet met een geschrokken gezicht een stap terug. 'Hebt u uw hele familie meegenomen?' vraagt ze met een terughoudende ondertoon in haar stem. Haar blik blijft wat langer hangen op Nadine.

'Dag Maria, we zijn allemaal erg benieuwd hoe het met Luc gaat,' antwoordt Girard zonder hen concreet aan Duponts vrouw voor te stellen. Hij zet een stap naar voren, maar Maria blijft de ingang blokkeren.

'Luc is niet veel bezoek meer gewend. Ik ben bang dat zo'n groot gezelschap te druk voor hem is.'

'We zijn zo weer weg,' stelt Girard haar gerust. 'We zijn hier als oud-collega's om hem op te fleuren, en als het te veel voor hem wordt, dan zijn we zo weer vertrokken. Zullen we het maar gewoon even proberen en zien wat Luc er zelf van vindt?' Girard zet weer een stap naar voren en deze keer gaat Maria een stukje aan de kant. Girard pakt meteen zijn ruimte en loopt langs haar heen naar binnen.

Gabriel, Nadine en Lauren volgen direct, voordat de deur

mogelijk voor hun neus wordt dichtgesmeten. Maria kijkt namelijk alsof ze hun alsnog de toegang tot het huis en haar man wil ontzeggen.

'Deze deur door?' vraagt Girard terwijl hij voortvarend doorloopt.

Maria schiet langs hen heen en remt Girards pas af. 'Ogenblikje. Ik ga eerst even zelf bij hem kijken en vragen of hij het ziet zitten als u allemaal tegelijk naar binnen gaat.' Ze verdwijnt door de deur en slaat hem met een klap voor Girards neus dicht.

'Oud-collega's?' fluistert Gabriel met een lachje om zijn mond.

'Ik moest toch wat zeggen om binnen te komen? Als ik haar meteen had verteld wie we zijn en wat we komen doen, waren we de drempel niet eens overgekomen.'

'Ze leek inderdaad niet megagelukkig met onze invasie.' Nadine grijnst.

'Nou, als het aan mij ligt blijven we hier geen seconde langer dan nodig is. Wat een bedompte plek.' Lauren voelt de rillingen over haar rug lopen en schrikt als de deur naar de woonkamer plotseling opengaat. 'Hij vindt het leuk om u even te zien en bij te kletsen over vroegere tijden, dus vooruit maar,' zegt Maria met duidelijke tegenzin.

Lauren stapt als eerste de woonkamer in. Ook daar ruikt het bedompt, maar er hangt ook een andere lucht. De geur van versgebakken koekjes. Ze wordt spontaan misselijk. De mix van de huisgeur en de zoetigheid van deeg helpen zeker niet, maar ze sluit ook niet uit dat de aanblik van Luc Dupont haar maag doet omkeren. Haar mond valt spontaan open als ze hem ziet zitten in een elektrische rolstoel. Zijn uitgemergelde lijf wordt overeind gehouden door zwarte nylon banden die vastgesnoerd zitten om zijn benen, middel en borst. Het vlassige haar op zijn hoofd is eerder wit dan grijs. Zijn huid is dun en heeft een gelige kleur die haar aan perkament doet denken. Uit zijn lichtblauwe ogen lijkt alle glans verdwenen.

Luc Dupont draagt een lichtblauw overhemd met korte mouwen die erg veel weg heeft van Girards politieoverhemd. Het valt Lauren op dat de nagels van zijn handen hoognodig geknipt moeten worden en er vies uitzien. Girard had hun verteld over de treurige gevolgen van Duponts beroerte, maar toch was ze hier niet op voorbereid. Waar ze twaalf jaar geleden een knappe man in de bloei van zijn leven had ontmoet, kijkt ze nu naar een zieke, compleet weerloze man. Ze krijgt er een triest gevoel van, en ze kan zich niet voorstellen dat deze aftakelende man nog niet zo heel lang geleden misschien wel een corrupte agent was die een grote rol heeft gespeeld in een onterechte veroordeling. Maar door haar werk als hulpofficier weet ze dat ze zulke waarnemingen niet mee mag laten tellen. In haar vak komt ze dagelijks mensen tegen die eruitzien alsof ze nog geen vlieg kwaad zouden doen, maar ze weet dat schijn bedriegt. Ze moet duidelijk voor ogen houden dat dat wat Luc Dupont betreft ook het geval kan zijn. Ze moet door zijn kwetsbare uiterlijk heen prikken om de man te kunnen zien die hij vermoedelijk echt is: een huichelaar die een zeer kwalijke rol heeft gespeeld in het onderzoek naar de dood van haar zus.

'Luc Dupont!' zegt Girard joviaal als hij naar zijn vroegere collega loopt en hem een klopje op zijn schouder geeft. 'Ik zou willen dat ik kon zeggen dat je er goed uitzag, maar met de beste wil van de wereld... Nou ja, je begrijpt me wel. Ik vind het vreselijk om te zien wat die beroerte met je heeft gedaan.'

Maria staat met haar armen over elkaar naar haar man en Girard te kijken. Ze oogt gespannen, wat ook wel te begrijpen is door Girards keuze om eerlijkheid boven beleefdheid te verkiezen. Alsof hij haar kritische blik in zijn rug voelt draait Girard zich naar haar om. 'Maria, als jij nou eens een lekker kopje koffie zet voor ons?' stelt hij vrijpostig voor. Lauren verbaast zich over zijn doortastendheid. Ze heeft bewondering voor zijn snelle poging om Maria de kamer uit te krijgen zodat hij het gesprek kan opstarten en in de juiste richting kan duwen zonder dat ze ingrijpt. Het is niet moeilijk om te raden dat ze niet gecharmeerd zal zijn van de werkelijke reden van hun komst en hen zo snel mogelijk het huis uit zal zetten om haar man te beschermen.

'Toe Maria, geef die mensen koffie,' laat Dupont voor het eerst van zich horen. 'Ik red me wel,' voegt hij er nog aan toe. 'Als jij naar je werk bent, dan moet ik het ook zonder je doen.'

Maria glimlacht zuinigjes, recht haar schouders en loopt de kamer uit.

'Dag Girard, dat is een tijd geleden,' richt Dupont zich nu tot zijn oud-collega. Zijn stem heeft niet meer de bravoure van vroeger, maar hij is goed te verstaan. 'In tegenstelling tot mijn eigen verschijning ben jij er absoluut op vooruitgegaan. Je ziet er goed uit, jongen. Vertel me eens, met wie heb ik verder de eer?'

'Met in elk geval een oude bekende.' Roux wijst naar Lauren. 'Kun je je die moord op dat Nederlandse jonge meisje nog herinneren, Celeste Martens? Dit is haar zus Lauren.'

Duponts doffe, waterige ogen verplaatsen zich naar Lauren en bestuderen haar zo grondig dat ze zich er uiterst ongemakkelijk bij voelt.

'Ik herinner me jou...' zegt Dupont. 'En dat zijn?'

'Nadine Dubois, misdaadjournalist van *Le Figaro* en maker van de populaire podcast *Crème de la Crime*. En dit is Gabriel Baptiste, advocaat van Julien Fournier.' Als Juliens naam valt ziet Lauren meteen een flits van herkenning in Duponts ogen, maar daarna verschijnt er een vragende uitdrukking op zijn gezicht.

'Julien Fournier is de man die veroordeeld is voor de moord op Celeste Martens,' vult Girard aan.

‘Dat zegt me niets, dat weet ik echt niet meer,’ antwoordt Dupont. ‘Ik heb zoveel criminelen achter de tralies gekregen dat ik ze niet allemaal meer scherp voor de geest heb,’ zegt hij terughoudend, terwijl hij met een grijnzende, ongemakkelijke blik op zijn gezicht wegkijkt. ‘En oké, die beroerte heeft mijn geheugen behoorlijk aangetast.’ Daarna schraapt hij zijn keel, slikt een paar keer en bevochtigt zijn lippen met zijn tong. Lauren ziet overduidelijk dat hij liegt en dat hij zich Julien Fournier nog heel goed kan herinneren. ‘Hebben wij samen aan die zaak gewerkt?’ vraagt Dupont uiteindelijk aan Girard Roux.

‘Absoluut. Ik kan me die zaak nog tot in de puntjes herinneren, het was mijn eerste moordzaak.’

Dupont probeert met zijn hoofd te knikken, maar dat gaat hem duidelijk niet goed af. Er valt een geladen stilte, die uiteindelijk door Dupont wordt verbroken: ‘Ik kan me niet aan de indruk onttrekken dat jullie hier niet voor de gezelligheid zijn of om de versgebakken koekjes van mijn vrouw te proeven. Die overigens heerlijk zijn.’ Dupont neemt een diepe ademteug, alsof het praten hem uitput. ‘Wat kom je doen, Girard? En waarom heb je hen meegenomen?’

‘We zijn bezig om wat onduidelijkheden na te lopen in het onderzoek naar de moord op Laurens zus. Nadine maakt daar een podcast over. Gabriel is de nieuwe advocaat van Julien Fournier, die probeert zijn onschuld aan te tonen, en Lauren wil vanzelfsprekend gewoon weten wat er met haar zusje is gebeurd en of de goede man daarvoor veroordeeld is.’

Girard laat bewust een stilte vallen en kijkt Dupont strak aan. Een spiertje bij Duponts oog begint te trillen en ook zijn mondhoek vertoont ineens spastische trekjes. Hij slikt alsof er iets klem zit in zijn keel. Straaltjes zweet lopen via zijn slapen naar beneden en hij begint steeds zwaarder te ademen. ‘Kan iemand misschien even een raam opendoen? Ik heb het een beetje benauwd.’

'Héb je het benauwd of kríjg je het benauwd?' vraagt Girard. 'Wat maakt dat uit?'

'Nou, behoorlijk wat. Weet je, Luc, het zit namelijk zo. Het blijkt dat het onderzoek waarin jij een prominente rol hebt gespeeld nogal wat vragen oproept. Er zijn een aantal dingen die we graag met je willen bespreken, zodat we wat helderheid krijgen op bepaalde vlakken. Zo heb ik bijvoorbeeld een getuige die destijds een belangrijke rol heeft gespeeld in de rechtszaak, die beweert dat jij hem zijn getuigenis hebt ingefluisterd. Dat jij hem onder druk hebt gezet, en om zijn eigen hachje te redden heeft hij glashard gelogen.'

'Over wie hebben we het?'

'Victor Michel, de man die destijds beveiliger was bij Le Village. Hij heeft in zijn getuigenis verklaard dat hij Celeste rond halfdrie naar buiten heeft zien gaan, rond de tijd dat Julien Fournier ook naar buiten liep, en dat hij ze samen heeft zien praten. Maar weet je wat nou zo gek is? Er zijn van Julien Fourniers vertrek wel camerabeelden, maar het moment dat Celeste Le Village verlaat is niet vastgelegd. Er zijn ook nergens beelden van hun zogenaamde gesprekje voor de deur. Snap jij hoe dat kan als ze bijna tegelijkertijd naar buiten zijn gelopen?'

'Ik heb geen actieve herinneringen meer aan het onderzoek. Zoals ik je al zei is mijn geheugen tot mijn grote verdriet niet meer wat het was. Mijn hele lijf heeft een flinke klap gehad.'

'Bespaar me die bullshit, Luc, daar ben ik niet gevoelig voor. Ik heb genoeg getuigen en verdachten gehoord om de klassieke tekenen van liegen te herkennen. Je vermijdt oogcontact, je zweet, je kucht... Moet ik nog even doorgaan? Laten we het elkaar niet onnodig moeilijk maken. Geef gewoon antwoord op mijn vragen.'

'Waar gaat dit allemaal over?' Maria komt binnen met een dienblad vol koffiekopjes en een bordje waar wat zandkleurige koekjes op liggen. Ze zet het dienblad met een klap op tafel en gaat beschermend voor haar man staan. 'Wat bent u aan het doen? Hij is helemaal overstuur!' Ze trekt een zakdoek uit de mouw van haar blouse en begint de zweetdruppels van Duponts voorhoofd en slapen te deppen. Daarbij pakt ze zijn kin vast en Lauren kan zich niet aan de indruk onttrekken dat dit niet de manier is waarop een vrouw haar zieke man liefdevol vasthoudt. Aan alles is te merken dat ze geagiteerd is. Als ze klaar is draait ze zich om. 'Ik moet u vragen om te vertrekken. U hebt geen idee wat u aanricht.'

'We vermoeden dat uw man in het verleden zelf heel wat heeft aangericht, mevrouw Dupont, en het is voor iedereen beter als we een aantal dingen zo snel mogelijk de wereld uit kunnen helpen, ook voor uw man. U moet goed begrijpen dat we terugkomen als u ons nu wegstuurt. We blijven net zo lang terugkomen tot uw man al onze vragen heeft beantwoord. Nogmaals, het is voor iedereen beter als we dit zo snel mogelijk afronden.' Gabriel zet een stap richting Maria Dupont, maar die lijkt daar totaal niet van onder de indruk.

'Ik wil dat u nu onmiddellijk mijn huis verlaat en dat u mij en mijn man met rust laat. Het is allemaal al ellendig genoeg zonder dat u hier de boel komt opstoken. Ziet u hoe hij eraan toe is? Hebt u enig idee hoe pijnlijk dat wroeten in het verleden voor hem is?'

'Het is oké, Maria,' brengt Luc Dupont er voorzichtig tegen in.

'Het is helemaal niet oké, Luc. Deze mensen gaan nu weg en ik breng jou terug naar bed zodat je kunt rusten.' Ze richt zich weer tot het viertal. 'Kom, u moet nu weg.' Maria doet de deur open.

Omdat ze op dit moment niet verder komen geeft Girard toe. 'Goed, maar zoals de heer Baptiste al zei, we komen terug. Hiermee stelt u de kwestie slechts uit.' Hij wil de hal in lopen, maar Dupont roept hem terug.

‘Zeg je je oud-collega niet even fatsoenlijk gedag, Girard?’

Girard fronst even zijn wenkbrauwen, maar loopt dan toch naar Dupont toe. Maria drijft Gabriel en Nadine de hal in. Lauren verlaat als laatste de kamer en ziet vanuit haar ooghoek dat Girard zich over Dupont heen buigt en hem onhandig omhelst. Maria geeft hem nog net geen zet in zijn rug als ook Girard vrij snel daarna naar buiten stapt.

Als ze buiten gehoorsafstand zijn vloekt Gabriel binnensmonds en kijkt de rest gefrustreerd aan. ‘Nou, dat is nog eens wat je noemt onverrichter zake terugkeren.’

‘Niet helemaal,’ antwoordt Girard.

‘Wat zijn we hier dan mee opgeschoten? Los van dat we weten dat we van hem geen openheid hoeven te verwachten en dat zijn vrouw een behoorlijk secreet is.’

‘Denk je nou werkelijk dat Dupont graag nog even een knuffel van me wilde? Hij wilde me iets influisteren zonder dat zijn vrouw het zou horen. En wat denken jullie?’ Girard kijkt hen aan, maar wacht niet op een antwoord. ‘Hij vroeg me morgenochtend om tien uur terug te komen als zijn vrouw niet thuis is zodat we rustig kunnen praten. Er ligt een sleutel onder de mat bij de achterdeur en daarmee kunnen we binnenkomen. En hij zei dat hij ons een hoop te vertellen heeft.’

46

'Aangezien we Dupont morgen pas echt spreken, lijkt het me goed om vanavond nog een bezoekje te brengen aan die getuige die beweert Juliens auto te hebben gezien in de buurt van de plek waar Celestes lichaam is gevonden,' stelt Gabriel voor. 'Oud-hoofdinspecteur Brigitte Petit krijg ik zoals verwacht met geen mogelijkheid te pakken, dus ik vrees dat dat eventuele spoor doodloopt.'

Ze zijn samen met Girard Roux neergestreken in een restaurantje aan het dorpsplein van Aubenas. Gabriel heeft weer gekozen voor een entrecote bordelaise.

Nadine glimlacht. 'Ik wist niet dat jij zo'n man van gewoontes was.'

'O, je moest eens weten,' antwoordt Gabriel met een knipoog.

Nadine en Lauren hebben allebei voor de *moules-frites* met roquefort gekozen en Girard waagt zich ook aan de entrecote, waar hij vol overgave steeds kleine stukjes van afsnijdt. Zo'n beetje na elke hap neemt hij een slokje wijn. De fles rood die Gabriel bij het vlees heeft besteld is al halfleeg. Nadine en Lauren hebben het bij bronwater gehouden om die avond zo scherp mogelijk te blijven.

'Maar goed, je wilt vanavond dus nog die getuige bezoeken.' Lauren herhaalt Gabriels woorden terwijl ze een mossel in de pittige roquefortsaus doopt en hem in haar mond steekt.

'Ja, dat lijkt me een goede volgorde. Dan weten we meteen of Dupont daar ook iets mee te maken heeft gehad en hebben we weer iets om hem morgen over te bevragen.'

Girard Roux knikt instemmend.

'Vinden jullie het erg als ik even afhaak vanavond?' vraagt Lauren. 'Ik wil zien of ik online wat meer te weten kan komen over die vrouw van Dupont en over Juliens oud-collega die hij nog steeds de hand boven het hoofd houdt.'

'Geen enkel probleem, Lauren. Ik kan dat bezoekje ook heel goed met Nadine doen. Jij ook nog interesse, Girard?'

'Het lijkt me beter als jij alleen met Nadine gaat. Het is nogal overweldigend voor die getuige als we met meer dan twee personen aan komen zetten. En het lijkt me beter dat Nadine met Gabriel meegaat dan dat ik dat doe. Allereerst wil ze natuurlijk opnames maken voor haar podcast, maar bovendien is ze een vrouw en voor een vrouw doen mensen 's avonds hun deur sneller open dan voor twee mannen. Als je het goedvindt Lauren, dan wil ik je graag assisteren bij je online-zoektocht.'

'Alle hulp is welkom,' reageert Lauren verheugd.

'We kunnen je laptop ophalen uit het hotel en bij mij thuis gaan zitten?' stelt Girard voor.

'En als wij klaar zijn met die getuige komen we Lauren bij je ophalen en meteen verslag doen van het gesprek,' vult Gabriel aan.

'Dat klinkt als een uitstekend plan,' stemt Nadine in.

'Goed, dan doen we het zo.' Girard schuift zijn wijnglas meteen aan de kant en schenkt zichzelf wat tafelwater in. 'In dat geval voor mij geen drank meer vanavond.'

Na het hoofdgerecht besluiten ze om geen dessert meer te bestellen, maar houden ze het bij een vlugge espresso. Ze staan te popelen om verder te gaan en willen geen tijd verliezen.

Even later draait Lauren met enige verbazing een rondje in de woon- en eetkamer van Girard Roux. Ze is onder de indruk van de knusse warmte die het geheel uitstraalt. Ze weet niet wat ze eigenlijk verwacht had, maar dit in elk geval niet.

De brocante en moderne meubels in mat mosgroen, wit en houttinten zijn met zorg uitgezocht en feilloos op elkaar afgestemd. De vloer bestaat uit lichte eikenhouten planken die met een doorzichtige lak zijn afgewerkt. Op de robuuste houten tafel staat een schaal met stompkaarsen in verschillende maten en aardse kleuren. Aan het kaarsvet dat eraan hangt is te zien dat ze regelmatig gebruikt worden. Aan weerszijden van de houten tafel staan om en om drie stoelen die zijn bekleed met een groene en een cognackleurige ribstof. De keuken neemt een hele wand in beslag en ook daar komen weer dezelfde groene en witte tinten in terug. Het dikke aanrechtblad is van beton. Overal staan sfeervolle lampjes die een zachtgeel licht afgeven. Girard draait aan een dimmer aan de wand en het licht boven de houten tafel wordt feller. Lauren gaat zitten en klapt haar laptop open. Girard zet een grote kan water en twee glazen op tafel. 'Nog een koffie?' vraagt hij als ze haar computer openklapt en aanzet.

'Ja, graag. Met een beetje suiker en melk graag.'

Girard zet twee koppen Nespresso en giet er opgewarmde melk bij. De suikerklontjes zet hij op tafel. In plaats van tegenover Lauren, gaat hij met zijn eigen laptop naast haar zitten en schuift zijn stoel wat dichter naar haar toe. 'Dan kunnen we makkelijk meekijken op elkaars scherm,' geeft hij als verklaring.

Lauren knikt. 'Oké. Laten we allebei op de naam Maria Dupont googelen en daarna bespreken we wat we gevonden hebben.' Lauren heeft de naam al ingetypt in de zoekbalk en drukt op enter. Tot haar verbazing is er geen enkel zoekresultaat van honderd procent. Het resultaat dat het dichtstbij komt is een personage uit de Canadese film *The Box Collector* dat de naam Marie Dupont draagt. Ze draait haar scherm naar Girard en laat het hem zien.

'Dat is vreemd. Iedereen laat tegenwoordig sporen na op

internet. Facebook, Instagram, Twitter, een review op een webshop…'

'Maar onze Maria dus niet. Weet je waar ze werkt?'

'Volgens mij op een basisschool in Aubenas, maar ik heb geen idee welke.'

'Dan werkt ze dus in dezelfde branche als Julien. Ga eens naar de school waar Julien heeft gewerkt tot hij werd opgepakt. Wacht, ik zoek de naam van de school er even bij.' Lauren scrolt door de notities in haar telefoon. 'Ah, hier heb ik het: Scolaire Saint François d'Assise.'

Girard geeft een zoekopdracht en klikt de eerste de beste link aan die verwijst naar de website van de school. Als de website is geladen gaat hij meteen door naar het kopje OVER ONS. Er verschijnt een smoelenboek met foto's van alle docenten. Als Girard met zijn muis op een foto gaat staan popt er een klein introductietekstje op. Hij scrolt door de pagina met foto's heen.

Lauren buigt zich dichter naar hem toe om goed mee te kunnen kijken op zijn scherm. Haar bovenarm en schouder raken die van Girard. Ze voelt de warmte van zijn huid tegen die van haar en ze kan niet ontkennen dat ze het fijn vindt. Girard zelf wijkt geen millimeter, sterker nog, het lijkt wel of hij nog ietsje dichter tegen haar aan gaat zitten. Lauren heeft moeite om zich volledig op het scherm met foto's te concentreren.

Girard scrolt verder naar beneden en bij de allerlaatste foto is het raak. 'Kijk eens wie we daar hebben!' Een vrouw die de naam Maria Pineau draagt kijkt hen aan, maar het is onmiskenbaar de vrouw van Luc Dupont.

'Daarom konden we niets vinden toen we zochten op Maria Dupont! Ze gebruikt haar meisjesnaam. Ik had niet ingeschat dat ze zo modern en geëmancipeerd was.'

'Soms hebben mensen veel meer te bieden dan je in eerste instantie denkt.' Girard draait zijn gezicht naar haar toe en Lauren heeft sterk het vermoeden dat hij niet op Maria Pineau doelt. Ze weet even niet zo goed waar ze naar moet kijken en slaat haar ogen neer. De spanning die tussen haar en Girard voelbaar is, zakt weer wat af.

Lauren schraapt haar keel. 'Goed, Maria Pineau dus.' Girards rechterhand rust op zijn computermuis en Lauren legt haar hand er voorzichtig bovenop en stuurt het pijltje van de muis naar het midden van de foto. Vanuit haar ooghoek ziet ze dat Girards wangen veel roder zijn dan net. Ze doet net of ze het niet ziet. 'Eens kijken wat haar profiel te vertellen heeft. Hm, al ruim twintig jaar werkzaam op de school, een oude rot in het vak. Dat betekent dus ook dat ze met Julien Fournier heeft gewerkt.'

'Als we daar even op doorredeneren: zou het kunnen dat zij de collega is van wie Julien weigert de naam te noemen? Want als dat zo is, verklaart dat veel. Ze zat in een heel lastige positie. Ze steunde immers een collega op wie haar man als politie-inspecteur zijn zinnen had gezet. Die vrouw moet in een enorm loyaliteitsconflict hebben gezeten.'

'Áls zij de collega is die Julien tot nu toe buiten zijn zaak heeft gehouden. Maar je hebt gelijk, in dat geval wordt het meteen duidelijk waarom hij haar naam nooit heeft genoemd en haar niet in zijn voordeel heeft laten getuigen. Zij was loyaal aan hem en hij wilde hetzelfde voor haar doen.'

'Wat een enorme inschattingsfout. Waarom zou iemand zichzelf dat aandoen? Juliens vrijheid stond op het spel en een positieve getuigenis over zijn persoon en karakter had hem zeker geholpen in de rechtszaak.'

'Denk je dat nou werkelijk? Uit alles blijkt toch dat de rechter vooringenomen was en alles aangreep om Julien te veroordelen. Ik snap wel dat hij de enige vriendschap die hij op dat moment dacht te hebben niet zomaar op het spel wilde zetten.'

'Zomaar? We hebben het hier wel over zijn vrijheid.'

'Als ik in Juliens schoenen had gestaan, had ik Maria als

laatste troef achter de hand gehouden, maar alleen als ik de overtuiging had dat ze echt nog het verschil kon maken.'

'We kunnen wel speculeren over wat Julien denkt en doet, maar uiteindelijk blijft het giswerk. We moeten Gabriel vragen of hij Julien belt en hem vraagt of Maria Pineau, de vrouw van Luc Dupont, destijds zijn vertrouwelinge was én of zij de vrouw is aan wie hij nog steeds brieven schrijft.'

'Helemaal mee eens. We hebben feiten nodig om verder te komen, voordat onze fantasie op hol slaat. Maar als ons vermoeden klopt, dan snap ik ook meteen waarom Maria zo terughoudend was toen we daar op bezoek waren. Ze is wellicht bang dat haar man alsnog te weten komt dat ze er destijds achter zijn rug om voor koos om Julien te steunen met haar vriendschap en luisterend oor. Wat ik van Gabriel begreep is dat Juliens geheimzinnige vriendin ook allerlei praktische zaken heeft geregeld achter de schermen. Zij heeft bijvoorbeeld namens hem die opslag gehuurd waar zijn huisraad is opgeslagen.'

'En waar vandaag is ingebroken,' helpt Girard haar nog even herinneren.

'Ook dat, ja.'

'Zal ik Gabriel alvast bellen met onze bevindingen?'

'Laten we wachten tot hij en Nadine hier zijn. Het is niet handig om ze te storen als ze die getuige net aan de praat hebben gekregen. Dat moet jij toch weten, meneer de inspecteur,' zegt ze met een knipoog. 'Ik verwacht niet dat ze uren wegblijven en we komen de tijd tot ze hier zijn vast wel door samen.'

'Ik wilde vanavond eigenlijk beginnen met de serie *La Forêt* op Netflix. Staat al heel lang op mijn lijstje, maar ik kom er maar niet aan toe. Misschien kunnen we samen de eerste aflevering kijken?'

'Heb je popcorn in huis?' vraagt Lauren lachend.

47

Lauren schrikt wakker van het geluid van een bel. Compleet gedesoriënteerd doet ze haar ogen open. Langzaam dringt het tot haar door dat ze zich in de woonkamer van Girard Roux bevindt en dat ze tegen hem aan hangend in slaap is gevallen. Ze vliegt overeind en mompelt haar excuses. Girard staat met een grote grijns op zijn gezicht op terwijl hij naar de voordeur loopt. 'Je was binnen vijf minuten al vertrokken.'

Lauren woelt met haar handen door haar haren als Nadine en Gabriel de kamer in lopen.

'Wat heb jij kleine oogjes,' zegt Nadine.

'Ehm, ja, ik ben geloof ik een beetje in slaap gevallen. We keken een serie en... Ik ben ook zó moe.'

Nadine kijkt met een onderzoekende blik van Lauren naar Girard, die nog steeds staat te grijnzen. 'Ja, ja.'

'Ik ben echt in slaap...'

'Tuurlijk, Lauren,' onderbreekt Nadine haar lachend.

'Koffie, iets sterkers?' biedt Girard aan.

'Ik kan wel een wijntje gebruiken,' antwoordt Gabriel.

'Dan doe ik met je mee. Nadine?'

'Een sterke kop koffie alsjeblieft. Ik moet zo nog een podcast in elkaar knutselen.'

'O, ik geloof niet dat ik jaloers op je ben,' gaapt Lauren.

Als ze allemaal rond de tafel zitten met hun drankje brengt Girard Gabriel en Nadine op de hoogte van hun ontdekkingen rondom Maria Dupont. Gabriel kijkt op zijn horloge. 'Ik vrees dat het nu te laat is om Julien nog te bellen. Ze hanteren nogal strikte tijden in de gevangenis waar hij zit. Maar ik zal zorgen dat ik hem morgenochtend om acht uur meteen te spreken krijg.'

'En hoe ging het bij jullie?' vraagt Lauren nieuwsgierig.

Met een licht spottende stem brandt Gabriel los. 'De getuige die beweert Juliens auto gezien te hebben kan nog geen koe van een kip onderscheiden. Ze droeg brillenglazen die zo dik waren dat een verrekijker erbij in het niet valt en ik vermoed zelfs dat ze kleurenblind is. Ik heb een klein testje met haar gedaan en daar is ze niet voor geslaagd.'

'Dat meen je niet!'

'Ze bedankte me uitvoerig toen ik haar complimenteerde met haar groene broek terwijl het ding in werkelijkheid knalrood was.'

Nadine neemt het gesprek over: 'Het was een oudere dame die tijdens de moord op Celeste ook al op leeftijd was. Haar bijziendheid was toen iets minder ernstig dan nu, maar substantieel genoeg om haar waarnemingen op afstand in twijfel te trekken. Ze verklapte dat ze uit ijdelheid jarenlang heeft verzaakt om een bril op te zetten. Pas een paar jaar geleden, toen het echt niet meer ging, is ze voor het eerst naar een opticien gegaan.'

'Dus toen ze Juliens auto dacht te hebben gezien droeg ze geen bril?' vraagt Lauren voor alle zekerheid.

'Nee,' zegt Nadine vastberaden.

'Hoe is ze dan überhaupt tot haar getuigenis gekomen?'

'Dat vroegen Nadine en ik ons ook af. Gelukkig roddelt ze er blijkbaar graag op los, dus het kostte geen enkele moeite om dat helder te krijgen. Drie keer raden wie haar een bezoekje heeft gebracht en wat details heeft ingefluisterd...'

'Luc Dupont,' zeggen Lauren en Girard tegelijk.

'Exact! Ze raakte niet uitgepraat over die leuke, knappe man die tot aan de rechtszaak regelmatig even een kopje thee kwam doen. Na de rechtszaak heeft ze nooit meer wat van hem gehoord. Daar was ze wel een beetje verbolgen over.'

'Maar weet je wat ik niet begrijp?' vraagt Lauren. 'Dat de advocaat die Julien tijdens het proces had deze getuige niet heeft vermorzeld. Haar verklaring was met een paar scherpe vragen en een onderzoekje van een oogarts volledig onderuit te halen geweest. Waarom is dat niet gebeurd?'

'Die vraag heb ik mezelf ook al meerdere malen gesteld,' geeft Gabriel toe. 'Eén verklaring kan zijn dat Julien zijn advocaat toegewezen heeft gekregen. Hij kon er zelf geen betalen van zijn lerarensalaris. Pro-Deoadvocaten, op een paar uitzonderingen na, staan er niet om bekend dat ze tot het gaatje gaan. Bij het nalezen van al zijn aantekeningen en pleitnota's vroeg ik me eerlijk gezegd weleens af of hij voor Julien of voor de tegenpartij werkte.'

'Zou het kunnen dat die advocaat zich ook heeft laten beïnvloeden? De rechter was ook niet bepaald onpartijdig,' vraagt Lauren zich hardop af.

'Dat zou een heel slechte zaak zijn, maar ik denk dat we het niet moeten uitsluiten.'

'Zou Luc Dupont daar dan ook achter zitten?'

'Kan ik me niet voorstellen,' zegt Girard. 'Hier in de buurt had hij zeker zijn connecties en kon hij veel voor elkaar krijgen, maar voor het beïnvloeden van een rechter én een advocaat is echt nog wel wat meer nodig.'

'Vergeet het beïnvloeden van de psychiater niet,' verwijst Nadine cynisch naar François.

'Ook dat,' beaamt Girard. 'Er moet meer achter zitten, een echt belangrijk iemand. Ik denk dan eerder aan die vader van dat meisje dat Julien vals heeft beschuldigd. We zullen dus ook hem echt moeten spreken. Hij stond al op mijn lijstje, maar hij en Dupont zijn nu echt prioriteit.'

'En vergeet Duponts vrouw Maria niet,' helpt Lauren Gabriel nog even herinneren.

'Maria staat met glans op de derde plek van het lijstje,' lacht

Gabriel. Tevreden neemt hij een slok van zijn rode wijn. 'Ik heb nu eindelijk het idee dat we ergens komen,' verzucht hij.

'Laten we daar dan op proosten en dan moet ik er in elk geval echt vandoor om met mijn podcast aan de slag te gaan,' stelt Nadine voor.

'Even voor de zekerheid,' zegt Lauren. 'Ik zou niet vermelden dat we Luc Dupont morgen weer gaan spreken en dat we vermoeden dat zijn vrouw een soort dubbelrol speelde in het hele plaatje. We weten niet wie er allemaal meeluisteren en vanuit welk belang, dus we moeten onze troefkaarten nog even achterhouden.'

'Wees niet bang, dat had ik zelf natuurlijk ook al bedacht,' stelt Nadine Lauren gerust. 'Ik ben die inbraak in Juliens opslagbox niet vergeten, en ook niet dat ik in mijn podcast heb verteld dat daar zijn computer stond. Dat was echt niet slim van me, maar ik stoot me geen twee keer aan dezelfde steen. Proost!'

48

Lauren zit al aan het ontbijt als Gabriel met een verhit hoofd en met flinke pas het hotel-restaurant in komt lopen. 'Het had nogal wat voeten in de aarde om Julien te pakken te krijgen, maar het is me uiteindelijk gelukt.'

'En? Klopt het scenario dat Girard en ik gisteravond hebben bedacht?'

'Wat denk je? Bingo! De vrouw van Dupont is inderdaad Juliens mysterieuze beschermengel en penvriendin. Luc Dupont weet daar tot op de dag van vandaag niets van af, volgens Julien. Zijn brieven aan Maria stuurt hij naar een postbus. De afgelopen tijd gingen ze vooral over de nieuwe hoop die we hem hebben gegeven door met zijn zaak aan de slag te gaan. Maria is heel geïnteresseerd in alle nieuwe dingen die we hebben ontdekt. Haar brieven zijn al die jaren een lichtpuntje voor Julien geweest. Ze is blij voor hem dat er eindelijk serieus naar zijn zaak wordt gekeken en blijft maar herhalen dat hij de moed niet moet opgeven. Ze is overigens fan van Nadines podcast. Die volgt ze al jaren op de voet volgens Julien. *Speaking of Nadine*, waar is ze?' Gabriel kijkt gehaast op zijn horloge. 'We moeten over een halfuurtje vertrekken om op tijd bij Dupont te zijn.'

'Ik begrijp ook niet waar Nadine blijft. Meestal is ze de eerste. Ik heb haar al geprobeerd te bellen, maar ze neemt niet op. Ik loop zo wel even langs haar kamer. Misschien heeft ze zich verslapen? Ze is gisteren volgens mij tot diep in de nacht nog met haar podcast bezig geweest. Het gekke is alleen dat hij nog niet online staat. Er staan allemaal berichten op haar forum van ongeduldige luisteraars.'

'Misschien was ze nog niet tevreden?'

'Dat lijkt me sterk. Ze heeft een heel strak schema, waar ze zich altijd aan houdt om continuïteit voor haar luisteraars te garanderen.'

Gabriel knikt met een bedenkelijk gezicht. 'Ik denk dat het inderdaad een goed idee is als jij even bij haar kamer gaat kijken. Misschien heeft ze zich inderdaad wel verslapen. Als je het niet erg vindt, dan ren ik even snel langs het buffet, want ik móét iets eten voordat we de confrontatie met Dupont aangaan. Ik wil de volledige focus hebben daar.'

Lauren neemt een laatste slok koffie en schuift haar stoel naar achteren. 'Je ziet me hier zo weer verschijnen. Regel jij vast een kop koffie voor Nadine, want ik denk dat ze die wel kan gebruiken.'

Gabriel steekt zijn duim op en Lauren spoedt zich richting Nadines kamer. Ze bonkt een paar keer hard op de deur, maar er wordt niet opengedaan. 'Nadine! Wakker worden! We moeten er zo vandoor!' Lauren bonkt nogmaals op de deur en wacht af. Als er weer geen reactie komt legt ze haar oor tegen de deur. Het is muisstil aan de andere kant. Ze belt haar nog een keer terwijl ze haar oor tegen de deur aan houdt. Er komt geen enkel geluid uit Nadines kamer. Dat betekent dat ze haar telefoon op stil heeft staan of dat haar toestel niet in de kamer is. Er begint wat te kriebelen in Laurens onderbuik. Nadine zit normaal gesproken vastgeplakt aan haar telefoon. Zou het kunnen dat Nadine niet op haar kamer is? Maar waar is ze dan? Ze weet van de afspraak met Dupont en is altijd zo stipt. Bovendien weet Lauren zeker dat Nadine het gesprek met Dupont voor geen goud wil missen. Het moet een van de hoogtepunten van haar podcast worden.

Met een toenemend gevoel van onrust en bezorgdheid

loopt Lauren weer naar beneden. Daar aangekomen loopt ze naar de receptie. 'Pardon. Hebt u de mevrouw van kamer 321, Nadine Dubois, toevallig vandaag al gezien? Is ze hier soms langs gekomen of naar buiten gegaan? Ik zit in het restaurant samen met een vriend op haar te wachten, maar ze is niet op komen dagen. Ik maak me een beetje zorgen en ze lijkt niet op haar kamer te zijn. Is het mogelijk om even op haar kamer te kijken of alles wel goed gaat?'

'Eén momentje alstublieft,' antwoordt de receptioniste terwijl ze tussen een stapeltje papieren zoekt en er een samengevouwen velletje uit trekt. 'Bent u Lauren Martens?'

Lauren haalt haar rijbewijs uit haar broekzak en laat het aan de receptioniste zien.

'Uw vriendin heeft een briefje achtergelaten voor u en ene Gabriel Baptiste. Ze is een paar uur geleden vertrokken.'

Lauren pakt het briefje aan, slaat het gehaast open en begint te lezen.

Beste Lauren en Gabriel,
Ik kreeg gisteravond laat een belletje van de receptie dat er een roos met een envelop voor me was bezorgd. Het bleek van François te zijn. Hij wilde me iets vertellen wat handig zou zijn voor mijn podcast. Het was dringend, zei hij. Ik denk dat hij eindelijk open kaart met me durft te spelen en me gaat vertellen dat hij de anonieme psychiater was die destijds een rapport over Julien heeft geschreven. Hij wilde me ontmoeten bij de ingang van Les Jardins de Chanabier. Hij vroeg me alleen te komen. Ik moet dit doen, dat begrijpen jullie toch wel? Ik ben op tijd terug voor onze afspraak met Dupont. Als het qua tijd allemaal krap wordt zal ik rechtstreeks een taxi naar Duponts huis nemen. Maak je geen zorgen en tot straks.
Nadine xx

'Merde!' roept Lauren uit terwijl ze met het briefje in haar hand naar het restaurant rent.

Gabriel lepelt een bakje yoghurt met honing en muesli leeg en kijkt verwachtingsvol op als hij haar in flink tempo ziet komen aanlopen. De blik in zijn ogen verandert meteen als hij haar zorgelijke gezicht ziet. 'Wat is er aan de hand? Heb je haar gevonden?'

'Dít is er aan de hand.' Lauren gooit het briefje voor hem neer.

Gabriel leest het en bij elk woord betrekt zijn gezicht meer. 'Dat meen je niet! Hoe kan ze nou zo stom zijn? Die François is niet te vertrouwen, hij kan haar wel wat aandoen!' Gabriel veegt zijn mond af en gooit zijn servet op tafel. 'Waarom heeft ze ons niet gewaarschuwd?'

'Omdat wij haar zouden proberen tegen te houden en Nadine laat zich niet tegenhouden. Ik ken haar inmiddels goed genoeg om te weten dat als ze iets in haar kop heeft, ze daar niet zomaar van af te brengen is. Daarom heeft ze ook een briefje achtergelaten bij de receptie en ons geen appje gestuurd of gebeld, zo had ze alle tijd om naar hem toe te gaan.'

'Maar waarom neemt ze haar telefoon dan nu niet op?'

'Om dezelfde reden als dat jij dat niet doet als je een moeilijk gesprek voert. Voor hetzelfde geld staat ze nu haar relatie te verbreken. Dat is niet echt een moment om je telefoon op te nemen.'

'Ik vertrouw die François voor geen meter. Moeten we dat gesprek met Dupont niet even uitstellen en haar eerst gaan zoeken?'

'Vertrouw je François niet of is er meer aan de hand?' Lauren kan niet anders dan het hem vragen.

'Wat bedoel je daar nou mee?'

'Kom op, Gabriel, het is overduidelijk dat er meer tussen jullie is dan gewoon een goede samenwerking. Als François niet in het spel was, was er allang iets gebeurd. Heb ik gelijk of niet?'

'Ik vind Nadine inderdaad een leuke en aantrekkelijke vrouw. En die klik voel ik zeker, maar zolang ze in een relatie zit zal ik daar nooit naar handelen. Zo ben ik niet.'

'En dat siert je. Er zijn genoeg mannen, en ook vrouwen trouwens, die daar volledig schijt aan hebben.' Lauren schrikt van de bitterheid in haar stem en geneert zich.

Dat is niet onopgemerkt gebleven bij Gabriel. 'Het klinkt alsof je daar ervaring mee hebt.'

'Ja, als de bedrogene. Maar het is lang geleden, laten we het vooral bij Nadine houden nu.'

'Goed, maar dan herhaal ik nogmaals dat het me totaal niet lekker zit dat ze alleen met François heeft afgesproken. Waarom zou hij haar nu opeens wel alles vertellen? Dat is toch gek?'

'Verrassend zou het zeker zijn, maar wij kennen de man niet. Misschien maken we ons wel zorgen om niets. Wedden dat ze zo keurig op tijd voor Duponts huis op ons staat te wachten? Als we niet opschieten zijn we zelf nog te laat en lacht ze ons straks uit.'

'Zullen we op weg naar Dupont niet even langs die botanische tuin rijden? Misschien kunnen we haar alsnog oppikken.'

'Dat gaan we niet redden als we op tijd bij Dupont willen zijn. Ik vrees dat we wat Dupont betreft maar één kans krijgen, dus we moeten zorgen dat we op tijd zijn. Nadine vervloekt ons als we de kans om Dupont alleen te spreken te krijgen mislopen omdat we haar aan het bemoederen zijn. Ik wil naar dat gesprek, Gabriel. Ik voel aan alles dat Dupont weet wie mijn zusje heeft vermoord. Ik móét weten wat haar is overkomen en vooral: wie dat heeft gedaan.'

'Oké, je hebt gelijk. Daarvoor zijn we hier tenslotte gekomen.' Gabriel neemt nog vlug een grote slok van zijn lauwe koffie en staat dan op. 'Laten we gaan.'

49

Girard Roux' auto staat al in de straat vlak bij Duponts huis als Gabriel en Lauren aan komen rijden. De lucht is van het ene op het andere moment donker geworden en de eerste dikke regendruppels spatten op de voorruit. Girard stapt uit zijn auto en loopt hun tegemoet. 'Laten we er snel heen lopen. Het ziet er niet naar uit dat dit een kleine bui wordt...' spoort hij hen aan.

Lauren is blij dat hij meteen ter zake komt en dat er zo op het eerste gezicht niks ongemakkelijks tussen hen in hangt. Ze vindt het nog steeds gênant dat ze tegen hem aan in slaap gevallen is.

'Hé, waar is Nadine?' vraagt Girard verbaasd.

'Die volgt ons zo met een taxi. Ze heeft zich verslapen,' antwoordt Lauren vlug voordat Gabriel iets kan zeggen. 'Ze stond erop dat wij alvast gingen zodat we niet allemaal te laat zouden komen.' Ze vertelt Girard later wel wat Nadine aan het doen is, maar voor nu is het zaak dat ze zonder afleiding zo snel mogelijk met Dupont in gesprek gaan. Ze werpt Gabriel een waarschuwende blik toe en hij lijkt het te begrijpen.

Met Girard voorop rennen ze naar Duponts huis. 'Ik haal snel die sleutel aan de achterkant,' roept hij.

Gabriel en Lauren schuilen ondertussen onder het afdakje bij de voordeur. Girard is binnen een paar minuten weer terug. 'Nergens een sleutel te bekennen onder die mat. Ik heb alles afgezocht en alle bloempotten opgetild.'

'Oké, hoe komen we dan binnen?' vraagt Lauren bezorgd.

‘Hiermee.’ Girard houdt een *lockpick*-set omhoog. ‘Die had ik voor de zekerheid maar even in mijn binnenzak gestoken. Zo komen we zeker binnen.’

‘Hulde voor je vooruitziende blik.’

Lauren en Gabriel gaan aan de kant om Girard erbij te laten. Hij krijgt het slot met wat simpel gewroet vrijwel meteen open zonder een spoor op het slot achter te laten.

‘Dat heb je vaker gedaan,’ grinnikt Lauren. Met z’n drieën gaan ze het huis binnen. Voordat Lauren de deur zachtjes sluit kijkt ze nog even of er al een spoor is van een taxi met Nadine erin. Dat is niet het geval. Voor de zekerheid schakelt ze de voicerecorder van haar telefoon in zodat Nadine straks alsnog een opname heeft die ze voor haar podcast kan gebruiken. Girard neemt een kijkje in de woonkamer en zegt hun hem naar boven te volgen. ‘Goedemorgen, Luc,’ roept hij terwijl hij de trap op loopt. ‘Dit zijn Girard, Lauren en Gabriel en we komen nu naar boven, oké?’

Als er niet meteen een reactie volgt, stampt Girard luidruchtig naar boven. Aangekomen op de overloop roept hij nogmaals Lucs naam. Het blijft stil. Stuk voor stuk zwaait hij de deuren open die aan de overloop grenzen. Als hij de laatste deur opent, deinst hij achteruit. Een doordringende stank van urine en ontlasting komt hem tegemoet, en hij schrikt zich rot van wat hij in de kamer aantreft. Terwijl hij zo snel mogelijk een ambulance belt controleert hij of er een hartslag te vinden is in het roerloze lichaam van Luc Dupont.

De oud-brigadier ligt op zijn buik op de grond naast zijn bed en ziet zo intens bleek dat Lauren zich niet kan voorstellen dat hij zijn gesloten ogen ooit nog open zal doen.

‘Zijn hart klopt nog. Geef me die dekens, hij voelt ijskoud aan. Wie weet hoe lang hij hier al ligt.’

Lauren probeert de stank te negeren en trekt de dekens van het bed. Ze voelen stijf aan van aangekoekte etensresten en zweet. Gabriel trekt ondertussen kasten open in de hoop daar nog wat extra en vooral schone dekens in aan te treffen. Hij vindt er twee die hun dikte hebben verloren door slijtage. Uit noodzaak legt hij ze toch samen met Girard over Dupont heen.

'We moeten zijn vrouw bellen,' roept Lauren terwijl ze in de laatjes naast Duponts bed begint te rommelen in de hoop dat hij zo iemand is die zijn nummers nog in een boekje bijhoudt. In het eerste laatje dat ze opentrekt ziet ze de achterkant van een oud krantenartikel. In een impuls draait ze het dunne papiertje om en ziet ze een lachende, prachtige Celeste. Het is de foto die in de plaatselijke krant werd afgedrukt toen er nog volop naar haar zusje werd gezocht. Lauren voelt direct dat de man die hier op de grond ligt weg te kwijnen een grotere betrokkenheid heeft bij Celestes dood dan ze tot nu toe dachten.

'Jij gore vieze klootzak, wat is er met mijn zusje gebeurd?' Nu buiten zichzelf van woede loopt Lauren op Dupont af. Gabriel heeft de foto inmiddels van de grond gepakt en houdt hem Girard voor. Ook zij hebben aan een halve blik genoeg om te beseffen dat er iets goed mis is. Samen kunnen ze nog net voorkomen dat Lauren de bewusteloze Dupont te lijf gaat.

Als de ambulancebroeders Dupont uiteindelijk met behulp van de brandweer uit huis takelen, vraagt Girard een van hen om Lauren iets kalmerends te geven. Het lijkt of alle verdriet en spanning er in één keer bij haar uit komen, en zowel Girard als Gabriel krijgt haar niet rustig. In alle commotie merkt niemand op dat ze nog steeds niets van Nadine gehoord hebben.

50

Nadine wordt wakker en heeft moeite met ademen. Als ze haar ogen opendoet blijft het donker om haar heen. Haar hele lichaam doet zeer. Er zit iets in haar mond en haar armen en benen zijn samengebonden met scherpe, dunne touwen die pijnlijk in haar huid snijden. Hardnekkig probeert ze haar armen te bevrijden, maar in plaats van losser gaan de touwen alleen maar strakker zitten. Met haar tong probeert ze de prop uit haar mond te duwen om wat meer lucht te krijgen, maar ook dat mislukt. Ze probeert zich te herinneren hoe ze hier is beland. Moeizaam probeert ze van haar zij op haar rug te draaien. Ze brengt haar vastgebonden handen boven haar hoofd en voelt dat daar weinig ruimte is.

Uit het niets krijgt haar rug een harde klap te verduren en dan weet ze het zeker: ze ligt in de kofferbak van een auto, die aan het gehobbel te voelen over een onverharde weg rijdt. Ineens schiet het haar weer te binnen, het briefje van François en het verzoek hem 's ochtends vroeg te ontmoeten bij de ingang van de botanische tuinen van Aubenas. Ze was er even voor zessen geweest en had door het gesloten hek naar de prachtige bloemen staan staren toen ze iets in haar rug voelde en de wereld na een hevige pijnscheut zwart werd. Was het François? Zit hij achter het stuur? En wat is hij met haar van plan? Het enige wat ze zeker weet is dat ze behoorlijk in de problemen zit. Wil hij met alle geweld dat ze stopt met haar podcast en haar onderzoek naar de moord op Celeste omdat ze te dicht bij de waarheid komt, die hem zal schaden? Is de man met wie ze een huis, een bed en een leven deelt echt in staat om haar iets aan te doen? Alles wijst in elk geval die kant op. Zou hij haar alleen bang willen maken of moet ze vrezen voor haar leven?

Ze voelt dat de auto begint af te remmen, tot hij even later helemaal stilstaat. De motor draait nog even door, maar wordt dan uitgezet. Nadine hoort een deur dichtslaan en begint met haar handen en voeten tegen de binnenkant van de kofferbak te bonken. Haar poging om te schreeuwen staakt ze vrijwel meteen, want door de prop in haar mond heeft het geen zin en kost het haar alleen maar energie. En haar energie heeft ze hard nodig, wil ze hier levend vandaan komen.

De kofferbak gaat open en haar ogen worden groot van afschuw als ze ziet wie er verantwoordelijk is voor haar ontvoering. *Dit kan niet waar zijn*, is het enige wat ze kan denken als sterke handen haar ruw uit de auto trekken en op de grond smijten. Er wordt dreigend een taser op haar gericht. De bomen om hen heen geven haar het idee dat ze in een bos zijn. De plek waar ze naartoe is gebracht is in elk geval volkomen afgelegen. Op wat vogelgeluiden na is er in de verre omgeving niets te horen. Zelfs al zou het haar lukken om te schreeuwen, dan is er niemand die haar zou horen. Het laatste beetje moed en hoop dat ze nog had verdwijnt, terwijl de wolken boven haar steeds donkerder worden.

51

'Hij is aanspreekbaar, dus u kunt nu even naar hem toe,' vertelt de verpleegkundige tegen Girard Roux. 'Hij zit wel flink onder de pijnstillers, omdat die val uit zijn bed behoorlijk wat kneuzingen heeft veroorzaakt. De artsen hebben ook een hersenschudding geconstateerd, dus u kunt hem niet te lang bezoeken en er mogen maar twee personen naar binnen. Een van jullie zal dus buiten moeten blijven.'

'Gaan jullie maar,' biedt Gabriel aan, 'dan probeer ik Nadine te bellen om haar te vertellen dat ze een taxi naar het ziekenhuis moet nemen.'

'Ik neem het gesprekje wel voor je op zodat je het later terug kunt luisteren.'

'Lauren, ik neem je alleen mee naar binnen als je me kunt garanderen dat je kalm blijft.' Girard pakt haar hand en zoekt oogcontact.

'Ik ben helemaal zen. Ik weet niet wat er in die pillen zit die ze me gegeven hebben, maar...'

'Lauren...'

'Echt, het gaat wel weer. Ik beloof je dat ik Dupont niet aan zal vallen omdat hij iets te maken heeft met Celestes dood. Kom je mee, voordat die gluiperd weer in slaap valt?' Ze trekt haar hand terug en loopt voor Girard uit naar Duponts kamer. Het kost haar al haar zelfbeheersing om de deur niet open te smijten.

Dupont kijkt haar met angstige ogen aan als ze zijn kamer binnenstapt. Er zit een wit verband om zijn hoofd en in zijn hand zit een infuus. Ze heeft zin om de slang om zijn nek te draaien en hem te dwingen om te praten. Duponts ogen schieten langs haar naar de plek waar Girard staat en hij wenkt hem. Als Girard naar het bed loopt volgt Lauren strak achter hem.

'Ik wil een bekentenis doen, Girard, deze ellende heeft lang genoeg geduurd en zij verdient het om de waarheid te horen.' Zijn ogen schieten vol tranen als hij naar Lauren kijkt.

'Heb je er bezwaar tegen als ik dit gesprek opneem, Luc? Dan doen we het gelijk officieel en hoef je alles niet nog een keer te vertellen.'

'Leg het maar vast,' stemt Dupont nauwelijks verstaanbaar in.

Girard spreekt vlug wat formaliteiten in en geeft Luc een teken dat hij van wal kan steken. 'Graag rechttoe rechtaan,' geeft hij hem nog als instructie mee. 'We hebben maar kort de tijd, omdat je moet rusten.'

'Ik was die nacht met dat meisje.'

'Even voor de duidelijkheid: met dat meisje bedoel je de Nederlandse Celeste Martens?'

'Ja. Ik was klaar met werken en reed nog wat rond daar in de buurt toen ik haar tegenkwam. We raakten aan de praat en toen...' Dupont heeft zichtbaar moeite om verder te gaan. 'Uiteindelijk hebben we seks gehad.'

Lauren hapt naar adem. 'Mijn zusje was zestien, jij monster! Hoe haal je het in je hoofd om met je gore poten aan haar te zitten! Je werkte nota bene bij de politie. Jij moet mensen beschermen.'

Girard neemt het snel over van Lauren, omdat hij ziet dat ze haar controle dreigt te verliezen. 'Waarom had je seks met Celeste, Luc? Ze was een minderjarig meisje. Jij weet als geen ander dat dat strafbaar is.'

'Ik dacht dat ze achttien was. Ze gedroeg zich ook veel volwassener.'

'Wat gebeurde er dan precies? En hoe gedroeg ze zich?'

'Ik reed na mijn late dienst wat rond om na te denken. Maria en ik hadden eerder die dag ruzie gehad en ik had totaal geen zin om al naar huis te gaan. In de buurt van Le Village kwam ik Celeste tegen. Ik sprak haar aan en vroeg haar wat ze midden in de nacht in haar eentje op straat deed. Ik had mijn raampje open en ze stak haar hoofd naar binnen. Ze was zo ontzettend mooi. Ze sprak prima Frans, maar ik hoorde dat ze een toerist was. Ik rook dat ze gedronken had en ik kon aan haar pupillen zien dat ze drugs had gebruikt, maar ze benam me de adem met haar schoonheid. Ik had nog nooit in mijn leven zo'n mooi meisje gezien en mijn lichaam reageerde. Ik had er geen controle over. Ik ben uitgestapt en heb haar gevraagd of ze drugs bij zich had. Uitdagend droeg ze me op om haar te fouilleren als ik daarachter wilde komen. Ze boog voorover met haar handen leunend op mijn auto en...'

Lauren maakt een piepend geluid en kan zich pas nadat Girard haar een bemoedigend kneepje in haar schouder geeft beheersen en voorkomen dat ze de man iets aandoet.

'Dus ja, toen heb ik haar inderdaad gefouilleerd. Ik vond een zakje cocaïne en hield het voor haar neus. Ze wist dat ze daarmee in de problemen kon komen. Ze duwde me tegen de auto en ging met haar lichaam helemaal tegen me aan staan. Ze zei dat ze wel een ideetje had waarmee ze me dit incident kon laten vergeten en deze zomeravond een leuke draai kon geven. Ik kan me haar woorden na al die jaren nog steeds herinneren. Ze is bij me in de auto gestapt en ik ben met haar naar een plek in het bos gereden waar ik veel met Maria kwam toen ik haar net kende. Celeste nam de leiding en ze was heel bedreven. Het was duidelijk dat ze al vaker seks had gehad. Toen we klaar waren veranderde er iets in haar blik. Ze begon heel gemeen te lachen en zei dat ze nu een mooi verhaal had om dit gehucht eens tot leven te wekken. Ze bleef maar lachen om hoe mensen zouden reageren als ze hoorden dat een getrouwde politieman seks met een minderjarig meisje had gehad.

Met een laatste sneer draaide ze zich om om weg te gaan, en op dat moment knapte er iets in me. Toen...' Dupont moet naar adem happen om zijn verhaal af te kunnen maken. 'Ik zag voor me hoe ik alles kwijt zou raken waar ik zo hard voor had gewerkt. Het was alsof ik buiten mezelf trad. Ik raapte een zware steen op die naast mijn voeten lag, het werd zwart voor mijn ogen en ik heb uitgehaald.'

Lauren kan zich niet langer inhouden en vliegt op Dupont af. Girard kan nog net voorkomen dat ze Dupont te lijf gaat. 'Lauren, kalmeer, anders moet ik je vragen de kamer te verlaten. Dit is vreselijk, maar ik ben een bekentenis aan het afnemen.' Girard duwt Lauren terug en gaat tussen haar en Dupont in staan. Terwijl hij haar in de gaten houdt, spreekt hij in dat hij de opname tijdelijk pauzeert. 'Ik begrijp maar al te goed dat dit je allemaal te veel wordt, dus ik geef je nu de kans om op de gang te wachten. Ik moet mijn werk kunnen doen en dit is schadelijk voor het proces. Vraag Gabriel maar of hij jouw plek inneemt, want er moeten twee mensen in de kamer zijn die de bekentenis kunnen navertellen.'

'Ik blijf.' Terwijl de tranen over Laurens wangen stromen loopt ze naar een stoel en schuift hem naar de verste hoek van de kamer. Ze gaat zitten en bijt op haar vuist. Girard ziet het even aan en zet de recorder weer aan. Hij spreekt in dat hij het verhoor hervat met Dupont en vergeet niet de datum en exacte tijd erbij te noemen. Vervolgens knikt hij naar Dupont als aansporing om verder te vertellen.

'Toen ik doorhad wat ik had gedaan, ben ik totaal in paniek geraakt. Ik zag direct dat ik haar een fatale klap op haar schedel had gegeven. Het enige wat ik toen kon bedenken was mijn vrouw Maria bellen. Ik heb haar alleen gezegd dat er iets vreselijks was gebeurd en dat ik niet wist wat ik moest doen. Zij is zo snel mogelijk naar me toe gekomen. Toen ze doorhad dat ik per ongeluk een jong meisje had vermoord, schrok ze zich wild. Maar al snel werd dat gevoel bij haar vervangen door een enorme vastberadenheid. Ik bleef steeds zeggen dat we nu iemand van het bureau moesten bellen, maar zij was vastbesloten dat dat geen optie was. Ze zei dat ik haar een mooie toekomst had beloofd, en dat ze er eigenhandig voor zou zorgen dat dit niet mijn, maar vooral niet háár leven zou verpesten. Terwijl ik alvast in de auto moest gaan zitten, controleerde zij of er ergens sporen van mij te vinden waren en zou zij verder alles regelen. Ik was zo in shock dat ik dat toen heb laten gebeuren.'

'Maria was dus medeplichtig. En hoe zit het met alles wat er erna is gebeurd? Jij hebt een flinke rol gespeeld in de veroordeling van Julien Fournier. Hoe zit dat? En waarom hij?'

'Omdat hij een makkelijk slachtoffer was. Het perfecte slachtoffer zelfs, volgens Maria. Zij kwam ermee aanzetten en heeft alles bedacht. Julien had haar namelijk in vertrouwen verteld van die valse aanklacht van dat meisje in Parijs.'

'Dus Maria heeft misbruik gemaakt van Juliens vertrouwen en vriendschap en hem zonder pardon voor de bus gegooid. En jij hebt gefraudeerd met het onderzoek en ervoor gezorgd dat alles zijn kant op wees. Je hebt valse getuigenissen geregeld, je hebt die kinderporno op zijn laptop aangekocht, moet ik nog even doorgaan? '

'Het was hij of wij, bleef Maria maar zeggen. Ik voelde me verschrikkelijk, maar ze dreigde dat als ik niet doorzette, ze er alsnog voor zou zorgen dat alleen ik de gevangenis in zou gaan, en ze zou iedereen vertellen dat ik niet alleen een moordenaar, maar ook een pedofiel was. Ze had mij volledig in haar macht.'

'Maar die kinderporno was zogenaamd al ruim voordat Celeste verdween aangeschaft. Dat krijg je toch niet zomaar voor elkaar? En hoe kregen jullie alle betrokkenen zover om mee te werken aan een onderzoek en zelfs een veroordeling terwijl er duidelijk van alles niet deugde? Hoe trapt een rechter daarin?'

'Dat kan blijkbaar allemaal, als je maar de juiste connecties hebt. Ik heb een goed gesprek gehad met de vader van het meisje dat de aanklacht tegen Julien destijds indiende. Zijn naam is Philippe Verdun. Hij had er nog steeds geen vrede mee dat zijn dochter de klacht had ingetrokken en wilde dat Julien hoe dan ook zou boeten. Hij is rijk en machtig en heeft een hoop achter de schermen gedaan. Ik schaam me vreselijk voor alles wat er is gebeurd, maar dit is de waarheid.'

'Dus kocht hij de rechter om, de psychiater en een paar getuigen, en kreeg hij Julien alsnog achter de tralies.'

'Voor de rechter was het zijn laatste zaak voordat hij met pensioen ging, dus die had weinig te verliezen. Hij zag een extra som geld als aanvulling op zijn pensioen wel zitten.'

'En de psychiater? We weten inmiddels dat het om François Bernard gaat.'

'Bernard was een zeer ambitieuze psychiater die graag hogerop wilde komen. Bovendien kende hij Verdun toevallig van vroeger. In ruil voor een vals psychiatrisch rapport heeft Verdun veel deuren voor hem geopend en is hij nu de gevierde man die regelmatig als deskundige in de media verschijnt.'

'En hoe zat het met Juliens eigen advocaat? Wat waren zijn intenties?'

'Verdun heeft hem zodanig onder druk gezet dat hij niet bepaald zijn best heeft gedaan voor Julien. Hij heeft heel veel dingen laten lopen of niet nader laten onderzoeken. Er waren genoeg zaken waar gaten in geschoten konden worden. In het begin heeft hij zich nog even verzet, maar uiteindelijk gaf hij toe. Verzet had ook geen zin, want voordat het proces was begonnen stond de uitkomst ervan al vast. Julien zou hoe dan ook veroordeeld worden. Toen zijn veroordeling eenmaal een feit was leek het voor Maria en mij een afgesloten hoofdstuk. Maar mijn geweten bleef enorm aan me knagen en ik voelde me verschrikkelijk.'

'Waarom heb je je nooit alsnog aangegeven als het je werkelijk zo zwaar viel?' werpt Girard hem toe.

'In de jaren erna kreeg ik die beroerte. Daarna veranderde alles. Maria had mij vanaf dat moment volledig in haar macht. Die verlamming trad direct in, maar een deel van mijn toestand komt door hoe ze voor mij zorgde. Of hoe ze dat eigenlijk niet deed. Ik was volledig afhankelijk van haar en moest tegenover de paar mensen die langskwamen doen alsof ik mijn geheugen deels was verloren. Ze bleef me maar zeggen dat ik iets vreselijks had gedaan en dat ik zoveel geluk had dat zij mij toen had geholpen. En of ik wel besefte wat dit alles voor haar leven had betekend. Ze was ontzettend verbitterd door alles wat er was gebeurd en door het feit dat zij nu met een zieke man thuiszat. Met als gevolg dat ze me steeds slechter begon te verzorgen. Ze liet geen bezoek meer toe, ik moest het soms dagen zonder eten en drinken doen en ze hielp me niet naar de wc. Ik voelde me verschrikkelijk en heb vaak gewenst dat ik dood zou gaan. En toen kwamen jullie en wist ik dat het moment was aangebroken om een bekentenis af te leggen en deze hel voor altijd te laten stoppen. En bij het zien van Lauren werd dit alleen maar extra bevestigd. Wat zij en haar familie hebben moeten doorstaan, daar moet ik voor boeten. En weet je, Girard, ik heb niets meer te verliezen en de gevangenis is voor mij een paradijs in vergelijking met de hel waar ik nu in leef.'

Girard hoort het allemaal hoofdschuddend aan en kijkt af en toe met een schuin oog naar Lauren of ze het nog trekt. Hij durft zijn focus echter niet van Dupont af te halen nu die alles naar boven haalt. Hij moet alles vastleggen voordat het te laat is. Duponts bekentenis laat hem duidelijk niet onberoerd en hij is bang dat hij straks instort. 'Waar is Maria op dit moment, Luc?'

'Na jullie bezoekje van gisteren rook ze onraad. Ze heeft haar koffer gepakt, me uit bed gedonderd en gezegd dat ze nooit meer terugkwam. Dat ik mocht rotten in de hel. Daarna moet ik bewusteloos zijn geraakt en werd ik hier weer wakker.'

'Wist ze dat je vanochtend om tien uur een afspraak met ons had?'

'Nee. Die afspraak met jullie heeft mijn leven gered.'

De realisatie dat zij eraan heeft bijgedragen dat deze man voor haar nog in leven is en dat ze haar zusje voor altijd kwijt is, wordt Lauren te veel. Ze rent de kamer uit en wordt op de gang opgevangen door Gabriel. Hij houdt haar vast tot ze gekalmeerd is.

'Ik hoor straks wel van Girard wat er allemaal gebeurd is. Ik maak me nu echt vreselijke zorgen om Nadine. Ik heb François gesproken en hij is niet degene die haar dat briefje heeft gestuurd. Hij is hier niet eens in de buurt. Hij ontvangt vandaag patiënten in zijn praktijk in Parijs en omdat ik hem met beeld erbij belde, heb ik hem daar zelf zien zitten. Zijn secretaresse heeft naar me gezwaaid. François heeft ook niks meer van Nadine gehoord en heeft geen idee waar ze is.'

'O mijn god. Iemand heeft haar erin geluisd om haar ergens alleen te kunnen ontmoeten.'

'Ik vrees dat ze in gevaar is en wil zo snel mogelijk via Girard een opsporingsbevel laten uitvaardigen. François heeft direct al zijn afspraken afgezegd en is onderweg.'

Lauren heeft de afgelopen dagen vaker onrust in Gabriels ogen gezien, maar nu ziet ze voor het eerst iets anders: pure angst.

52

Nadine begint te hoesten en hapt naar adem als ze eindelijk verlost wordt van de dikke prop in haar mond.

'Stel je niet aan,' snauwt Maria Pineau.

'Jij bent de vrouw van Luc Dupont. Wat doe jij hier? Ik begrijp het niet. Wat heb ik je misdaan? Wat ben je met me van plan?' stamelt Nadine als ze haar stem weer terug heeft.

'Ik heb je genoeg gewaarschuwd dat je de zaak moest laten rusten, maar je wilde niet luisteren. Ik heb geprobeerd je op het spoor van Girard Roux te zetten, maar daar wilde je ook niet aan. Je bleef maar doorgraven in die podcast van je. Je hebt geen idee wat je hebt aangericht. Er was niks aan de hand totdat jij je ermee ging bemoeien.'

'Wacht, ben jij die anonieme vriend die me berichtjes stuurde?'

'Wat een briljante conclusie, Sherlock.'

'En je hebt je dus voorgedaan als François om me te lokken.' Nadine denkt koortsachtig na om alle losse eindjes aan elkaar te knopen. 'Hoe weet je van François en dat hij hierbij betrokken is?'

'Pff, voor een journaliste stel je behoorlijk domme vragen. Ik volg de roddelbladen nog wel een beetje en daar hebben jij en François een aantal keer samen in gestaan. Ik heb altijd een speciale belangstelling voor François gehad, omdat hij een rol heeft gespeeld in de veroordeling van Julien Fournier.'

'Wat weet jij daar allemaal van?'

'Meer dan jij blijkbaar.' Maria lacht vals.

'Maar je bent toch bevriend met Julien? Ik snap er niets meer van.'

'Dat blijkt, ja. Ach, ik kan het je net zo goed uitleggen, want je kunt het toch niet meer navertellen.' Maria haalt een pistool tevoorschijn en richt het op Nadine. Nadine kijkt verstijfd van angst naar de loop van het pistool. Maria richt nog wat scherper en het valt Nadine op hoe vast haar hand is. Ze lijkt er geen enkele moeite mee te hebben om Nadine neer te knallen. Ineens roept Maria keihard: 'PANG!' Nadine gilt het uit. Hysterisch begint Maria te lachen terwijl ze het pistool opbergt in haar broek.

'Ga er maar niet van uit dat ik me bedenk. Ik stel het alleen nog even uit. Voordat jouw laatste seconden zijn aangebroken en niemand mij hier ooit nog terug zal zien, gaan wij nog even gezellig babbelen. Misschien is het wel fijn om mijn hart eindelijk eens te luchten zonder dat het consequenties heeft. Kijk maar eens goed om je heen, want de laatste plek die jij ooit zult zien, is ook de plek waar mijn man seks met die kleine slet had, waarna hij haar ook nog eens per ongeluk de hersenen insloeg. Kun je het je voorstellen?'

'Wat?' Nadine probeert de woorden van Maria op zich in te laten werken. Een voor een vallen alle ontbrekende puzzelstukjes op hun plek.

'Luc was zo'n zwakkeling. Hij heeft zich die nacht door dat meisje laten verleiden. En toen ze hem erna flink te grazen wilde nemen door dit rond te bazuinen, is hij door het lint gegaan. Een heel ongelukkig ongelukje, zou ik haast zeggen. En dacht je nou echt dat ik mijn leven liet verpesten omdat hij zich heeft laten gaan? Hoe denk je dat de vrouw van een moordenaar van een minderjarig meisje bekend komt te staan? Ik moest mezelf redden, dat snap je toch zeker wel? Julien paste met die aanklacht uit Parijs perfect in het daderprofiel. Het was zijn leven of het mijne. Luc heeft de rest geregeld nadat ik hem behoorlijk onder druk heb gezet. En in de jaren erna kon hij de waarheid al helemaal niet meer bekendmaken.'

'Maar deed het je dan helemaal niks dat een onschuldige man de gevangenis in moest?'

Maria haalt haar schouders op. 'Ik vond het lullig voor hem, maar het was niet anders. Het was de enige manier om Luc en daarmee mijzelf buiten schot te houden. Ik kon niet weten dat ik erna met een zieke man thuis zou zitten en mijn toekomst er alsnog een stuk minder rooskleurig uit zou zien. Maar in elk geval zorgde ik er wel voor dat Luc geen kant op kon en het geheim verborgen bleef.'

'Totdat Julien een nieuwe advocaat kreeg en mij inschakelde met mijn podcast...'

'Ja, die podcast. Je gaat zo een kort berichtje inspreken dat al je onderzoeken tot niets hebben geleid en dat je ervan overtuigd bent dat Julien schuldig is. Daarna halen we de afleveringen die al gepubliceerd zijn offline en wissen we alle interviews en geluidsopnames. Anders zorg ik ervoor dat jouw François nooit meer als psychiater mag werken, omdat hij het rapport dat hij over Julien heeft opgesteld vervalst heeft. Die vent van jou bleek wel heel gevoelig voor een flinke boost van zijn carrière als hij zou meewerken.' Maria lacht.

'Het maakt jou echt niet uit of je levens kapotmaakt, hè?' zegt Nadine vol afschuw.

'François heeft het aan zichzelf te danken, die is niet onschuldig. En Luc is pas echt schuldig. Maar die zal het vrees ik allemaal niet na kunnen vertellen.'

'Maar Julien wel, Julien is wel onschuldig! Je hebt zijn vertrouwen en vriendschap misbruikt om je eigen zielige leventje te redden. Het is echt te walgelijk voor woorden.'

Maria pakt het pistool en richt het dreigend op Nadine. 'Ik zou maar een beetje op mijn woorden passen, meisje. Wie ben jij om over mij te oordelen? Ons gesprekje is klaar. Ik heb hier je telefoon en je gaat me nu vertellen wat de code is.

Daarna ga je een tekstje opnemen dat ik voor je heb opgesteld en wissen we alle bestanden die met deze zaak te maken hebben. Roept u maar.'

'Het is veel handiger als je me even losmaakt zodat ik mijn telefoon zelf kan bedienen. Het is lastig uit te leggen.'

'Leuk geprobeerd, maar dat gaan we niet doen. We hebben alle tijd, niemand weet dat jij en ik hier zijn.'

Nadine realiseert zich dat Maria gelijk heeft. Lauren en Gabriel denken dat ze met François bij de botanische tuinen is. Bovendien heeft ze hun bewust niet verteld dat die zogenaamde vriend heftige bedreigingen is blijven sturen omdat ze niet stopten met het onderzoek. Ze kan alleen maar hopen dat ze achterdochtig zijn geworden nadat ze vanochtend niet is komen opdagen voor de afspraak met Luc Dupont. Ze kan zich nu wel voor haar kop slaan dat ze de gps op haar telefoon heeft uitgezet, zodat François haar niet meer kon volgen via de Zoek mijn vrienden-app. Niemand zal haar vinden hier in dit bos in the middle of nowhere. Zodra dat tot haar doordringt begint ze te smeken. 'Ik zal alles wissen en alles doen wat je zegt, maar laat me alsjeblieft leven. Vertrek naar het buitenland, verdwijn in het niets, het maakt me allemaal niet uit. Ik zweer je dat ik mijn mond zal houden. Alsjeblieft, vermoord me niet.'

'Hou op met dat zielige gejank. Ik heb een bloedhekel aan gesmeek. Luc kon ook altijd zo walgelijk smeken.' Maria zwaait het pistool weer dreigend Nadines kant op. Deze keer weet Nadine zeker dat ze niet schiet. Nog niet. Zolang Maria haar nog nodig heeft om bestanden te wissen en een tekst voor haar podcast in te spreken, is ze haar leven in elk geval nog even zeker. Ze realiseert zich dat dit moment zo lang mogelijk rekken het enige is wat ze nu kan doen.

'De code van je mobiel, nu!' schreeuwt Maria haar ongeduldig toe.

'Ik weet niet of ik die wel wil geven,' zegt Nadine opstandig.

'Oké, luister even goed naar me. We kunnen dit snel en pijnloos doen of er een ware marteling van maken. Wil je alvast een kogel door je knie om te voelen dat ik het echt meen? Ik weet wel wat ik zou kiezen.'

Nadine weet het ook en beseft dat ze geen keus heeft. '289615,' schreeuwt ze.

53

Maria loopt naar een plek toe waar de aarde is omgewoeld. Met haar voeten schopt ze zand aan de kant, net zo lang tot er een paar planken tevoorschijn komen. Ze tilt de planken met haar vrije hand op en gooit ze aan de kant. Nadine houdt haar adem in als er onder de planken een diep gat verschijnt. Maria komt naar haar toe, houdt het pistool op haar gericht en dwingt haar richting het gat te lopen. De tranen lopen over haar wangen wanneer ze zich realiseert dat het berichtje dat ze net voor haar podcast heeft ingesproken, ook gelijk haar afscheid is. De mensen die ze echter graag nog iets zou zeggen, zal ze nooit meer spreken.

Ze heeft altijd wel beseft dat haar werk niet zonder gevaar is, maar ze heeft nooit eerder voor haar leven gevreesd. Ze maakt een raar keelgeluid als Maria haar zonder pardon in de kuil duwt. Nadine komt onhandig op haar rug terecht en een hevige pijnscheut trekt door haar lijf. Maria torent hoog boven haar uit aan de rand van de kuil, pakt het pistool en richt het op haar hoofd. Nadine kijkt nog één keer naar de wolken en sluit dan haar ogen, wachtend op het schot. Ze hoort nog een schreeuw en dan klinkt er een oorverdovende knal.

54

Maria voelt een harde klap in haar rug. Ze wankelt en kijkt vol afschuw naar haar buik, waar het bloed ineens in krachtige golven uit gutst. Ze valt voorover in het graf dat ze zelf gegraven heeft en komt boven op Nadine terecht. Voordat de klap kwam, hoorde ze iemand schreeuwen dat ze haar wapen moest laten vallen. Sterke handen pakken haar vast en tillen haar op. Haar zicht is wazig en ze realiseert zich nog niet wat er allemaal om haar heen gebeurt. Het enige wat ze doorheeft is dat ze aan het wegvallen is. Ze voelt iets drukken op haar buik en er wordt een masker op haar gezicht gezet. Er klinkt weer geschreeuw, maar ze is al te ver heen om te begrijpen wat er wordt gezegd. Ze denkt nog aan de prachtige plek waar ze heen wilde om haar dagen in de zon door te brengen. Maar angst voor een mogelijk ander einde verdrijft dat gelukzalige gevoel. En op het moment dat ze haar laatste adem uitblaast, is er alleen nog leegte.

Epiloog

Lauren ritst net haar koffer dicht als er op haar kamerdeur wordt geklopt. Als ze opendoet kijkt ze recht in het gezicht van Girard. Zonder verder na te denken vliegt ze hem om de hals. 'O, ik ben je zo dankbaar! Je bent echt voor altijd mijn held.'

Hij knuffelt haar terug en duwt haar dan zachtjes van zich af. Ze pakt zijn hand en trekt hem mee naar het bed. Samen gaan ze op de rand zitten. Girard ziet er extreem vermoeid uit en heeft donkere kringen rond zijn ogen. 'Weinig geslapen zeker?' vraagt Lauren.

'Nachtje doorgewerkt, maar het was het waard. Luc is in bewaring gesteld op een speciale afdeling, gezien de zorg die hij nodig heeft. Maria heeft het niet gehaald. Ik had geen andere keuze dan haar neer te schieten. Er wordt een onderzoek ingesteld, maar volgens mijn baas heb ik niets te vrezen. Het laatste wat hij wil is nóg een smet op het bureau na wat Luc heeft gedaan. En Nadines leven was overduidelijk in gevaar.'

'Mag je wel door blijven werken tijdens het onderzoek?'

'Er is mij geadviseerd om me even koest te houden en vrij te nemen. Eerlijk gezegd ben ik wel toe aan een beetje rust, dus ik heb dat advies ter harte genomen. De komende twee weken heb ik dus een soort vakantie.'

'En weet je al wat je met je vrije dagen gaat doen?'

'Ik had wel een ideetje, maar dat wil ik eerst even aan jou voorleggen. Wat zou je ervan vinden als ik een paar dagen met je meega naar Nederland om je ouders en Saar samen met jou persoonlijk bij te praten over alle gebeurtenissen van de afgelopen week? Ik weet dat jullie verhouding nogal moeizaam is en dat je met ruzie bij Saar bent weggegaan.'

'Ja, op een gegeven moment wist ik niet meer wat ik moest denken en heb ik zelfs mijn eigen nicht verdacht. Ik ben ontzettend opgelucht dat ze er uiteindelijk niets mee te maken heeft. Ik hoop dat Saar nog met me wil praten. Ik zie best wel tegen het gesprek op.'

'Misschien kan ik je helpen door als bliksemafleider te fungeren. En bijvoorbeeld haar en ook je ouders vertellen hoe fantastisch je bent…' Girard kijkt Lauren in afwachting van haar antwoord verlegen aan.

Ze trekt Girard naar zich toe en geeft hem een lange zoen op zijn mond. Ze trekt zich pas terug als ze allebei naar adem happen.

'Is dat een ja? Kan ik mijn koffer gaan pakken?' grinnikt Girard.

'Nou en of, we gaan zo eerst wel even langs jouw huis.'

'Hoeft niet, hij ligt al klaar in mijn kofferbak. Ik had er een klein beetje op gegokt dat je zou instemmen met mijn plan. Geluk moet je soms een beetje afdwingen.'

'Ik wil je graag beter leren kennen, Girard. En dan buiten het politiebureau.'

'Dat is geheel wederzijds. Is Gabriel nog bij je langs geweest voordat hij naar de gevangenis is vertrokken om Julien persoonlijk op de hoogte te brengen van zijn aanstaande vrijlating?'

'Zeker. We hebben afgesproken dat hij me op de hoogte houdt en dat we elkaar snel weer zien.'

Girards telefoon gaat en Lauren hoort hem tegen iemand zeggen dat ze eraan komen. 'Dat was François. Ga je mee naar de lobby?'

Lauren knikt, controleert voor de zekerheid nog een keer

alle laatjes en kastjes en pakt haar koffer. Girard schiet haar direct te hulp. 'Laat mij maar.'

Lauren lacht en laat hem zijn gang gaan. Beneden aangekomen ziet ze de lange gestalte van François, die met een onzekere blik in zijn ogen naar haar kijkt. Hij steekt zijn hand naar haar uit, maar die negeert ze en ze loopt langs hem heen. Ze heeft er geen behoefte aan om de man die het onderzoek willens en wetens met valse informatie heeft beïnvloed de hand te schudden. Waar ze wel behoefte aan heeft is Nadine een dikke knuffel geven. Ze vliegt de journaliste in de armen en houdt haar stevig vast. 'Ik ben zo blij om je te zien. En dat Girard daar op tijd was. We waren zo bang.'

'Anders ik wel. Ik ben hem eeuwig dankbaar,' zegt Nadine opgelucht. 'Gelukkig was Dupont bereid om Girard te vertellen over dat plekje in het bos waar het allemaal is gebeurd. Als Girard daarop niet direct zijn gevoel had gevolgd, stond ik hier nu niet.'

'Hoe is het met je?'

'Op wat kneuzingen na kan ik zeggen dat ik met de schrik ben vrijgekomen.'

'En hij?' Lauren knikt met haar hoofd naar François, die buiten gehoorsafstand met Girard in gesprek is.

'Ik ga sowieso een tijdje op mezelf wonen om na te denken. Ik wil François de kans geven om zijn verhaal te doen, maar ik denk niet dat ik kan leven met een man die de boel zo besodemieterd heeft met het doel er zelf beter van te worden. Julien heeft Gabriel al laten weten dat hij François wil aanklagen en een flinke schadevergoeding gaat eisen. Ik had hetzelfde gedaan als ik in zijn schoenen stond. Ik sluit niet uit dat François zelfs moet zitten voor wat hij gedaan heeft.'

'Als ik het zo hoor heb je je beslissing al genomen.'

'Ja, maar ik wil het nog even goed laten indalen.'

'Gabriel wil je vast troosten,' zegt Lauren met een knipoog.

'Voorlopig troost ik mezelf wel. Ik moet dit eerst allemaal

verwerken. En die doodsangst toen Maria me onder vuur had… dat heeft echt iets bij me losgemaakt. Ik denk dat ik wel even wat tijd nodig zal hebben om hieroverheen te komen.'

Lauren knikt. 'Dat snap ik. Je hebt zoveel meegemaakt. Ik vind het heel knap hoe je hier nu staat.' Ze geeft Nadine nog een knuffel. 'Had je trouwens al gehoord dat Girard en zijn team Juliens computer hebben gevonden in het huis van Luc en Maria?'

'Dat verbaast me helemaal niks.'

'En het wordt nog erger. Girard is erachter gekomen dat ze via een mannetje op het bureau op de hoogte werd gehouden van waar Girard zoal mee bezig was. Blijkbaar heeft ze dat via Luc voor elkaar kunnen krijgen. Ongelooflijk toch? Hij gaf aan haar door in welke bestanden hij had geneusd en welke stukken hij had opgevraagd. En we zijn een paar keer geschaduwd.'

'Die donkerblauwe auto die steeds overal opdook!'

Lauren knikt. 'Girard heeft trouwens het verdwenen politiedossier op zolder bij Luc en Maria gevonden. Zoals we al vermoedden had Luc het destijds meegenomen. Maar blijkbaar wilde hij het ook nog niet vernietigen. Zonder medeweten van Maria heeft hij het op zolder achter een schot verborgen gehouden.'

'Geluk bij een ongeluk voor Gabriel. Hij heeft zoveel bewijs in handen dat een rechter niet anders kan dan Juliens naam onherroepelijk van alle blaam zuiveren.'

'Hoe zit het met die vader van dat meisje uit Parijs, die Philippe Verdun? Die heeft ook een heel kwalijke rol gespeeld in het geheel.'

'Gabriel gaat hem namens Julien aanklagen. Het is een sterke partij om het tegen op te nemen. De man heeft de beste advocaten en eindeloos veel geld, maar Gabriel durft het wel aan.'

'Gabriel deugt, dat is iets wat absoluut zeker is. Hij is me de afgelopen tijd echt wel dierbaar geworden. Vriendschappelijk,' voegt Nadine er voor de zekerheid nog aan toe.

Lauren glimlacht. 'Hoe gaat het nu verder met je podcast?'

'Die gaat in elk geval een paar maanden on hold. De komende maanden blijf ik lekker in de luwte en ga ik voor de krant schrijven over kleine diefstalletjes en overtredingen. Voor nu vind ik dat even spannend genoeg. Pas als het echt weer begint te kriebelen, ga ik verder met mijn podcast. Dat kan snel zijn, maar voor hetzelfde geld ook heel lang duren. Voor nu heb ik geen idee en wil ik gewoon een beetje gaan leven. Dat klinkt nu zweveriger dan dat je normaal uit mijn mond zult horen, maar na alles wat er is gebeurd, is dat wat ik nodig heb. En ik wil je bedanken voor je enorme inzet en vertrouwen, Lauren. Celeste zou trots op je zijn geweest.'

Lauren krijgt tranen in haar ogen en deze keer omhelst Nadine haar. 'Girard brengt je naar het station?' vraagt Nadine als ze elkaar loslaten.

Lauren schudt haar hoofd ontkennend.

'Waarom niet? Hij laat je toch geen taxi pakken?'

'Nee, hij is zelf de taxi. Naar Nederland.' Lauren kijkt Nadine veelbetekenend aan.

'Aha,' lacht Nadine, 'je wordt thuisgebracht…'

'Hij gaat met me mee naar mijn ouders en Saar en verder zien we wel. Hij heeft de komende weken vrij…'

'Veel plezier.' Nadine knipoogt goedkeurend. 'Jullie zijn leuk samen. Ik ben blij dat al deze ellende naast de afronding van het onderzoek ook nog iets anders goeds heeft opgeleverd. Dat geeft een sprankje hoop voor de toekomst.'

Lauren voelt een warme hand op haar schouder.

'Zullen we?' vraagt Girard. 'We hebben nog een hele rit voor de boeg.'

Lauren geeft Nadine een zoen en staat op. 'Je kunt me altijd bellen. We houden sowieso contact. Rust goed uit de komende tijd.' Ze kijkt met een schuin oog naar François, die er wat onbeholpen bij staat. Zonder hem nog een blik waardig te keuren loopt ze met haar koffer naar buiten. Girard zegt Nadine ook gedag en volgt haar.

Als ze net een halfuur op pad zijn gaat Laurens telefoon. Ze herkent het nummer niet, maar neemt toch op.

'Lauren, met Silvia, weet je nog, de oude buurvrouw van je ouders? Ik heb een heel groot probleem en jij bent de enige die me kunt helpen. Vincent is dood en ze denken dat ík hem vermoord heb. Ik ben onschuldig, Lauren, je moet me geloven. Alsjeblieft, help me.'

Wordt vervolgd...

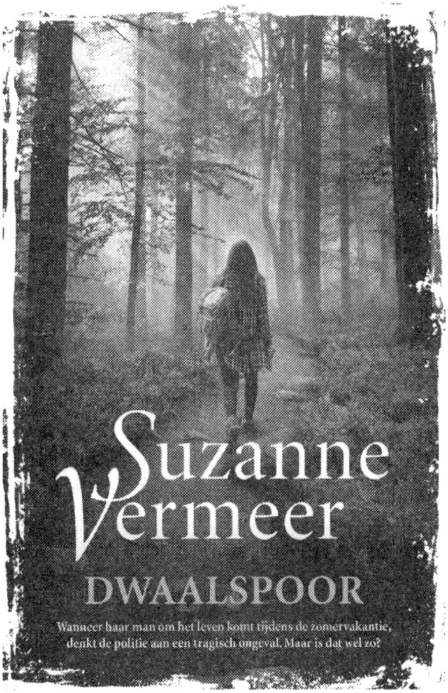

Verschijnt juli 2021

Tijdens een vakantie in het Zwarte Woud komt zakenman Vincent Mulder om het leven bij het mountainbiken. In eerste instantie wordt het afgedaan als een tragisch ongeval, maar als vlak bij de plek des onheils een dode vrouw wordt gevonden met verwondingen die lijken op die van Vincent, begint de politie te twijfelen. Helemaal als een getuige beweert dat hij zijn vrouw Silvia op die plek heeft gezien. Terwijl boze tongen beweren dat Silvia baat heeft bij Vincents dood, blijft ze bij hoog en bij laag volhouden dat ze onschuldig is. Om erachter te komen wat er met Vincent is gebeurd, roept Silvia de hulp in van juriste Lauren Martens. Samen keren ze terug naar de plek des onheils.